禾處覓飯香 3 完

文創風 1285

途圖 著

目錄

第五十一章　願賭服輸……005
第五十二章　同心協力……017
第五十三章　烤魚之樂……031
第五十四章　月下定情……043
第五十五章　昭然若揭……057
第五十六章　一語道破……069
第五十七章　暗潮洶湧……081
第五十八章　帝后真情……093
第五十九章　遊園請帖……107
第六十章　爭先恐後……119
第六十一章　一見傾心……131
第六十二章　出手解圍……143
第六十三章　此消彼長……155
第六十四章　身世有異……169
第六十五章　野心勃勃……181
第六十六章　書信傳情……193
第六十七章　狐狸尾巴……205
第六十八章　下流手段……217
第六十九章　宮宴風波……229
第七十章　小巷遭綁……241
第七十一章　徹底垮臺……253
第七十二章　溫馨家常……265
第七十三章　陳年往事……279
第七十四章　真相大白……291
第七十五章　互許真心……303

第五十一章　願賭服輸

李惜惜與曾菲敏常在一起「覓食」，見她如此積極地推薦香辣雞爪，又怎會不了解對方所想，她秀眉一揚，道：「不急，香辣雞爪晚些再吃。」

一根雞爪要啃好半天呢，若先去吃雞爪，只怕其他吃食都要沒了！

誰知李惜惜吃起毛豆來比曾菲敏俐落多了，一根毛豆塞進嘴裡，簡簡單單轉了一圈，便能將豆子完全塞入嘴裡，嚼得滿口鮮香。

曾菲敏見李惜惜吃得這般快，也顧不得形象了，連忙加快進食的速度。

兩人這你爭我趕的樣子引起了李承韜的興趣，他加入李惜惜與曾菲敏的「吃豆大軍」，而曾菲敏與李惜惜一見李承韜伸過手來，便同仇敵愾地護住香辣毛豆。

見狀，李承韜哭笑不得道：「妳們這也太摳門了！」

李惜惜理直氣壯道：「香辣毛豆本來就不夠分，你吃香辣豆幹麼！豆子與豆干也差不多啊！」

聽了這話，李承韜又好氣又好笑，道：「李惜惜，真有妳的！」

李承韜只能怪自己沒早些入局，但他很快就將目光轉向無人問津的香辣豆干。

香辣豆干外表鍍了一層蜜色，上面沾了零星的辣椒，但這模樣與香辣雞爪、香辣毛豆比起來實在不起眼，故而一直被晾在一旁，李承韜抱著試試看的心態，挾起一片香辣豆干，緩緩送入口中——

豆干約莫半指厚、三指寬，一口咬下去，有股淡淡的滷香，滷香中還裹挾著一股鮮辣味，這密實柔韌的口感，是一種與眾不同的享受。

「嫂嫂，這豆干好香啊！可提前滷過？」

蘇心禾笑著答道：「不錯，我擔心豆干味道太淡，所以先滷了一遍，後來又用辣油烹製，才能徹底入味。」

李承韜笑逐顏開道：「怪不得比我尋常吃的豆干有滋味多了！」

說著，他便將碗裡剩下的豆干都塞進嘴裡嚼了起來。

香辣雞爪雖然好吃，但要吐骨剔肉，有些麻煩；香辣毛豆也好吃，但競爭激烈，無異於虎口奪食，還是豆干最好，實實在在地送到嘴裡，便能嚐到濃郁的豆干香，且從外到裡一點一點透出香辣味，讓人欲罷不能。

李承韜品出了香辣豆干的好，便不執著於香辣毛豆了。

反倒是李惜惜與曾菲敏，吃完毛豆後，就想來與李承韜分一杯羹。

李惜惜瞧著李承韜面前的食盒，嘀咕道：「那個……香辣豆干看起來好像也不錯？」

曾菲敏點頭。「是啊，看妳三哥吃得多香啊。」

李惜惜正打算伸出筷子挾一片香辣豆干嚐嚐，李承韜卻抬手擋住她的筷子。

他下巴微揚，學李惜惜的樣子笑道：「妳們不是吃過毛豆了，為什麼還要吃豆干？不都是一樣的嗎！」

聞言，李惜惜道：「李承韜！你怎麼如此小肚雞腸，到底是不是男人啊？」

李承韜不在意地聳聳肩，道：「李惜惜，妳這麼能吃，到底是不是個姑娘家啊？」

「你！」李惜惜氣得站起身來，她方才吃毛豆跟雞爪的油還沾在手上，就想往李承韜身上抹。

李承韜跳了起來，隨手拿起一根空的毛豆皮扔到李惜惜頭上。李惜惜氣得亂叫，揮著自己的「紅油掌」向李承韜尋仇，李承韜哈哈大笑，撩起衣袍，拔腿就跑。

這對活寶在湖邊追打，讓眾人忍俊不禁。

曾菲敏與蘇心禾不約而同地抬眸，目光相遇——這次她們沒再迴避，反而大大方方地笑了起來。

此時毛豆、雞爪、手抓餅跟薯片等吃食幾乎都見了底，蘇心禾正打算挾起一片香辣豆干填一填肚子，卻見李承允將一個食盒遞到自己面前。

蘇心禾愣了愣。「怎麼這裡還有一盒？」

李承允笑道：「這是妳的。」

蘇心禾疑惑地接過食盒，伸手打開，卻見這食盒裡一分為二，一半是方才炙手可熱的香辣毛豆，還有一半是香辣雞爪跟豆干。

她詫異地看著李承允道：「這些吃食不是全都被他們吃完了嗎？夫君這是……」

李承允淡淡道：「妳方才一直在陪他們聊天，我便單獨留了一些給妳，快吃吧。」

蘇心禾嬌俏地覷他一眼，心頭溢出一絲甜蜜。

這一頓本是午飯前的開胃小食，但大家都吃得有些飽，午飯自然而然被推遲了。

曾菲敏吃完了小食，坐在布毯上，目光梭巡了一圈，自言自語道：「他們兩人跑哪兒去了？怎麼還不回來？」

李信答道：「若我沒猜錯的話，他們應當還未分出勝負。」

曾菲敏無語。

李信見曾菲敏有些無聊，便道：「湖邊風大，最適宜放紙鳶，我帶了一些來，你們可要試試？」

「紙鳶?!」曾菲敏雙眸不禁一亮。她喜歡玩紙鳶，好奇地問道：「都有什麼式樣的？」

李信朝她笑了一下，說道：「縣主來看看不就知道了？」

說著，他便站起身來，走向馬車。

曾菲敏貪玩，立即站起身，理了理衣裙，快步跟了上去。

李信搬下馬車上的木箱，將蓋子揭開，曾菲敏不過看了一眼，便驚喜出聲。「你居然帶了這麼多紙鳶？」

曾菲敏伸手取出最大一只紙鳶，這紙鳶被紮成金魚的形狀，兩顆圓溜溜的眼睛畫得栩栩如生，魚身通體發紅，尾巴如花朵一般綻開，就連魚鱗也金燦燦的，在日光照耀下顯得格外迷人。

她對這金魚紙鳶愛不釋手。「我要這個！」

李信也不多言，只笑著點頭。

蘇心禾也拉著李承允走了過來，她從幾只紙鳶裡選了一隻振翅的春日燕。

就在此時，李惜惜與李承韜回來了，眾人一見李承韜身上的泥點，便知勝負已分曉。

李惜惜一路小跑，髮髻都有些鬆脫了，可一雙眼睛卻亮得灼人，她瞧了曾菲敏的金魚紙鳶一眼，又看了看蘇心禾的春日燕紙鳶，道：「大哥，這些紙鳶都是你親手紮的嗎？」

「不錯。」李信的語氣輕鬆。「這兩日公務不算忙，我便抽空紮了幾個。」

盯著那一堆紙鳶，李惜惜嘀咕道：「這裡少說有十只紙鳶，若是沒有一日一夜，只怕紮不完吧？」

李信輕輕咳了一下，道：「也沒那麼難……對了，妳們不是要放紙鳶嗎？這會兒正好起風，別錯過了。」

他一說完，三個姑娘便都迫不及待地抱著自己的紙鳶走到湖邊。

李惜惜拿著蝴蝶紙鳶對蘇心禾與曾菲敏道：「咱們來比賽如何？看看在一刻鐘的工夫內，誰的紙鳶放得最高。」

蘇心禾一聽便來了興趣，笑道：「好啊！既然要比賽，不如壓個彩頭？」

曾菲敏想了想，道：「這樣吧，愉湖裡的魚肉質最鮮美，輸的人負責去愉湖捉魚烤給大家吃，如何？」

蘇心禾與李惜惜不假思索地答應了。

湖邊起了風，三人連忙放長了線，逆著風奔跑起來。

曾菲敏的金魚紙鳶既大又漂亮，卻是其中最重的，此時的風不夠大，便飛不太起來，她來回跑了好幾次，金魚紙鳶都地墜了下來。

李惜惜笑道：「菲敏，妳這『金魚』中看不中用啊，要不要乾脆換一只？」

曾菲敏有些著急，她擺弄了金魚紙鳶一會兒，卻仍捨不得換掉它，只能把氣撒在李信身上，嘟囔道：「你紮的什麼紙鳶啊？都飛不起來……」

李信含笑走來，從曾菲敏手中接過紙鳶，聲音溫和道：「縣主莫急，我來幫妳。」

說著，他將金魚紙鳶的長線收了回來。

曾菲敏看著李信，見他手指修長，骨節清晰而有力，收線的動作不疾不徐，還挺好看的……

待李信將絞盤還給曾菲敏，她才回過神來。

李信道：「請縣主拿著絞盤重新放線，我幫妳托舉紙鳶。」

曾菲敏聽到這話，唇角不自覺勾了勾。「這還差不多！」

她雀躍地抱著絞盤跑了，李信則找準風向，將金魚紙鳶輕輕一托，它便扶搖而上，一舉超過李惜惜的蝴蝶紙鳶，幾乎與蘇心禾的春日燕齊平了。

李惜惜秀眉微蹙。「菲敏！妳這是耍賴，怎麼能讓大哥幫忙？」

曾菲敏不以為然道：「規則裡也說不能讓人幫忙啊！」

見自己變成最後一名，李惜惜氣不過，便揚聲道：「李承韜，快來幫我！」

誰知李承韜卻雙手抱胸靠在樹幹上，笑著看起了熱鬧。「我才不幫妳！剛剛那股囂張勁去哪裡了？」

李惜惜可不想下水捉魚，頓時撒起了嬌。「三哥，我那不過是跟你鬧著玩，快來幫幫我吧！」

平常李惜惜可難得叫李承韜一聲「三哥」，這招讓他很受用，便沒再為難她，笑著走了過去。「罷了罷了，看在妳是小妹的分上，我便幫妳一回！」

李承韜走到李惜惜面前幫她理了理長線，將蝴蝶紙鳶往回扯了扯，待強風一來，就順勢將線放長，蝴蝶紙鳶便飛得更高了。

看到這個情形，李惜惜歡呼起來。「我的紙鳶飛得最高！」

李承韜站在她旁邊，笑容裡多了幾分得意，道：「怎麼樣，是不是跟著三哥有肉吃？」

另一邊的蘇心禾就沒這麼輕鬆了，她的紙鳶雖然放得高，但總有些飄忽，搖搖欲墜的樣子讓人擔心，她正打算將紙鳶收回一些，拿著絞盤的手卻突然被人握住。

蘇心禾抬眸看去，李承允輪廓分明的側臉近在咫尺，他長眉微微一揚，道：「妳放棄得太早了。」

李承允說罷，手指微微用力。

蘇心禾不知發生了什麼事，只覺得手中的線燙了幾分，接著就見那線著了魔似的，忽地拉長了一截，風明明沒多大，但她的春日燕卻猛地振翅高飛，將金魚紙鳶跟蝴蝶紙鳶遠遠甩在後面。

見狀，李承韜一時傻眼。「二哥，你、你這是用內力將紙鳶推上去的？」

李承允面無表情地看了他一眼，「嗯」一聲，算是回應。

聽了這話，李惜惜不禁急得跳腳。「二哥，你你你……你這是犯規！」

李承允氣定神閒地答道：「比賽前沒說過不許用內力，若是不服，你們也可以用這個法子。」

這話讓李惜惜跟李承韜無言。

蘇心禾見自己的紙鳶獨佔鰲頭，自然欣喜，但曾菲敏有些坐不住了，她乃是堂堂嘉宜縣主，若是輸了比賽，要當著眾人的面下水撈魚，多沒面子啊！

於是，她立即扯了扯李信的衣袖道：「世子哥哥那招你會不會啊？」

李信看了曾菲敏一眼，眸中似有笑意。「這有何難？」

說著，他便從曾菲敏手中接過紋盤，內力一施，紋盤隨即轉動起來，長線鬼使神差般地被放了出去，金魚紙鳶很快便逼近蘇心禾的春日燕紙鳶。

兩隻紙鳶幾乎並駕齊驅，一時難分勝負。

李承允看了那金魚紙鳶一下，悠悠道：「既然是魚，就該老老實實待在水裡，天上不是它該去的地方。」

說罷，他凝聚內力，賦於紋盤之上，長線再次被催動，春日燕彷彿被注入新鮮的活力，又上升了些許。

蘇心禾不禁偏過頭看向李承允。「夫君。」

李承允低下頭，恰好對上她清亮的一雙眼。「怎麼了？」

蘇心禾小心翼翼地問：「這般驅動內力，會不會對你不好？」

「小事，無妨。」李承允勾唇看她。「在擔心我？」

雖然是簡簡單單幾個字，但李承允幾乎是貼著蘇心禾的耳根說話，不免讓她有些面熱。

蘇心禾連忙轉過頭，佯裝無事地盯著天上的春日燕，道：「原來放紙鳶還能這樣，也、也挺好玩的。」

李承允見她臉頰泛紅，似有幾分羞澀，不禁低低地笑開了。「是挺好玩的。」

曾菲敏見自己的紙鳶又落後了，頓時著急起來。「李信！」

李信長眉一凜，再次對著絞盤發力，金魚紙鳶便又追上春日燕紙鳶，兩只紙鳶隨風而擺，不分伯仲。

情勢逆轉，李惜惜急得不行，她對李承韜道：「你倒是快想想辦法啊！」

李承韜無奈地搖頭，道：「大哥跟二哥都出手了，還有咱們什麼事？」

這讓李惜惜氣得跺起了腳。「虧我剛剛還叫你三哥！你的功夫什麼時候能有點長進啊？」

李承韜眉一擰，道：「李惜惜，妳自己都不肯練字繡花，還好意思數落我？我的功夫雖然比不上大哥跟二哥，但在太學裡也算好手了。」

聽他這麼說，李惜惜扠起了腰。「你和那些紈袴子弟比有什麼用？」

兩人爭執起來，誰也不讓誰。

比賽的時間眼看就要到了，然而就在此時，上空忽然颳來一陣強勁的風，春日燕紙鳶與金魚紙鳶本就離得近，被大風一吹，竟糾纏到一處。

李承允與李信見狀，便分別施展內力，想將兩只紙鳶分開。

豈料紙鳶飛得太高了，在大風的干擾下不聽使喚，李承允將線往右拉，李信卻將線驅動向左，紙鳶不但沒分開，反而越纏越緊。

兩人對視一眼，眸中皆有不悅。

李承允面無表情地加大力道，企圖解開金魚紙鳶的掣肘，李信也不甘示弱，要強行拆散天上那一對「苦命鴛鴦」。

蘇心禾與曾菲敏看得擔心，就連李惜惜也開口道：「大哥跟二哥的紙鳶怎麼纏到一起去了？不會掉下來吧……」

話音未落，只聽見長線發出聲響，春日燕紙鳶與金魚紙鳶忽地一歪，以迅雷不及掩耳之勢直墜而下。

李承允變了臉色，立刻伸手一拽長線，卻發現線已經斷了。

他瞥向李信，就見對方也沈默不語，神情凝重。

眾人眼睜睜看兩只紙鳶墜入湖中，濺起大片水花，而後便銷聲匿跡了。

一刻鐘到了，湛藍的天空中，唯有李惜惜那隻蝴蝶紙鳶還悠閒自在地飛著，雖然不高，卻飄得穩穩當當，蝴蝶翅膀在日光折射下發出五顏六色的光芒，彷彿在炫耀自己的勝利。

指了指天空的蝴蝶紙鳶，李承韜不敢置信地說道：「惜惜，我們……贏了?!」

李惜惜這才反應過來，她高興地轉起了圈。「贏了！我們贏了！」

雖是出乎意料，但李承韜仍笑咪咪道：「怎麼樣，還是跟三哥一組好吧？」

李惜惜興高采烈地擺手道：「好了好了，記你一功！不過大哥跟二哥到底誰輸了？」

說著，李惜惜便將目光轉到李承允與李信身上，卻見他們一個神色冷若冰霜、一個臉色黑如鍋底，她頓時捂住自己的嘴，噤若寒蟬。

湖水十分清澈，一眼便能看見底下的礁石，大大小小的石子堆在一起，成了天然的樂園，魚兒們在裡面自在地穿梭，還未感知到危險的氣息，便被猛地叉住身子，劇烈地掙扎起來。

李承允正欲彎腰將魚兒捉起，可那魚兒滑不溜丟，在樹杈鬆動的一瞬間便閃身逃了。

這一系列動靜讓周遭的魚受了驚，四散開來游得沒影，再想捉住牠們，可不容易。

湖水漫到膝蓋，哪怕褲管挽起一截，仍被打濕些許，李承允兩手空空地直起腰來，臉上寫滿了鬱悶。

李信也站在水裡，距離李承允並不遠，見對方功虧一簣，他便搖了搖頭。「既無十成把握，何必打草驚蛇？」

聽了這番話，李承允長眉一揚。「大哥不如身先士卒，做個表率？」

李信一笑。「你可看好了！」

說著，他握著一根被削尖的樹枝，往湖中走了幾步，一處石頭堆後方，正好有一條肥碩的魚兒。

李信定了定神，握緊樹枝，對著魚背刺了下去。

眼看樹枝便要戳中魚背，但那魚兒彷彿背後長了眼睛似的，悠悠然一擺尾，便從李信眼皮子底下逃了。

這一回，輪到李承允笑了。「不過如此。」

李信抬起手，擦了擦被水濺濕的臉頰，道：「彼此彼此。」

此刻，李承韜與李惜惜正在岸邊看熱鬧。

李承韜壓低聲音，對李惜惜道：「你瞧，大哥與二哥這百步穿楊的功夫，一旦入了水就失靈了！」

然而李惜惜想的卻不是這個，她睨了他一眼，道：「李承韜，你怎麼看起來如此幸災樂禍？他們已經叉了半個時辰，若是再沒收穫，我們就吃不著烤魚了！」

此話一出，曾菲敏不禁皺了皺眉，用恨鐵不成鋼的口吻道：「早知道就帶個漁網來了！」

蘇心禾思量了一會兒，忽然靈機一動，轉身去了馬車上。

第五十二章　同心協力

片刻之後，蘇心禾帶回兩張餅皮，還有一張薄透的網紗。

「夫君，可將這餅皮揪成小塊扔到水裡，興許能將魚兒吸引過來。」蘇心禾說著，將餅皮交給李承允，又將網紗遞給李信，道：「待魚兒游過來後，大哥便能與夫君一起收網了。」

說到「一起收網」時，李信與李承允下意識對視了一眼，可目光才一對上，便不約而同地露出了嫌棄之意。

李承允沒吭聲，而李信遲疑了一會兒，最終還是蹲下身子鋪好網紗，一頭壓在李承允身旁，另一頭則掌控在自己手中。

見李信將網紗鋪好了，李承允便揪起了手中的餅皮。他手指微微一擰，便揪下來一個小小的麵團，扔進水裡。

起初這麵團沒引起太大的反應，可隨著麵團越來越多，周圍的魚兒就被引誘了過來。魚兒們搶食起了麵團，吃得不亦樂乎。

李承允將餅皮揣在懷中，小心地彎下身子，默默揪住網紗另一頭。

他抬起頭來，恰好遇上李信的視線，兩人安靜地交換了一個眼神，幾秒過後同時將網紗拉起，又迅速將網紗四角合上，網紗變成了網兜，中間攏住好幾條活蹦亂跳的魚兒。

岸上四人都興高采烈地歡呼起來，李承允與李信也難得同時露出了笑意。

一兜子魚兒被帶上岸後，眾人湊過來一看，只見這些魚兒條條肥美，在網兜裡扭動著身子，水花濺了一地。

李惜惜好奇道：「這網紗看起來好生熟悉啊……」

蘇心禾笑了，道：「是不是在我的小廚房裡見過？」

她常用網紗做紗袋，用來盛放材料，這張網紗買回來之後，一直放在馬車上，還沒來得及裁剪，沒想到今日能派上用場。

李惜惜想了起來，笑嘻嘻道：「沒想到網紗還有這等妙用！」

蘇心禾莞爾。「有網紗還是其次，能抓到這麼多好魚兒，多虧了大哥跟夫君。」

眾人看向李信與李承允，兩人都赤著腳站在岸邊，褲管滴著水，與平常威風八面的樣子比起來，雖然有幾分狼狽，卻更教人感到親切。

李承韜主動上前接過李承允手中的網兜，順著蘇心禾所指，將魚兒放到砌好的一圈石墩裡。

看著這些魚兒，蘇心禾的心情就很好，下巴一揚，問道：「誰有小刀？」

李承允與李信慣用大型兵器，未帶匕首在身上，李承韜則猶豫地問了一句。「嫂嫂要刀做什麼？」

蘇心禾指了指那些魚兒，說道：「烤魚之前，魚內臟自然要處理。」

李承韜的眼皮跳了跳，不說話了。

一旁的李惜惜卻眉一挑，道：「對了，李承韜，你不是有一把寶貝匕首嗎？還不快拿出來?!」

今天跟幾個哥哥出來，自有人保護，李惜惜便沒帶自己的匕首。

李承韜下意識護住腰間，道：「這匕首可是我自己親手打的，用來防身，怎麼能殺魚？」

只見李惜惜反駁道：「你這刀又沒出過鞘，拿來殺魚，也好過浪費啊！」

李承韜有些不捨，但李惜惜哪裡肯讓他繼續藏刀，跳起來就要搶。

拗不過李惜惜，李承韜只能將自己的匕首雙手奉上，難捨道：「嫂嫂，妳用完了可要還給我啊……」

蘇心禾哭笑不得，道：「好，我會洗乾淨了還你，不過這些魚太有活力了，我需要一個人幫忙。」

李承允與李信去旁邊曬太陽晾衣衫了，剩下的三人你看我、我看你，誰都不敢接話。

殺魚這種活，離他們實在太遠了。

李惜惜瞧了李承韜一眼，道：「你去？」

然而李承允卻是雙手抱胸，不斷地搖頭。「我已經獻出了匕首，該妳去才是！」

李惜惜眉頭皺成一團，她雖然喜歡吃烤魚，但看著這些滑不溜丟的活魚，心底不免發慌。

就在此時，一直站在旁邊的曾菲敏撩了撩自己的衣袖，道：「讓我來！」

蘇心禾沒想到曾菲敏居然會主動站出來，懵了一瞬，隨即點頭。
只見曾菲敏大步流星地走到那一圈石墩旁，對蘇心禾道：「我捉魚，妳來殺？」
蘇心禾見她面上毫無懼色，便同意了。
曾菲敏彎下腰摸了其中一條魚，那滑膩膩的觸感，讓她閃電般地收回了手。
方才曾菲敏答應此事，不過是一時興起，她見李惜惜不敢上前，便想出這個風頭，但真的到了這些活物面前，又想打退堂鼓。
蘇心禾看出了她的猶疑，道：「菲敏，若是妳怕魚，那便罷了，我自己來。」
「誰說我怕魚？」曾菲敏柳眉一豎，道：「我又不是李惜惜！」
李惜惜一聽這話，差點氣笑了，她一眼就看出了曾菲敏的不確定，便道：「我就不信妳真的敢幫我嫂嫂一起殺魚。」
嘉宜縣主的面子哪裡能丟？曾菲敏被這麼一激，梗著脖子道：「不就是捉魚嗎？妳可別眨眼，好好看著！」
只見曾菲敏深吸一口氣，忍住內心的不適，伸出兩隻手，確實地抓住魚身，可還沒等她將魚兒抱起，魚兒就瘋狂擺尾掙扎，瞬間滑到石墩外的草叢裡。
曾菲敏一驚，隨即撲了上去，可這魚兒在草叢裡扭來扭去，難捉得很，她好不容易抱住魚兒，才一起身，又被魚尾甩了一臉水，魚兒再次回到草叢裡。
李惜惜見曾菲敏被一條魚折騰得狼狽不堪，抱著肚子笑了起來。
蘇心禾要去幫忙，但曾菲敏卻好似跟這條魚賭起了氣，道：「我非抓住牠不可！妳別插手！」

瞧她這模樣，蘇心禾便道：「好。」

曾菲敏出身高貴，從來沒親自捉過魚，但她就是有一股不服輸的勁，眾人看著她來來回回抓了好幾次，場面十分滑稽。

待魚兒被送到砧板上，曾菲敏跟魚都累了。

蘇心禾瞧著她道：「妳還好吧？」

曾菲敏抬起頭，用手背蹭了蹭自己凌亂的碎髮，揚聲道：「無妨，小事一樁。我才不像某些膽小鬼，紙鳶比賽走了大運，如今要吃烤魚，卻還怕得要命！」

原來，曾菲敏強出這個頭，是為了報剛才紙鳶比賽落敗的一箭之仇。

蘇心禾忍俊不禁。

眼前的砧板是李承韜隨意搭的，不算太穩，地方又小，這一條魚看起來約莫四、五斤重，連魚尾都擺不上砧板，有些難處理。

蘇心禾讓曾菲敏幫自己扶著魚部，自己手持刀柄，對著魚頭一拍，剛剛還在掙扎的魚兒，就變得暈乎乎，任人擺布了。

曾菲敏鬆了手，蘇心禾接過魚，開始去除魚鱗與內臟。

李承韜還是第一次見蘇心禾殺魚，當他看見那薄薄的利刃劃開魚肚時，不禁有些心驚肉跳。

嫂嫂平常看起來秀氣得很，沒想到手法如此狠絕……看來以後還是不要惹嫂嫂生氣為好……

蘇心禾聽到這句心聲，當真哭笑不得，當即抬頭。「承韜。」

李承韜連忙應聲。

蘇心禾彎了眉眼道：「你去備些木籤可好？」

李承韜有些茫然。「木籤？」

倒是李惜惜已經明白過來，她用手肘頂了頂李承韜，笑道：「走，我們去撿樹枝，削尖了用來烤魚。」

李承韜這才點頭，兩人散開來去撿樹枝。

蘇心禾與曾菲敏的配合更有默契了，到了第二條魚時，曾菲敏將魚兒牢牢地按在砧板上，蘇心禾則果斷出刀，頃刻間便將魚兒處理得乾乾淨淨。

李承允自覺差不多晾乾了衣裳，站起身來，好整以暇地理了理衣襟，而後又在衣服裡翻找起來。

旁邊的李信看了他一眼，問：「找什麼？」

李承允道：「火摺子。」

想了想，李信從袖袋中掏出一枚火摺子，扔給他。「給你。」

李承允接過火摺子，朝他點了一下頭，便向蘇心禾走去。

蘇心禾與曾菲敏已經備好了五、六條魚，此刻正在收拾殘局，李承允問：「可以生火了？」

聞言，蘇心禾笑著點頭。「嗯，夫君來吧。」

這是她第一次讓李承允幹活。

李承允勾起唇角，幾不可見地笑了笑，接著便撿起幾根柴火，點亮了火摺子。

火苗很快燃了起來，但總有些閃爍，用來烤魚，火力有點不足。

李承允用木棍扒了扒柴火，又添了些柴進去，但火勢依然沒有加大的意思。

不遠處的李信抱著幾根柴火過來，道：「這柴火上面蓋得太嚴實了，所以旺不起來。」

說著，他隨手撿起一根樹枝，挑開幾根上層的枝椏，火舌很快便竄了上來。

看著逐漸上竄的火苗，李承允沒吭聲。

李信撩袍坐下，隨口道：「燒火看起來簡單，但做起來卻不盡然，你自幼衣食無憂，不會做這些事也是人之常情。」

這話聽起來像是在安慰他。

李承允沈默了片刻，選了個不遠的地方，席地而坐。

蘇心禾見李信燒火的動作十分嫻熟，含笑開口。「大哥看起來倒像是一位行家。」

李信笑了笑，隨口答道：「我兒時住在臨州邊上，冬天也冷得很，那時候家中沒炭火，只能撿些柴火來燒。」

聽見他這麼說，李承允問：「有父親在，為何會沒炭火？」

李信的指尖微頓，聲音低了幾分。「來京城之前我幾乎沒見過父親，唯有韓叔偶爾過來探望。」

此話一出，兩人皆微微一怔。

李承允沒料到李信會突然說起這個，不禁看了他一眼。

關於李信身世的話題，一直是平南侯府的禁忌。

李承允記得，在他年幼時，父母聚首的時間雖然不多，但也算琴瑟和鳴。

聽聞父親受困臨州，一家人都十分擔心，可李承允萬萬沒想到，在父親平定臨州之亂後，居然帶回了一個孩子，也就是李信。

當李承允得知心目中高大偉岸、完美無缺的父親，瞞著全家在外面養了一個女人時，內心的震驚無法言喻。

母親如墜冰窖，對父親失望至極，幾乎日日以淚洗面。

可父親不顧母親的感受，以外室病逝為由，執意要將李信帶回來認祖歸宗，又親自教養，這更傷了母親的心，也讓李承允對李信生出了厭惡。

這份厭惡伴隨著兩人長大，從互不接納逐漸轉化成執拗較勁，一直持續到了現在。

李承允疑惑地看著李信，道：「那些年，父親就在臨州附近練兵，怎麼可能不管你們？」

「你若不信，大可以去問父親。」李信扯了扯唇角，悠悠地撥弄著柴火，語氣淡得彷彿那些事與他無關似的。

凝視了李信片刻，李承允似是在思索什麼，然而，他的思緒卻被一道清亮的女聲打

斷──

李惜惜道：「快看我削的木籤，是不是很厲害！」

幾個人轉過頭去，就見李惜惜與李承韜已經回來了，李承韜捧著不少直溜溜的樹枝，其中一根在李惜惜手上，已經被削成了一端較細的木籤。

蘇心禾淨過手，接過李惜惜的木籤瞧了瞧，笑道：「這是妳削的？」

李惜惜重重點頭。「就是用方才那把匕首削的，如何？」

蘇心禾摸了摸木籤表層，既光滑又平整，由衷地讚嘆道：「削得不錯，不粗也不細，恰到好處。」

李惜惜得意洋洋地對李承韜說道：「怎麼樣？我就說我行吧？」

「我的匕首可是有大功勞呢！」李承韜撇了撇嘴，語氣有些不平。

這匕首可是他精心製作的，還未正式出鞘，就被用來殺魚跟削樹枝了！

想到這兒，李承韜便有些心疼。

李承允看出了他的心思，溫聲道：「這把匕首固然好，但你還需一把稱手的劍，你不是快過生辰了嗎？到時候二哥贈你一柄寶劍。」

「寶劍?!」李承韜一聽這話，表情頓時由陰轉晴。「多謝二哥！」

李惜惜連忙湊過來問：「那我呢？」

這兩人是雙生子，生辰自然是一起慶祝。

李承韜瞄了她一眼，道：「妳嘛，要送個繡花繃子，讓妳好好做一做女紅才成。」

聽了這話，李惜惜氣得要用木籤扎他。「李承韜，看劍！」

兩人又追打起來，眾人都樂了。

蘇心禾連忙開口勸架。「好了好了，時候不早了，還是來烤魚吧！」

李惜惜這才收起了木籤，對李承韜道：「看在嫂嫂的面子上，本女俠今日就饒了你。」

只見李承韜不屑地「哼」了一聲，笑道：「妳能奈我何？」

兩人吵吵鬧鬧地坐下，但手上的工夫卻沒耽誤，李惜惜負責削木籤，李承韜負責擦拭，很快便將烤魚要用的木籤準備好了。

時間過得很快，過了晌午，日頭的熱勁收了幾分，山風一吹，反而有幾分秋高氣爽的意味。

火燒得正旺，柴堆裡發出「嗶剝」一聲，教人聽了興奮。

蘇心禾將魚肉用木籤穿好，李承允順勢接過，架到火上。

曾菲敏是第一次烤魚，覺得新鮮得很，也學蘇心禾的樣子串好了一條魚，還選了個火勢最好的位置擺上。

這麼有意思的事，李惜惜當然不會錯過，自己也烤了一條。

火舌一點一點舔舐著魚皮，魚皮很快皺了，變得焦黃，蘇心禾將魚翻了過來，提醒道：「火勢太大，烤魚容易糊，你們多翻一翻。」

李惜惜與曾菲敏都應了聲。

這段時間李惜惜常陪蘇心禾下廚，簡單的後廚之事學了不少，烤一條魚難不倒她，她靈活地將魚翻了個面，又往上面撒了些蘇心禾帶來的調味料。

調味料被熱火一烹，發出誘人的香味，魚肉很快就變了色，被烤出些許油脂，油脂滴在火裡，發出「滋滋」聲，炙烤的過程也令人愉悅。

曾菲敏瞧蘇心禾與李惜惜的魚都烤得很好，便也用手指捏住木籤，用力一轉，可魚肉似乎沒串穩，轉個方向後便晃了起來，眼看就要掉進火堆裡，曾菲敏急得用手去接，手腕卻忽然被人抓住。

她詫異地回頭，就見李信一手扣著她的手腕，一手已經從火裡接住魚。

「縣主小心燙著。」說罷，李信將烤了一半的魚放到曾菲敏眼前的盤子裡。

曾菲敏低下頭一看，發現他的手指被火撩紅了一片。

她嚇了一跳，兩條好看的眉毛皺了起來，盯著李信道：「誰讓你接了？」

李信靜靜收回了手，語氣依然淡淡的。「我要是不接的話，縣主的魚就成黑炭了。」

曾菲敏一時無法反駁，結結巴巴道：「那、那你的手……」

李信溫聲打斷了她的話。「無妨。」

蘇心禾提醒道：「大哥，若是被火灼傷了，還是要盡快浸泡冷水才好，不然灼痛感會越來越重的。」

李信笑著答道：「小傷，弟妹不必掛心。」

曾菲敏卻道：「小傷也是傷！走，去湖邊泡水！」

李信愣了一下，仍然搖頭。「當真不用了……」

「李信！」曾菲敏是個牛脾氣，向來說一不二。「我以縣主的身分命令你，現在立即跟我走！」

曾菲敏不由分說就將李信拉了起來，李信瞧著自己被拉皺的衣袖，呆了一瞬，終究隨著曾菲敏走了。

兩人很快就到了湖邊，曾菲敏下巴一抬，硬聲道：「快把手指泡到水裡！」

李信拗不過她，只得蹲下身去，乖乖照做。

通紅的手指浸入冰冷的湖水之中，灼痛感果然舒緩了幾分。

曾菲敏也蹲下身去，問道：「好些了嗎？」

李信側目看她，細長的眉眼中含著溫和的笑意。「好些了，多謝縣主的心意。」

曾菲敏抬起頭來，兩人四目相對，只定格了一刻，她便連忙偏過頭。「我可不是關心你，只不過是不想欠你人情罷了，你可別自作多情。」

李信與李承允雖然是兄弟，但兩人長得並不太像，李承允繼承了平南侯李儼高大的身姿與不怒自威的氣勢，讓人仰慕的同時，也容易產生距離感。

然而李信不一樣。

曾菲敏每次見到他時，他總是淡淡地笑著，說什麼都溫聲細語，就算自己對他頤氣指使，他也從來不計較。

可越是這樣，曾菲敏就越是喜歡捉弄他、欺負他，想挑戰他的底線，誰知沒一次能成功激怒他，這次也一樣。

李信斂了斂神，垂眸看向自己的指尖，道：「縣主多慮了。」

兩人並排蹲在湖邊，同時沈默了下來。

曾菲敏有時覺得，李信比李承允更讓人琢磨不透。

李承允對她的冷至少是實實在在的，能令人真切地感受到；李信對她的態度，卻總有種霧裡看花的感覺。

毫無疑問，大多數時候，他對她都十分包容，不知對方是因為自己的身分才這樣，還是因為自己是李惜惜的朋友，抑或是有其他原因……總之，曾菲敏不喜歡這種來源不明的好。

她站起身來道：「你自己泡吧，我先回去烤魚了。」

第五十三章　烤魚之樂

李信點了一下頭，道：「也好，縣主若是再不烤魚，我們一會兒就要餓肚子了。」

「嗯。」曾菲敏下意識應了聲，轉身就走，可走沒幾步後，就立即反應過來，她快步衝回李信身旁，道：「你這話什麼意思？難不成你想讓本縣主烤魚給你吃?!」

李信唇角微動，輕輕笑了一下，道：「若縣主不願，那我便自己動手了。」

說著，他還用那被燙紅的手，輕輕撩了撩水花。

曾菲敏沈默了片刻，扔下一句話。「罷了，就便宜你一回，吃了我的烤魚，就互不相欠了啊！」

李信眉眼微彎，笑意更甚。「多謝縣主體恤。」

曾菲敏實在看不得他這人畜無害的笑容，轉頭就跑。

等她回到火堆邊時，蘇心禾與李惜惜的魚已經烤到七分熟。魚皮上的油脂泛著淡淡的光澤，原本白白的魚腹也被烤得金黃一片，似乎馬上就能入口了。

曾菲敏拿起自己烤了一半的魚，重新架上火。

李惜惜問道：「菲敏，我大哥沒事吧？」

曾菲敏手裡擺弄著烤魚，嘀咕一聲。「他能有什麼事……」

說著，她下意識地側過頭，向湖邊看去，豈料李信也恰好抬眸，兩人視線相接，曾菲敏一頓，立即收回了目光，對李惜惜道：「妳若擔心，自己看看去！」

這人燙了手還不老實，就不能好好浸水嗎？誰允許他笑了?!

李信似是對曾菲敏的躲避有所察覺，但他不以為意，轉頭看向波光粼粼的湖面，唇角虛虛勾了勾。

今日的天氣可真好，這一趟……來得值了。

兩人的心聲飄進蘇心禾的耳裡，她彷彿吃了個大瓜，眸光在曾菲敏跟李信身上來回穿梭，生怕錯過什麼新消息。

「在想什麼？」

李承允輕喚一聲，打斷了蘇心禾的思緒，她連忙斂神，道：「我在想，這魚應當是快好了。」

說著，她將烤魚從架子上取了下來，左右轉圈看了看，見劃了花刀的地方已經烤得微捲，用筷子一戳內裡，也密實彈潤，確實是熟了。

蘇心禾將烤魚分成好幾份，讓眾人自取，打算將第二條魚架上火烤。

李承允見蘇心禾忙活個不停，便道：「吃完再烤也來得及。」

蘇心禾笑意盈盈道：「馬上就好。」

她將生魚串上木籤，調整好位置以後，便將魚肉小心翼翼地放到架子上。魚肉鮮嫩，火不能過猛，於是她用叉木棍扒了扒柴火，將自己這邊的火勢壓低了幾分。

忙碌中，她聽見李承允出聲。「心禾。」

蘇心禾回過頭，就見李承允手持筷子，挾著一塊魚肉，送到自己面前。

她怔了怔，李承允似乎也有些面熱，但仍低聲說道：「妳說的，魚肉要趁熱吃，涼了會腥。」

蘇心禾一笑，啟唇接下他送來的魚肉，輕輕一抿，魚肉的鮮甜便綻放開來。

兩人相視一笑，連空氣中都飄著絲絲甜意。

曾菲敏坐在對角，默默看著這一切，心中悵然，喃喃道：「我長大後從沒見過世子哥哥對誰這樣好……」

她雖然已經放下過去的心意，但見到此情此景，仍忍不住有些傷懷。

李惜惜見狀，連忙扯開話題。「我二哥比起妳父親啊，那可是小巫見大巫了。」

蘇心禾嗅到了八卦的氣息，注意力也被吸引過去，好奇地問：「駙馬爺可是有故事？」

李惜惜笑道：「嫂嫂有所不知，我聽人說過，當年駙馬爺愛慕長公主殿下，追求了三年之久！殿下喜歡吃桃酥，他就差人買遍了京城的桃酥，每一樣都自己親自試過，再挑最好的送給殿下。

「殿下喜歡看皮影戲，駙馬爺便親自寫了話本，安排人演了一齣戲碼，當眾向殿下表明心跡，駙馬爺也成了京城裡有名的『情種』，一時引得貴女們羨慕不已。後來，殿下喜歡上賞畫，他便苦練畫功，畫了無數殿下的畫像，這才打動她，求得先帝賜婚。」

曾菲敏睨她一眼，道：「妳怎麼知道得比我還清楚？」

李惜惜挑了挑眉道：「我可是『京城百事通』！我有自己的消息來源，妳若還想聽誰家的故事，只要請我吃好的、喝好的，我便講給妳聽！」
蘇心禾瞪大了眼。「什麼消息來源？」
難不成李惜惜也會讀心術？
李承允一面幫蘇心禾挑魚刺，一面說道：「惜惜，那些不入流的話本，妳還是少看為妙。」
聞言，李惜惜明顯哽了一下，嘟囔道：「二哥，你就不能給我留點面子嗎……」
李承韜也跟著笑起來。「妳要什麼面子？臉皮都那麼厚了！」
雖然李惜惜有些怕李承允，卻絲毫不懼李承韜，見對方順著李承允的話數落自己，便一把抓起烤魚，道：「李承韜，你有本事別吃我烤的魚！」
李承韜不以為然，笑道：「不吃就不吃，有什麼了不起的？」
見李承韜不肯服軟，李惜惜索性將烤魚一分為三，一部分給蘇心禾，一部分給曾菲敏，剩下的全留在自己碗中，唯獨沒分給李承韜。
李承韜見她竟是來真的，差點氣笑了。「小氣鬼！我自己烤！」
說罷，他便拿起兩根木籤，打算學蘇心禾的樣子串魚肉，但那魚兒被剖開了肚，眼睛還睜著，不知怎的，總教人心頭發麻。
李惜惜見李承韜手伸到一半就跟石化了一樣，誇張地「唉呀」一聲，道：「也不知我這魚烤得如何？大家都嚐嚐啊！」
說著，她用筷子扒下一塊魚肉，對著李承韜「啊」了一口，直接送進自己嘴裡。

魚皮焦脆，嚼起來「嘎吱」作響，淡淡的鹹香蓋住腥味，只留下天然的鮮美。

李惜惜在烤魚一事上得了蘇心禾的真傳，不但外皮烤得焦黃誘人，內裡的肉質還保持著柔嫩豐美。

她細細品味著白嫩的魚肉，時不時發出「唔」的聲音，表情看起來十分享受。

李承韜的眉頭擰到一處，忍不住道：「李惜惜，妳演夠了嗎？」

只見李惜惜無辜地眨了眨眼，道：「我哪裡演戲了？這烤魚真的很好吃啊，不信你問菲敏跟嫂嫂！」

曾菲敏吃人嘴軟，她先是嚥下口中的魚肉，才道：「嗯，確實美味！再給我來一塊？」

李惜惜點頭，又撕下一塊魚肉遞給她。

瞧她們兩人吃得津津有味，李承韜就更加無語了。

蘇心禾抿唇一笑，道：「承韜，說實話，惜惜這次烤的魚確實很不錯，你錯過了是有些可惜。」

李承韜搖搖頭，道：「君子不受『嗟來之食』！」

這夫子似的賣老模樣，逗笑了眾人。

蘇心禾含笑將調味料遞給李承韜，道：「那好，請君子烤魚吧。」

李承韜沒烤過魚，方才見蘇心禾將調味料撒到魚上，心想此事不難，便撚了好些鹽巴，往烤魚上撒去。

蘇心禾一愣，不禁出聲。「多了……」

「嫂嫂！」李惜惜連忙打斷了蘇心禾的提醒，道：「妳還沒吃我給妳的烤魚呢！」
她一邊說，一邊朝蘇心禾擠眉弄眼，不外乎就是讓蘇心禾別提醒李承韜。
蘇心禾看向李承允，李承允卻笑了笑，只道：「別管他們，讓他們冤冤相報就是了。」
一時之間，蘇心禾哭笑不得。
火燒得很猛，李承韜撒上的鹽巴很快便被魚肉吸收了，他覺得這過程很有意思，於是又隨手抄起一罐調味料，對著裡面瞧了瞧。「這是……孜然？」
李惜惜一反常態，熱情地回答道：「是啊！不過這孜然味道太衝了，你可千萬別放。」
聽她這麼說，李承韜笑了，道：「小丫頭片子想誆我？我剛才明明見妳放了不少！」
李惜惜的盤算被拆穿，露出尷尬的神情，道：「那你別放太多了，過頭了也不好……」
然而李承韜哪會聽李惜惜的勸？李惜惜越不讓他放，他就放得越多，頃刻間，魚背上沾滿了孜然粉，李承韜的手微微一抖，就有不少孜然粉被抖進火裡，粉末被火一烘，飛起來散開，眾人紛紛咳嗽起來。
李承允抬手幫蘇心禾搧了搧那嗆人的味道，凝眉道：「承韜，你到底是在烤魚，還是在烤我們？」
只見李承韜不好意思地撓了撓頭，道：「對不起！等我烤好了，一定分給大家吃！」
蘇心禾連忙擺手。「不必了！你自己烤的魚，應當犒勞自己才是！」
李承韜「嘿嘿」笑了聲，道：「還是嫂嫂善解人意。」
他自我感覺良好地烤著魚，一會兒往上面加辣椒粉，一會兒又加生蒜末，到了後來，魚皮覆上厚厚一層料，看起來花花綠綠的……簡直一言難盡。
蘇心禾默默搖頭，心中為魚抱屈。
李惜惜已經吃飽了，但她依然坐著沒動，一臉看好戲的樣子，等著李承韜將魚烤好。
曾菲敏吃完了李惜惜給的烤魚，她放下碗筷，自言自語道：「你們有沒有聞到什麼味道？」
蘇心禾剛才被嗆到不行，這會兒嗅覺才恢復了些許，她凝神聞了聞。「是不是有什麼東西烤糊了？」
曾菲敏察覺哪裡不對勁了。「我的烤魚！」
她驚呼一聲，連忙將自己的烤魚翻過來，原本光滑的魚背已被烤得面目全非，糊成了焦炭一般的黑色，慘不忍睹。
李惜惜見了這情景，「噗哧」一聲笑了出來。「菲敏，妳怎麼連自己的烤魚都忘了?!哈哈哈……」
曾菲敏面色漲紅，悶聲道：「方才在吃魚，就沒留意……誰知這烤魚上面看著好好的，背後已經糊成了這樣呢？」
說著，她幽怨地看了李承韜一眼。
李承韜摸不著頭緒。「妳看我做什麼？」
曾菲敏恨恨道：「若不是你放那麼多調味料，也不會掩蓋了糊味，要是早些發現，說不定還有救呢！」

說到這裡，曾菲敏不禁扼腕。她人生的第一條烤魚就這麼毀了！

曾菲敏不經意地轉過頭，見李信已經從湖邊起身走來，她彷彿見了鬼似的，連忙將烤魚轉了過來，讓完好的一面朝上，藏起了黑漆漆的那面。

李信在曾菲敏身旁坐了下來，笑著問：「不知縣主的魚烤好了沒有？」

曾菲敏若無其事地朝烤魚撒調味料，搪塞了一句。「快了。」

李承韜忍不住笑出了聲。

見狀，李信疑惑地瞧了他一眼。「怎麼了？」

李承韜欲言又止，道：「大哥，縣主的烤魚你只怕吃不上了，不如吃我的吧？」

聽他這麼說，李信的目光便往下移，落到李承韜手中的烤魚上——原本好好的一條魚不知道經歷了什麼，看起來腫了一圈，那些過量的調味料被火一烤，全結成塊巴在魚皮上，彷彿是一層鎧甲，甚至讓木籤不堪負荷，彎了幾分。

李信嘴角抽了抽，道：「罷了，我恐怕消受不起。」

見李信對自己的魚不感興趣，李承韜忙道：「大哥，你還沒嚐我的烤魚，怎知不好？我這魚再不濟，也比縣主烤的強！」

曾菲敏一個眼刀過去。「誰要跟你比了?!」

李信下意識偏頭看向曾菲敏。

曾菲敏感受到李信的目光，不知怎的有些心虛，不自覺地撒起了調味料。

「縣主，」李信溫聲開口道：「這一面撒過了。」

「啊？」曾菲敏愣了一愣，結結巴巴道：「是、是嗎？呵呵呵，我忘了……」

李信輕輕「嗯」了一聲，道：「該翻面了。」

曾菲敏眼皮跳得厲害，故作鎮定地護著自己的烤魚。「還沒好呢，你急什麼？」

李信見她神情古怪，便收回目光，悠悠笑道：「那好，我等。」

他不著急，安靜地坐在一旁，目不轉睛地看著曾菲敏烤魚。

起初，曾菲敏還能裝一裝，但時間一久，糊味就藏不住了，李惜惜忍不住道：「菲敏！妳的魚都快冒煙了！」

李惜惜話音才落，曾菲敏的烤魚便發出了悶悶的聲音，聽起來有些奇怪，眾人的視線不由自主地聚集在這條烤魚上，不料烤魚忽然爆出大響，燃起了火！

幾個人大驚，李承允眼明手快，抄起一壺水，對著曾菲敏的烤魚淋了下去，只聽「嘶」的一聲，烤魚上的火被徹底澆滅。木籤被燒得幾乎斷了，烤魚從架子上滾落下來，黑漆漆的反面完全展現出來，落入眾人眼裡，其中也包括李信。

看到那條烤魚的慘狀，李信一句話都說不出來。

李承韜看了，忍不住笑出聲，曾菲敏瞪了他一眼，他才連忙捂住嘴。

不方便說話便罷，李承韜在心中暗道：大哥這是造了什麼孽啊！這哪是烤魚？分明是炭魚……

李惜惜一會兒看看曾菲敏漲紅的臉，一會兒看看李信發青的臉，想笑又不敢笑，與李承韜一樣，憋得非常辛苦。

菲敏這烤魚吃了只怕要中毒吧？還好著火了，要不然，按照她的性子，肯定會逼著我嚐的！大哥可真是救了我一命啊，哈哈哈……

曾菲敏盯著那條已經不成魚樣的烤魚，簡直無地自容。

李信似笑非笑地看著曾菲敏，問：「這便是縣主烤的魚？」

曾菲敏尷尬地笑了笑，自言自語道：「那個……剛剛還好好的，怎麼突然就糊了？奇怪了……還有沒烤的魚嗎？」

蘇心禾搖頭。「最後兩條，一條在妳那邊，一條給了承韜。」

李承韜大方地送上自己的烤魚，道：「大哥，你還不如吃我烤的魚呢，瞧瞧，色、香、味俱全！」

誰知李信忙不迭閃開。「不必，多謝你了。」

李承韜輕哼了一聲，道：「大哥怎麼如此不懂欣賞？二哥、嫂嫂，你們要不要嚐嚐？」

蘇心禾連忙側頭對李承允道：「夫君，我烤魚時弄髒了衣裳，想去換一身乾淨的。」

李承允會意，笑著點頭。「好，我先帶妳去山頂的別苑。」

說罷，他們兩人便站起身來。

蘇心禾眉眼一彎，對眾人道：「你們慢用，我們先走一步。」

李承韜著實覺得可惜，這可是他第一次烤魚，怎麼能沒人品嚐呢？

於是他將目光轉向了李惜惜，道：「怎麼樣啊，想不想嚐嚐妳三哥的手藝？」

李惜惜不禁翻了個白眼，道：「不了不了，你這魚恐怕是沒救了。」

「胡說什麼！」李承韜輕斥道：「我都不計前嫌請妳吃魚了，妳怎的如此不知好歹？」

李惜惜「嘖嘖」兩聲，道：「這麼好的魚，三哥還是留著自己吃吧，我還想多活幾年呢！」

說著，她也站起身來，拍了拍身上的塵土離開了。

李承韜見沒人買帳，只得悻悻轉過頭，瞥見李信與曾菲敏時，忽然覺得氣氛有些古怪，古怪到讓他覺得自己像是多餘的。

他動作稍稍一頓，道：「既然你們都不吃，那我只好獨享了。唉呀，湖邊風景不錯，我去那兒吃了！」

說完，李承韜便一骨碌地爬起身來，小心地拿起那條滿是孜然跟辣椒的烤魚，往湖邊去了。

被水一澆，火堆也滅了，此時此刻，此處只留下李信與曾菲敏兩人。

曾菲敏二話不說便起身要走，李信卻輕輕開了口。「縣主去哪兒？」

只見曾菲敏身子微微一僵，扯了扯嘴角，道：「烤魚毀了，我去馬車上找找還有什麼吃食……」

李信問：「縣主可是覺得餓？」

「怎麼會？」曾菲敏輕瞪他一眼。「我是看你傷了手，又沒吃到烤魚才這樣。」

曾菲敏說到一半，突然話鋒一轉。「你可別誤會啊，我只是不喜歡欠人家人情罷了！」

李信低頭淡笑，道：「我又不會找妳討要什麼，縣主不必擔心，況且我不餓。」

「那也不行！」曾菲敏說得斬釘截鐵。「若是你現在不餓，那等回了京城，我再還你一頓飯，就算是兩清了。」

李信倒也不拒絕，只道：「那便聽縣主安排。」

他的語調溫和、態度謙遜，聽起來令人舒暢，曾菲敏忍不住瞧了他一眼。

午後陽光靜謐，穿過樹蔭錯落地灑在李信的臉龐上，他的氣質與李承允孑然不同，相比李承允的冷冽，李信給人的感覺則是清爽，像今日這般不穿鎧甲，整個人便顯得修長而單薄，就像一位不通武藝的俊逸書生——在人群裡能一眼看到的那種。

李信見她看著自己，便低低出聲道：「縣主？」

曾菲敏這才回過神來，急忙避開他的目光道：「就這麼定了！咦，他們怎麼說走就走了？我也要去別苑了！」

說完，她便提著裙裾匆匆離去了。

李信見她步伐踉蹌了一下，又立即穩住身子，逃也似的走了，忍不住勾起了唇角。有趣。

第五十四章　月下定情

玉龍山有「湯泉之鄉」的美稱，湯泉水自山頂向下淌出，潺潺不息，造就山內上百處湯泉。

山頂本來有一處皇家行宮，但先帝為了遏止京中的奢靡之風，便讓人將行宮拆了，改成一處清幽的別苑，如今這座別苑，連同玉龍山一起，被宣明帝賜給平南侯府。

別苑中也有幾處湯泉，皆修成木屋，隱蔽性極好，此刻，李惜惜便愜意地靠在湯泉內的石壁上。

她撩了撩水花，長吁一口氣。「真舒服啊……菲敏，妳泡過這裡的湯泉嗎？」

曾菲敏搖頭，道：「沒有，母親說這兒已非皇室所有，以她的身分，不宜常來，不過這裡的湯泉浴很舒服，比起我在宮中泡的，不遑多讓。」

李惜惜又問道：「嫂嫂覺得如何？」

蘇心禾長髮鬆綰，將自己的身子泡進水裡，回道：「很好，與江南的湯泉相比，各有千秋。」

李惜惜有些好奇地問道：「江南的湯泉與京城的湯泉有什麼不同？」

蘇心禾想了想，道：「江南多園林，湯泉往往修築在園林中，與亭臺樓閣、花草樹木融為一體，置身其中，便覺心曠神怡。」

李惜惜瞪大了眼。「在園林之中？那外人豈不是能看到？」

蘇心禾笑了笑，道：「若是自家園子，就不必擔心了，裡裡外外都是近身伺候的丫鬟，沒有男子。」

李惜惜表情更誇張了。「嫂嫂，這麼說來，妳在江南的時候，家裡有湯泉?!」

蘇心禾面色平靜地點頭，道：「是啊，父親為我修了一個。」

李惜惜羨慕極了，小聲嘀咕道：「要是我父親也能這樣就好了……」

蘇心禾莞爾。「公爹乃是護國佑民的大英雄，他們各有各的好，如何相比？」

李惜惜這才展露笑顏，道：「不過，在我們兄弟姊妹之中，父親對我算是最寬容了，他對二哥最嚴厲。」

曾菲敏擰眉問道：「為什麼？」

「也許是因為大哥吧。」李惜惜說著，臉上有一絲悵然。「大哥生在外面，又長到七歲左右才入府，父親覺得大哥吃了不少苦，啟蒙得又晚，便將他帶在身邊親自教導，甚至比對二哥這個嫡子還好。有些事，二哥分明做得比大哥更好，父親卻依然誇獎大哥、敲打二哥，若我是二哥，久而久之，心裡也會難受的。」

曾菲敏是長公主歐陽如月的獨生女，自幼集萬千寵愛於一身，加上她又一直對李承允有好感，聽了這話，便為他打抱不平。「這李信真可惡，若是沒他，世子哥哥就不會受那麼多委屈了！」

蘇心禾不禁抬眸看了她一眼。

曾菲敏突然意識到了什麼，忙道：「我這話沒別的意思，不過是覺得平南侯對世子哥哥不公罷了，妳可別胡思亂想！」

蘇心禾笑得輕鬆，說道：「妳放心，我不介懷。其實，關於父親對夫君的態度，我倒有些不同的看法。」

曾菲敏問：「什麼看法？」

李惜惜也聚精會神地看著蘇心禾，等待她說明。

蘇心禾思忖了片刻，道：「父親表面上雖然對夫君嚴厲，但當夫君不在府中用飯時，他卻會主動問起，可見是關心夫君的。況且，父親對大哥好，可能是為了彌補他幼年的缺失，並非有意冷落夫君。他將夫君一人放到北疆，應該是為了磨鍊夫君。」

李惜惜抿了一下唇道：「可是，父親平時對二哥也太凶了……」

蘇心禾道：「夫君要統領千軍萬馬，若是沒有強大的心理，如何抵擋得住戰場上的壓力？」

曾菲敏的目光停留在蘇心禾的面容上。湯泉水氣升騰，逐漸凝成水珠，聚在蘇心禾額前的碎髮上，她笑容恬淡，眼神卻十分篤定。

這般好看的妙人，怪不得世子哥哥動了心。

曾菲敏的心情複雜，她在湯泉中待了一會兒，便默默起身。「這裡面有些悶，我出去走走。」

說罷，她便用布巾包住自己，去屏風後換衣裳了。

曾菲敏擦乾身上的水珠，穿戴整齊、綰好長髮之後，便出了木屋。

她漫無目的地走著，行至木屋前的涼亭時，卻見一人靜立其中，那頎長的身影，她再熟悉不過了。

沈吟了片刻後，曾菲敏終究還是走了過去。「世子哥哥。」

李承允聞聲回頭，見到曾菲敏之後，頷首道：「縣主。」

曾菲敏笑了笑，道：「從小到大，世子哥哥好像都沒喚過我的名。」

「禮不可廢。」李承允語氣平淡，沒什麼情緒。

曾菲敏站在李承允面前，內心糾結了好一會兒，才鼓起勇氣開口。「世子哥哥，我知道你已經成婚了，不該再同你說這些話……但我一直有個疑問，只要你能真心地回答我，我保證從今往後再也不纏著你，可好？」

涼亭之中安靜了好一會兒，聲音落針可聞。

李承允看向曾菲敏。「妳想問什麼？」

曾菲敏咬了咬唇，低聲道：「世子哥哥，我們從小一起長大，這些年來，我對你的心意，就算沒說出口，你也應當知道……事到如今，我只想知道，這麼多年來，你有沒有對我動過心？」

說到後面，曾菲敏的聲音顫抖，但她依然目不轉睛地看著李承允，生怕錯過他任何一個表情。

李承允沈默了片刻，低聲道：「縣主，妳我雖然相識很早，然而我對妳與對惜惜一樣，不過是兄妹之情。」

曾菲敏的眼眶霎時紅了。「一刻一瞬也沒有？世子哥哥忘了嗎？小時候我偷偷跑出去玩，掉進枯井裡，你不但陪了我一整夜，還將我救了起來，當時我便下定決心，長大後要嫁給你……」

「縣主，」李承允輕輕打斷她的話。「兒時之事已經過去，況且當年我只是幫長公主殿下找到了妳，至於整夜陪伴……我並無印象，縣主會不會記錯了？」

曾菲敏驀地抬頭，不敢置信地看著他。「怎麼可能？我當時雖然發著燒，但不至於連這件事都記錯了……」

李承允只道：「縣主，無論如何，這都是往事了，人要向前看才好。」

他的語氣越誠懇，曾菲敏心裡便越是難受，淚水在眼眶中打轉，指甲也深深嵌入手心，刺得她生疼。

就在此時，蘇心禾恰好從湯泉木屋出來，她遠遠地看到這一幕，下意識地頓住步伐，沒靠近涼亭。

曾菲敏強忍著情緒波動，繼續問道：「那你對蘇心禾呢？當初你們的婚約不過是舊時承諾，如今她對你來說算什麼？」

這個疑問不但讓李承允神情一頓，也讓不遠處的蘇心禾微微一怔。

李承允側過身子，抬頭凝望無邊無際的天空，一字一句說道：「她之於我，如暗夜之明月、雪山之春水、炎夏之微風……總之，她的出現，彷彿照亮了我的人生。」

說著，他轉頭看向曾菲敏，道：「縣主，感情的事無法勉強，但我相信，妳會找到兩情相悅之人，只是那人，不是我罷了。」

曾菲敏的眼淚終於奪眶而出，她定定地看著李承允，輕聲說道：「世子哥哥，我不後悔喜歡你這麼多年，可從今往後，我不會再喜歡你了，願你與她恩愛到白頭，保重。」

說完，曾菲敏深深看了李承允一眼。這一眼裡，有遺憾、有惆悵，卻也有釋然。

她頭也不回地走了。

李承允獨自立在涼亭中，靜靜目送她離去。

過了一會兒，他緩緩出聲。「妳打算躲到什麼時候？」

蘇心禾這才走過去，她邁入涼亭中，眉眼含笑。「方才見你們在說話，我便未打擾。」

她穿了件月白色的輕薄紗裙，長髮半綰，隨意地插了根木簪，在月色的照耀下，顯得烏髮雪膚，人比花嬌。

李承允的目光落到蘇心禾的臉上，問：「我剛剛說的話，妳都聽見了？」

蘇心禾眉眼輕彎。「什麼話？我沒聽見。」

李承允見她笑得狡黠，不禁耳尖微熱，只道：「沒聽到就算了，日後再說。」

「為何要等到日後？」蘇心禾上前一步，離李承允近了些，她身上的芬芳瞬間將他籠罩，李承允的身子頓時微僵。

蘇心禾盯著他，秀眉一挑，語氣似有不滿。「那些話，為何夫君能對別人說出口，對我卻不行？」

「我……」李承允一時有些無措。「妳誤會了，我只是不知該如何開口……」

蘇心禾微瞪著他，下巴輕揚。「不說就算了。」

她轉身就要走，李承允卻眼明手快地將人拽了回來。

這力道之大，直接讓蘇心禾撞進他懷裡，她還沒反應過來，腰肢便被李承允的大手牢牢扣住，動彈不得。

蘇心禾失笑道：「你這是做什麼？君子動口不動手。」

李承允凝視著蘇心禾，另一隻手從懷裡掏出了一個木匣，遞到她面前。

蘇心禾好奇地垂下眼眸，問：「這是什麼？」

李承允似是有些不好意思，低聲道：「打開看看。」

蘇心禾乜了他一眼，接過木匣，伸手打開——

一支白玉雕成的蘭花簪，安靜地躺在裡面。

蘇心禾拿起這支白玉蘭花簪，仔細地端詳起來。簪子雕得精巧，上面的蘭花栩栩如生，一看便知不是凡品。

她嬌俏地覷了他一眼，道：「這是送我的？」

李承允薄唇微抿，輕聲道：「嗯。其實這簪子很早以前就準備好了，不過沒找到合適的時機……」

在大宣，人人皆知簪子乃是男女定情之物。

蘇心禾的手指輕輕摩挲著簪子，唇角噙著笑意，卻沒說話。

李承允目光灼灼地看著她，語氣有些緊張。「妳喜歡嗎？」

蘇心禾抬起眼簾，對上李承允的視線，反問了一句。「那……你喜歡嗎？」

他問的是簪子，她問的是人。

李承允愣了片刻，隨即將蘇心禾抱緊，又低下頭，在她耳邊輕聲道：「喜歡，很喜歡。」

蘇心禾抿唇一笑道：「我也喜歡。」

月光如水，灑滿了兩人全身，蘇心禾眼波流轉，將白玉蘭花簪遞給李承允，笑著催促。「快幫我簪上。」

李承允接過簪子，小心翼翼地插入她的烏髮之中，秀髮被白玉一襯，更顯柔亮，彷彿是這世間最美的綢緞，令人愛不釋手。

「好看嗎？」蘇心禾眨了眨眼，少女的俏皮展露無遺。

李承允眸中含著欣賞，認真地回道：「好看。」

蘇心禾一顆心甜滋滋的，她踮起腳尖，湊到李承允頰邊，輕柔一吻。

這蜻蜓點水般的觸碰，讓李承允渾身微震，他定定地看著蘇心禾，眸色漸深。

蘇心禾紅著臉道：「出來這麼久，惜惜該找我了，我先走了。」

她頭一轉，瞬間跑得沒影。

李承允唇角微揚，輕輕笑出了聲。

曾菲敏離開涼亭之後，便在別苑中找了處安靜的角落，坐了下來。

雖然她對李承允的答案早有預期，但親耳聽到時，還是不免黯然神傷。此刻的她，全然沒了來玉龍山遊玩的心情，一個人孤零零地坐在石階上。

曾菲敏隨手拿出身上的一個小酒瓶，打開蓋子仰頭飲下一口，這些年來的經歷，一幕幕地在腦海中上演。

李承允自十七歲出征，待在京城的時間就不多，每次他班師回朝，曾菲敏都會想方設法地迎接他，可他對她卻總是淡淡的。

這種淡漠讓她覺得他在刻意與自己保持距離。

可曾菲敏卻一再安慰自己，李承允只是不識情趣，不懂得如何照顧姑娘家而已，所以就算見到他成婚，她也覺得那是他不得已而為之，只要她將一片真心捧給他看，他便會為她回頭。

直到生辰宴那日，李承允遠道而來，只是為了接蘇心禾回府，曾菲敏這才意識到，蘇心禾對他來說是不同的。

後來，曾菲敏更發現，不太笑的李承允，會溫柔地對蘇心禾笑；不主動照顧姑娘的他，也會細心地為她挑魚刺。

曾菲敏這才明白，自己多年的情意，到頭來不過是一廂情願。

那兩人之間，再沒有第三個人的位置。

曾菲敏想到這兒，又灌了一口酒。她喝得太猛，嗆得她劇烈地咳嗽起來。

這咳嗽聲驚動了長廊上的人，他信步而來，聲音溫和。「縣主，妳沒事吧？」

曾菲敏側過頭，就見李信遞來一方雪白的手帕，她想也沒想便接過手帕，胡亂地擦了擦唇邊的酒漬，沒好氣地問：「你怎麼在這兒？」

李信笑了笑。「這話應該我問縣主吧，這兒是我的住處。」

曾菲敏聽到這話，不禁呆了呆，她抬頭看了不遠處的月洞門一眼——還真是李信與李承韜的住處。

她將手帕扔還給李信，哼道：「是你的住處又怎麼樣？我就想在這兒吹風喝酒，不成嗎？」

曾菲敏說話間，不經意地揚起了頭，李信看清了她的臉龐，神色一凝。「妳哭過？」

她連忙轉過頭，將臉藏到石柱的陰影裡，反駁道：「哪有啊?!」

李信沈默了片刻後，道：「是為了他？」

一聽到他這麼說，曾菲敏的鼻子就酸了起來。

李信見她默然不語，忍不住道：「他與弟妹感情甚篤，妳這又是何苦？」

曾菲敏正好一肚子委屈無處發洩，現在就像炮竹似的一點就著，她猛地站起身來，對李信道：「這是我自己的事，與你有何干係？」

李信瞧見她眼眶泛紅，低聲道：「我是為了妳好。每個人都有喜歡別人的權利，但是若對方無法回應，就該把感情放在心裡，這樣未嘗不好。」

「你憑什麼這麼說？」曾菲敏彷彿被踩到痛處，高聲質問道：「你又沒有像我這樣，認認真真、長久地喜歡過一個人，你懂什麼？」

李信默默看著曾菲敏，半晌後才開了口。「妳又不是我，怎知我不懂。」聽到此話，曾菲敏忽然不敢看李信的眼睛。她略微不安地轉過頭，避開李信的目光，只道：「我懶得與你說，反正說不清。」

李信的眸光微斂，臉上再度掛上笑意，他順手奪過曾菲敏的小酒瓶，溫聲道：「喝酒傷身，縣主還是少喝些吧。」

曾菲敏自然不聽，她不悅地蹙起眉。「還給我！」

李信搖頭。

曾菲敏正要出手去搶，腹中卻忽然傳出「咕嚕」兩聲，讓她身子一頓。

她尷尬地看向李信，卻見他笑意更盛。「腹中空空就更不該飲酒了，縣主不是欠我一頓飯嗎？不如現在便還給我吧。」

曾菲敏疑惑地看著他。「荒山野嶺的，我如何還你？」

李信微笑。「一人獨食無趣，縣主陪伴在側就好。」

曾菲敏見他話裡有話，沒好氣道：「你葫蘆裡到底賣的是什麼藥？」

李信不語，只拿著她的小酒瓶往前走，曾菲敏見狀便跟了上去。「本縣主同你說話呢，你怎麼不回答？喂！」

兩人一前一後地沿著長廊走了一段路，李信便定住步伐，伸手推開眼前的門。

曾菲敏這才發現，她竟不知不覺地跟著李信到了伙房。

李信邁了進去，環顧四周一圈之後，臉上的表情頗為滿意。

這伙房雖然看起來沒人用，但有人提前收拾過了，鍋碗瓢盆一應俱全，倒是方便。

曾菲敏見李信一件件檢查著炊具，不禁美目圓睜道：「李信，你該不會是要讓我下廚，給你做一頓吃的吧?!」

李信彷彿聽到了什麼笑話一般，當場笑出聲。

「縣主忘了自己烤的魚，我可沒忘。」李信隨手打開米缸，但米缸裡卻空空如也，他只能蓋上蓋子，道：「實在不敢再煩勞縣主下廚。」

一提起那烤魚，曾菲敏便有些心虛，她語氣緩和了幾分，問：「你……你後來可進了吃食？」

李信笑道：「這不是來後廚了嗎？」

說著，他翻找起了其他食材。

一想到李信從那時開始到現在都粒米未進，曾菲敏實在有點過意不去。「你要吃什麼？我去找管家。」

這地方如今是平南侯府的產業了，自然有負責打理的管家，只不過李承允為了讓眾人玩得盡興些，便未安排人上山伺候，故而這偌大的別苑中，只留了幾個下人。

李信在角落的籃子裡翻到幾顆雞蛋，他一手拿起兩顆，將它們放到灶臺上，道：「這麼晚了，不必興師動眾，這點小事，我自己可以解決。」

「你還會做菜？」曾菲敏像是聽到了什麼不可思議的事情。

李信打了一盆水，將找到的雞蛋放進去清洗，輕聲道：「還沒入平南侯府之前，我也時常幫母親做活，煮些簡單的菜餚不成問題。」

他輕輕搓洗著雞蛋，白天被燙傷的地方很明顯，曾菲敏瞧見了，不禁道：「你的手……」

第五十五章　昭然若揭

李信瞧了她一眼。「無礙。」

曾菲敏本來想幫忙，但見他不甚在意，便噓下後面的話。她看向盆中的雞蛋，這些雞蛋個頭還不小，一個挨一個地湊在盆裡，看起來莫名熱鬧。

曾菲敏問：「這兒只有這麼幾顆雞蛋，能做什麼？」

「縣主可不要小看雞蛋。」李信將雞蛋從水裡撈出來，又找了條乾布，稍微擦了擦上面的水分，道：「小小一顆雞蛋，能翻出數十種不同的作法，風味各異。況且，雞蛋對大多數窮人來說，算是好食材了。」

曾菲敏沈默了片刻後，忽然問道：「你幼年時……過得很苦嗎？」

「何為苦，何為甜？」李信語氣溫和。「年幼時，雖然家中算不上富貴，但母親護我、疼我，有好東西都會留給我，生活雖苦，日子卻是甜的。」

李信說完，便舀起一大瓢冷水，澆入鐵鍋之中，又蹲地生火。

曾菲敏見旁邊有柴火，便隨手撿起兩根遞了過去。「聽說你幼年時很少見到自己的父親……你不怪他嗎？」

李信拿著柴火的手微微一頓，才道：「怪有什麼用？都過去了。」

曾菲敏卻忽然開口。「怎麼能這樣？」

「嗯？」李信有些不解地抬頭。

只見曾菲敏一臉不平，她蹲下身道：「我願以為平南侯是蓋世英雄，沒想到他竟是朝三暮四之人！放著正妻在京城裡為他操持內務、教養兒女；對外室跟你又不管不顧，這也太過分了！」

曾菲敏越說越火大，差點將手中的柴火都折了，彷彿被冷落的人是她自己一般。「若是我父親敢這樣對母親與我，我定要與他斷絕父女關係！」

李信忍不住笑了，他從曾菲敏手中拿過柴火，只道：「也不能算不管不顧。我母親曾說，父親常年在外征戰，鎮守四方，護國便是守家，且守的是千千萬萬個家。」

曾菲敏聽了，心中一動，道：「你母親倒是個大度之人。」

提起母親，李信的神情柔和了幾分，低聲道：「是啊，我母親性子爽朗、不拘小節，不過那些年裡，我們並非毫無依靠，韓叔隔三差五地便會來看我們，送些補給。」

曾菲敏好奇地問：「對了，你說的這位韓叔，到底是誰呀？」

李信將柴火送進灶膛，沈聲道：「是我父親的同僚，韓忠將軍。」

「這個名字聽起來有些耳熟……」曾菲敏凝神想了一會兒，忽然反應過來，連忙道：「莫不是助平南侯解了臨州之圍，後被追封為虎嘯將軍的那位大英雄？」

「追封」兩字彷彿一根刺，扎在李信心頭，他的臉上不自覺地流露出痛苦，語調也低了兩分，道：「不錯，就是他。」

柴火燒得劈啪作響，他怔怔地看著灶膛裡，神色微黯。

韓叔的面容他已經記不清了，卻依然記得他偉岸的身姿與爽朗的笑聲。

「韓叔每次過來，不但會給我們帶好些吃食，還會給我買很多有趣的小玩意兒，甚至親手給我打過一把精巧的木劍。可惜臨州之亂時，他為了護送蘇老爺出城，被敵軍亂刀砍死在城外。」

火光照亮了他的臉，眸子在火光映射下泛著淡淡的棕色，流出淺淺的哀傷。

曾菲敏喃喃道：「如此說來，你與蘇心禾竟還有些淵源……她不就是蘇老爺之女嗎？」

李信微微頷首道：「不過我並未與她聊過這些，因為沒必要。」

曾菲敏若有所思地說：「韓將軍死後，你就被接回來了？那你母親……」

李信唇角微抿，低聲道：「母親知道韓叔的死訊後傷心不已，竟一病不起，外出求醫後便再也沒回來，父親到此時才現身，說要帶我走……說來可笑，那時我都快七歲了，還是第一次見到他。」

曾菲敏詫異地問：「難道平南侯之前一次都沒去看過你們母子嗎？」

李信自嘲地笑了笑，道：「我也問過母親這個問題，母親卻不願多說，她只道父親在平南軍任職，不得私自歸家。說來可笑，小時候，我一度以為韓叔是我的父親。」

搖搖頭，李信道：「不說這個了，我做虎皮雞蛋給縣主吃吧。」

虎皮雞蛋是一道民間家常菜，但身分尊貴的嘉宜縣主卻連聽都沒聽過。

她疑惑地看著李信，喃喃自語道：「我只聽過用虎皮墊椅子，還沒聽過用虎皮煮雞蛋的，況且，這麼晚了，你上哪兒找虎皮去？」

李信忍俊不禁，他看向一臉問號的曾菲敏，笑道：「縣主莫急，一會兒我就把『虎皮』變出來。」

曾菲敏雙手交叉抱胸而立，下巴微揚。「我倒要看看你怎麼耍把戲！」

鍋中的水已經沸騰了好一會兒，雞蛋也熟透了，李信不緊不慢地將雞蛋撈出來，放進乾淨的瓷盆裡。

李信淨手之後隨手拿起一顆雞蛋，對著砧板的邊緣敲了敲，雞蛋便裂了殼。他用手掌輕輕壓著雞蛋，在砧板上滾了一圈，又用手指輕輕一捏，便將蛋殼乾乾淨淨地卸了下來。

曾菲敏瞪圓了眼。「你是怎麼將蛋殼整片剝下的？」

李信笑笑，道：「蛋殼敲開後在桌上滾一圈，便能讓蛋殼連著膜都脫離，再用巧勁一剝，便成了。」

曾菲敏瞧著有趣，便也想試試，伸手就要去拿雞蛋。

李信立刻喊道：「小心燙！」

話音未落，曾菲敏就閃電般地收回了手，她連忙吹了吹自己的指尖。「怎麼這麼燙？我瞧你不是剝得好好的嗎？」

「我常年騎馬練劍，一雙手皮糙肉厚，縣主怎麼能比？」李信放下手上的雞蛋，一把拉過曾菲敏的指尖端詳。

只見水蔥般的手指染上一點胭脂般的紅色，所幸不大嚴重，李信才鬆了口氣。

這場面與白天烤魚時何其相似，曾菲敏下意識抬眸，恰好對上李信關切的視線，四目相接不過一瞬，她就連忙抽回手。

「放、放肆！」曾菲敏霎時紅了臉，連說話都有些結巴。

李信斂了神色，低聲道：「縣主恕罪，是我冒犯了。」

「罷了。」曾菲敏低下頭，挑了個晾涼的雞蛋，命令道：「還不快些把菜做好，我都餓了。」

李信嘴唇微微一勾，應聲道：「好。」

剝了殼的雞蛋光溜溜地躺在瓷盆裡，泛著柔和的光，李信掏出小刀，朝每顆雞蛋上劃了幾刀，便起鍋燒油。

見曾菲敏站得近，他溫聲提醒道：「縣主，小心熱油弄髒了衣裙。」

曾菲敏點點頭，乖乖地退後了兩步，但眼睛還是緊緊盯著油鍋。

眼下柴火燒得正旺，鍋子約莫熱到五成時，李信便將雞蛋一顆顆放入鍋中。

炸蛋的聲響讓曾菲敏不由得興奮起來。「變色了！」

雞蛋在油鍋裡滾上兩圈，便呈現出淡黃的色澤，李信用鍋鏟翻了翻，將雞蛋各面都炸成金黃色，才將它們撈出來。

曾菲敏一瞧，這劃了花刀的雞蛋，炸得外皮微皺、紋路清晰，還真有那麼點像「虎皮」。

她笑道：「原來這就是『虎皮』啊！」

李信長眉一揚，說道：「好戲還在後面呢。」

說著，他重新燒油，待油溫一起，便倒入方才備好的蔥、薑、蒜與乾辣椒，香味頃刻間充滿了整間伙房，曾菲敏險些被嗆得打噴嚏。

她連忙用帕子捂著口鼻，但又不肯出去，仍然站在灶臺邊看著。

李信打開辣醬罐子，道：「這辣醬是弟妹做的，不知合不合縣主的口味，試一試吧。」一勺辣醬入鍋，迅速化為濃郁的辣汁，鍋裡染成鮮紅一片，煞是好看。

李信又依次放了些調味料下去，用鍋鏟攪勻之後，鍋裡便「咕嚕咕嚕」地冒起了泡。他找來一柄漏勺，將上面的料渣撈出來，將炸好的雞蛋下鍋，四、五顆金黃的雞蛋浸泡在紅豔豔的辣汁裡，色彩鮮明、香氣勾人，令人食慾大增。

曾菲敏雀躍地問道：「快好了嗎？」

李信取來鍋蓋輕輕蓋在鐵鍋上，笑道：「大火收汁後，就能食用了。」

說著，他又往灶膛裡添了一把柴，待他直起身時，就見曾菲敏不知從哪裡找來兩個小碗，像模像樣地擺在角落的木桌上。

可碗筷擺好之後，她又覺得這木桌有些髒，於是掏出隨身的手帕親手擦了起來。

曾菲敏自是做不慣這種事，但這一幕落到李信眼中時，卻讓他微微一怔──

一張方桌、兩副碗筷，好似一個溫暖平凡的小家。

曾菲敏擦好桌子才回過頭來，見李信呆呆地看著自己，便朝他晃了晃帕子，問：「你看什麼呢？虎皮雞蛋好了嗎？」

李信連忙回過身，垂眸瞧了柴火一眼，道：「馬上就好了。」

曾菲敏一臉期待地湊了過去，只見李信用布巾包著鍋蓋，徐徐揭開——

香辣的氣味在鍋子裡積蓄已久，忽然找到了出口，便一湧而出，俘獲了兩人的嗅覺，曾菲敏笑彎了眼。「好香！李信，你好厲害啊！」

李信一時哭笑不得，他認識曾菲敏這麼多年，萬萬沒想到，第一次受到誇獎，竟是因為幾顆雞蛋。

金黃色的炸蛋充分吸收了紅潤的湯汁，外表看起來又紅又稠，還沒嚐便知入味至極，李信隨手撒了一把蔥花跟芝麻，便立即起鍋裝盤了。

兩人在木桌前相對而坐，曾菲敏抱著自己的小碗，臉上寫滿期盼。

李信笑著說道：「除了雞蛋，沒找到其他食材，只得委屈縣主將就一頓了。」

他說著，主動為曾菲敏挾了一顆雞蛋。

「不委屈！」曾菲敏連連擺手，隨即用筷子挾起雞蛋。

她才一湊近，李信便道：「小心燙！」

曾菲敏鼓起小臉，對著虎皮雞蛋吹了吹，才啟唇咬了下去。

貝齒咬下濃縮發皺的蛋皮，鮮辣的汁水便被擠了出來，在舌尖暈開。虎皮雞蛋外表焦香、內裡柔韌，獨特的口感與香辣的滋味撫慰了曾菲敏的味覺跟心靈。

「沒想到幾顆普普通通的雞蛋，也能做得這麼好吃！」曾菲敏毫不吝嗇地誇讚道：「看起來也不是很難嘛，等我學會了，就親自下廚做給母親吃！」

李信淡笑。「縣主一片孝心，想必長公主殿下一定會很高興。」

曾菲敏朝他一笑，繼續低頭啃起了自己的虎皮雞蛋，待所有的蛋白都吃完了，她才滿足地放下筷子。

李信問：「縣主不吃蛋黃嗎？」

曾菲敏的頭搖得像撥浪鼓，道：「我最討厭吃蛋黃了，又乾又無味，實在難以下嚥。」

李信輕輕笑了起來，溫和道：「縣主可能沒吃過好吃的蛋黃？」

「怎麼可能？」曾菲敏不服氣地說：「我自幼在長公主府與皇宮之間穿梭，雞蛋的作法我都吃遍了。雖說你這道虎皮雞蛋頗為出眾，可蛋白跟蛋黃不能相提並論，無論什麼作法，蛋黃就是難吃！」

曾菲敏一想起年幼時被母親逼著吃全蛋的經歷，就更無法接受蛋黃。

李信沒吭聲，只用勺子舀起了一勺醬汁，淋到曾菲敏的碗裡，道：「縣主不妨試試這樣吃？若仍然不喜歡，再放棄也不遲。」

曾菲敏垂眸一瞧，辣醬順著蛋黃一點一點往下流，看起來倒很養眼。

「好吧，看在你親手下廚的分上，本縣主就給你這個面子。」曾菲敏說著，重新拿起了筷子。

她用筷子輕輕將蛋黃撥開，用筷子尖挑起一點蛋黃，徐徐送入口中——蛋黃被燜煮過一輪，又混合了豐潤的辣醬，徹底去除澀腥味，只留下鮮鹹，滋味極好。

曾菲敏微微一愣，她彷彿沒嚐出味道似的，又挑起一小塊蛋黃送入口中。

這一次，她切切實實嚐到蛋黃那沙沙的口感。換作平常，她定會一口吐出來，但今日這蛋黃吃起來恍若油酥一般濕滑，反而讓她越吃越上癮。

曾菲敏像是發現了什麼了不得的新吃食，索性用筷子將剩下的蛋黃搗碎，讓蛋黃充分與醬汁接觸，再一口接一口地吃起來。

李信看著她吃蛋黃，低聲問：「縣主以為如何？」

小小一個蛋黃頃刻之間便被解決了，她用手帕擦了擦嘴，不好意思地笑道：「比我想像中好吃多了。」

李信唇角微揚，道：「所謂眾口難調，一樣的菜式，有人喜歡，也有人不喜歡，還是要試過之後，才能確定適不適合自己。」

曾菲敏點點頭道：「你說得沒錯。」

李信定定地看著曾菲敏，沈聲說道：「其實，不僅吃食如此，就連人也是一樣，若只作遠觀，不靠近相處，很難判斷對方是不是真的適合自己。」

曾菲敏瞧他一眼，道：「你這是拐彎抹角地勸我忘了世子哥哥？」

李信沈默了片刻後，低聲道：「我只是希望縣主別苦了自己，不試試，怎麼知道遇不上更喜歡的人？」

曾菲敏直勾勾地盯著他道：「李信，你說的這個人……該不會是你自己吧?!」

李信臉色一僵，忙道：「縣主說笑了，我不過是平南侯府的庶子，哪敢癡心妄想。」

曾菲敏卻笑得前仰後合，她調皮地眨眨眼，道：「看把你嚇的，我是與你說笑的！不過，今夜過去，我們也算是朋友了，以後我就不欺負你了，怎麼樣，是不是受寵若驚呀？」
見她笑得狡黠，李信放鬆了幾分。「嗯，多謝縣主……抬愛。」
玉龍山的一夜很快過去，翌日一早，眾人便踏上回程。
李承韜駕著馬車，上下打量著在前方騎馬的李承允，口中唸唸有詞。「不對勁，二哥今日很不對勁。」
聞言，李承允拉了拉轡繩，揚眉問道：「什麼不對勁？」
李承韜故作深沈地摸了摸下巴，道：「二哥今日一出門，臉上的笑意就沒停過，若非得用一個詞形容，那便是『春風滿面』！」
只見李承允嘴角一勾，笑意更甚。「有嗎？我覺得跟平常差不多。」
「差遠了！」李承韜不假思索地說道。在他看來，二哥平常不苟言笑，幾乎是生人勿近的狀態，今日卻很不同。「二哥，你莫不是有什麼喜事？」
李承允笑道：「我能有什麼喜事？最近的一樁喜事，還是跟你嫂嫂成婚……」
一提起蘇心禾，他便想起昨夜涼亭裡發生的種種，不禁又彎了唇。
李承韜一眼看穿，笑著點破他。「原來是因為嫂嫂啊……二哥這嘴角都快咧到耳根後了，是不是嫂嫂又給你做什麼好吃的了？」
聽他這麼說，李承允含笑道：「你就知道吃，還是想想落下的功課該如何是好吧！」
李承韜無奈地搖頭。「太學的功課哪有唸完的時候？還不如直接入伍，上陣殺敵呢！」

「若是不唸書，母親就該給你安排婚事了。」李承允道。

李承韜笑嘻嘻道：「這不是還有大哥嗎？」

一旁的李信悠閒地騎著馬前進，不慌不忙地開口。「休要拿我當盾牌，我並無成婚之意。」

李承韜一面思量，一面道：「越是這麼說，越是可疑……大哥該不會已經有心上人了吧？」

然而李信並未回答，他揚鞭打馬上前，探路去了。

馬車之中，李惜惜一臉興奮地放下車簾，道：「妳們聽見了沒有？大哥有心上人了！李承韜問他，他都沒否認！」

蘇心禾笑盈盈道：「妳可知道是誰？」

她今日已經用上李承允送的白玉蘭花簪，眼波流轉間，更顯嬌媚。

李惜惜眨了眨眼道：「大哥常年在父親身邊，接觸姑娘家的時間少之又少，我猜他的心上人八成是我們認識的……沒錯，一定是這樣！」

說著，她的視線轉向曾菲敏。「菲敏，妳覺得呢？」

曾菲敏聽了這話，喉間不自覺地噎住，乾巴巴道：「我、我怎麼知道……」

蘇心禾無聲地看了曾菲敏一眼，就見她臉色有幾分不自然。

她看破不說破，道：「惜惜，別猜了，到了合適的時機，妳就知道了。」

李惜惜只好作罷。

三人坐著馬車，搖搖晃地下了山，馬車先將曾菲敏送回長公主府，便回了平南侯府。

馬車在侯府門前停下，蘇心禾才一下地，便見青梅迎了上來，朝他們一福身。「見過小姐、姑爺。」

蘇心禾見到青梅，有些意外，道：「妳怎麼在這兒？」

青梅道：「小姐，您可算是回來了！奴婢都等了您一早上了！」

蘇心禾問道：「出了什麼事？」

青梅小聲答道：「奴婢也不知道，夫人讓奴婢在此處候著，說等您回府，便第一時間去正院。」

蘇心禾便對李承允輕聲道：「夫君先去忙吧，我自己去就好。」

青梅卻道：「夫人說有要事相商，若姑爺回來了，也請一起過去。」

李承允與蘇心禾對視一眼，便對青梅頷首。「走吧。」

第五十六章 一語道破

臨近晌午，葉朝雲還未傳膳，一個人坐在窗前修剪花枝，待李承允攜著蘇心禾進來，她才收起手中的剪子，站起身來。

「玉龍山風景如何？」葉朝雲被蔣嬤嬤扶著，坐到主位上。

蘇心禾一笑，低聲道：「甚好，只可惜母親這次未能與我們一道出行，下次兒媳再陪母親去。」

葉朝雲擺了擺手道：「出遊是你們年輕人的事，我在府中待著，安靜地侍弄些花草，便覺宜人了。」

她坐定後理了理衣襟，便屏退左右，低聲道：「昨日你們出門後，宮裡便來人了。」

蘇心禾有些詫異，不禁看向李承允，李承允便出聲問道：「難道是皇后娘娘？」

葉朝雲點頭道：「皇后娘娘遣人來傳話，說是讓我入宮敘舊，還特地囑咐我帶上心禾。」

蘇心禾不敢置信地問道：「我也要隨母親入宮?!」

雖然還是夏天，京城早晚卻染上些許涼意，大道兩旁的楓樹被風一吹，便落下幾片葉子，馬車裡伸出一隻雪白的手，恰好將楓葉接住。

蘇心禾手持葉柄，輕輕轉動著隱隱染上醉意的楓葉，讚嘆道：「真美。」

葉朝雲打量著她的神色，道：「這是妳第一次入宮，就不緊張？」

蘇心禾笑了笑，手指摩挲著楓葉的紋理，淡然道：「緊張也沒用啊。」

葉朝雲點了點頭，眸中溢出讚許之色，道：「不錯，與宮中之人打交道，要的便是這份鎮定從容。」

馬車緩緩駛過長街，半個時辰後在宮門口停下，兩人先後下了馬車。

一個眉清目秀的太監走上前來，恭敬地對兩人行了一禮，道：「小人見過侯夫人、世子妃，兩位一路辛苦了，還請隨小人入宮。」

太監說完，便行至一旁引路，葉朝雲與蘇心禾跟在他身後入了宮門。

蘇心禾第一次入宮，只覺眼前一列宮闕巍峨高聳、壯闊不凡，金黃的琉璃瓦在日光照耀下熠熠生輝，簷角上的屋脊獸雕得既威嚴又美麗，無聲地守護著這座古老的宮城。

不過蘇心禾不敢隨意張望，謹慎地跟著前方的人行走，沒注意到在朱紅的宮牆腳下，有一雙眼睛正在盯著自己。

太監將葉朝雲與蘇心禾引進坤寧宮便欠身退下，由另一位宮女將兩人帶進去。

初秋時節還不算冷，然而坤寧宮卻已在地上鋪了厚厚的氈毯，連窗戶也緊閉著，不讓一絲風吹進去。

兩人默默站在殿中等候，待宮女入內通報後，又折返回來，道：「侯夫人，娘娘讓您與世子妃入內敘話。」

蘇心禾一入內殿，便聞到一股苦澀的藥味，她隨著葉朝雲上前兩步，福身行禮。「臣婦參見皇后娘娘。」

「免禮，賜座。」

這聲音溫柔沈穩，好似山中一泓涓涓而流的清泉，令人身心舒暢。

蘇心禾跟在葉朝雲後面安靜地落坐之後，才敢稍稍抬頭。

皇后比她想像中更年輕，一張鵝蛋臉生得標致又古典，有一股脫俗的書卷氣，而這清雅高潔的氣質，反而更撐得起一身華麗的鳳袍。

蘇心禾看了一眼就立即收回目光，只默默坐在葉朝雲身側，等皇后開口。

皇后無聲地打量了蘇心禾一番，正要說話，卻忽然咳了幾聲。

雅書送上熱茶，皇后卻擺了擺手，讓她退下。

葉朝雲道：「前段日子聽長公主殿下說皇后娘娘身體不適，如今可好些了？」

「沒什麼大礙，都是從前的毛病了，侯夫人不必擔心。」皇后語氣溫和，輕描淡寫地帶過自己的狀況，她看向葉朝雲，道：「倒是侯夫人，許久未見，氣色更紅潤了，可見過得不錯。」

葉朝雲淡淡一笑，道：「如今侯府的內務都交給心禾，臣婦便能躲個清閒，自然輕鬆些。」

皇后的目光轉向蘇心禾，含笑道：「早就聽說平南侯世子娶了一位可人的世子妃，今日一見，果然名不虛傳。」

蘇心禾起身謝恩，低聲道：「皇后娘娘謬讚了。」

皇后笑著點點頭道：「這兒沒旁人，不必如此拘謹，坐吧。」

待蘇心禾坐下，皇后便問：「妳是江南人？」

蘇心禾頷首。「回皇后娘娘的話，臣婦出身臨州。」

「臨州……」皇后喃喃說道：「倒是個地靈人傑的好地方，當年臨州之亂，大宣險些失了這塊寶地，多虧平南侯率領將士們死守月餘才得以保全……妳父親也功不可沒。」

提起父親，蘇心禾垂眸道：「父親曾說，自己生於臨州、長於臨州，自當誓死捍衛故鄉，他不過是做了自己該做的事，不值一提。」

皇后嘴角微揚，讚道：「多少名士都說不出這話來，可見妳父親氣節不凡，也將妳教得很好，怪不得能在危難之際挺身而出，本宮當謝妳才是。」

雖然皇后並未明說，但是蘇心禾與葉朝雲都心知肚明，她說的是歐陽予念險些墜橋一事。

蘇心禾連忙道：「娘娘言重了。」

在場的人心照不宣，這個話題便算是過去了。

就在此時，宮女前來稟報。「皇后娘娘，公主殿下來了。」

皇后一聽到女兒過來，眼神更加溫柔，笑道：「讓她進來。」

宮女退下之後，不過片刻，歐陽予念便邁入殿內，規矩地同皇后請安。

皇后問道：「今日怎麼這麼早就回來了？女師傅呢？」

歐陽予念眼珠子轉了轉，道：「女師傅家中有事告假，兒臣便回來了。」

這明顯是推託之詞，皇后卻不氣惱，只道：「這位女師傅可是妳父皇親自挑選的，才學出眾、兢兢業業，自從教了妳，從未告假過一日，莫不是妳將人氣走了？」

歐陽予念不好意思地笑了笑，道：「我哪敢氣走女師傅，只是心禾姊姊難得進宮，兒臣想與她見上一面嘛……」

說著，她的目光便飄向蘇心禾的方向。

歐陽予念心想，不知心禾姊姊今日入宮有沒有帶什麼有趣的吃食，御膳房做的東西她都要吃膩了！

皇后笑著對葉朝雲與蘇心禾說道：「讓兩位見笑了。」

葉朝雲笑道：「殿下率真熱情、不拘一格，倒是難得。」

皇后聽了這話，似有所感。「是啊，宮裡規矩多，但在這坤寧宮中，本宮便不想過分拘著她……雅書，什麼時辰了？」

雅書答道：「回皇后娘娘，臨近午時了。」

皇后點點頭，道：「侯夫人與世子妃就陪本宮一道用飯吧。」

葉朝雲微笑應聲。

眾人隨皇后移步明和殿，太監與宮女端著托盤魚貫而入，動作俐落地上了菜。

蘇心禾的目光落在面前的矮几上——鹽焗雞、炸魚、梅干扣肉，再配上幾道小菜，看起來十分精緻。

雖然這些菜一人吃足矣，但對於皇后的身分而言，卻過於儉樸了。

葉朝雲看出了蘇心禾的心思，低聲提醒道：「前些年戰禍天災沒停過，雖然陛下勵精圖治，但國庫依然空虛，皇后便在後宮推崇節儉之道，遏止奢靡之風。」

蘇心禾會意點頭。

皇后溫聲道：「侯夫人、世子妃，請。」

蘇心禾是頭一回吃御膳房做的東西，不禁有些興奮。她用筷子輕輕撥了撥面前的梅干扣肉，這梅干扣肉每一片都薄厚均勻、大小整齊，可見御膳房有多講究，她挾起一片扣肉，啟唇淺嚐——

扣肉透著一股梅干菜的香氣，嚼起來韌勁十足，肉的肥瘦比例也剛剛好，醬色的肉皮下，肥肉入口即化、瘦肉勁道可口，滋味美得令人咂舌。

一片扣肉吃完，蘇心禾又用筷子挑起些許梅干菜送入口中，梅干菜黑黑的，看起來不起眼，卻是這道菜的靈魂。

蘇心禾細細咀嚼起了梅干菜，這梅干菜酸香爽口，正好抵消葷肉帶來的膩味，讓人能保持食慾品味其他菜餚。

她暗暗感嘆，御膳房就是御膳房，就連梅干菜也比外面做的強些，若是有米飯相佐，那就更好了！

宮女機靈得很，立即送上軟糯的米飯，蘇心禾心中一喜，朝那宮女一笑，接了過來，小聲道：「多謝。」

蘇心禾就著梅干扣肉吃了半碗飯，內心直呼過癮。接著她將注意力放到一旁的鹽焗雞上，鹽焗雞已經被切成適合入口的小塊，塊塊都呈現好看的淺黃色，泛著淡淡的油光。

她挾起一塊鹽焗雞輕輕啃咬，這雞皮油香四溢、嫩滑鮮潤，鹹香之中，透著一股雞肉獨特的香氣，雞肉醇美鮮嫩，讓人吃了一塊還想再取。

待吃得七分飽了，蘇心禾才抬起頭，卻發現皇后早就放下筷子，只靜靜坐著。兩人目光一交會，蘇心禾頓覺尷尬，連忙掏出帕子拭了拭自己的嘴角。

皇后笑著問道：「不知宮中的菜餚可合侯夫人與世子妃的胃口？」

葉朝雲道：「甚好，多謝皇后娘娘款待。」

蘇心禾也道：「多謝皇后娘娘，臣婦覺得很好……只是，皇后娘娘平常都吃得這般少嗎？」

皇后端起一杯茶，輕輕抿了一口，笑道：「本宮近日胃口不佳，故而吃得少些，妳們繼續，不必因本宮而掃興。」

一旁的歐陽予念卻小聲嘀咕道：「母后哪是近日胃口不佳，分明是一直以來都吃不下東西。太醫院也不知是幹什麼吃的，開了那麼多藥，母后卻不見好轉，父皇也不管管他們……」

「念兒！」皇后秀眉微蹙，板起臉來。「妳父皇日理萬機，此等小事，何須他操心？倒是妳，身為公主，怎可國事家事不分，口無遮攔？」

歐陽予念沒想到一貫溫和的母親會生氣，忙道：「母后，兒臣失言了……」

葉朝雲見狀，打起了圓場。「皇后娘娘息怒，殿下也是一片孝心。」

皇后面色稍緩，只對歐陽予念道：「下不為例。」

歐陽予念乖乖應聲。

葉朝雲思量片刻，出聲道：「皇后娘娘，依臣婦愚見，若是太醫院的法子不奏效，要不要試試外面的名醫？說不定有其他療法。」

她這番話說得隱晦，皇后卻明白了其中的意思。

太醫院那幫人，要麼明哲保身，要麼見風使舵，葉朝雲這話是在暗示自己，病這麼久都沒好，可能有些不為人知的手段。

其實皇后自己也懷疑過此事，她讓雅書查過太醫跟負責熬藥的御膳房，只可惜沒有特別的發現。

皇后輕嘆一聲道：「實不相瞞，本宮也透過長公主請過宮外的名醫，他們開的藥方與太醫如出一轍，都說是脾胃失和，故而胃口不佳。本宮也想快些好起來，但總找不到病因。」

說到此處，皇后秀美的面容上浮現一絲悵然，不自覺地端起茶杯，一飲而盡。

蘇心禾看著她的動作，遲疑了一會兒，終究開了口。「皇后娘娘，有句話，臣婦不知該不該說。」

皇后放下茶杯，看向蘇心禾。「但說無妨。」

蘇心禾道：「方才聽皇后娘娘說『脾胃失和』，不知太醫開出藥方後，是否曾告知娘娘如何食調？」

「食調？」皇后愣了一下，轉頭看向雅書。

雅書忙道：「太醫只說要皇后娘娘按時服藥、多臥床休息，並未交代其他。」

歐陽予念連忙問道：「心禾姊姊，太醫此舉可是有什麼不妥？」

蘇心禾思索了一會兒，道：「現在不好說，敢問皇后娘娘平常都吃些什麼？可有菜單？」

歐陽予念道：「有，御膳房一般會在三日前呈上菜單，若母后沒意見，御膳房便會按照這份菜單上膳。」

雅書點點頭道：「殿下說得是，不過皇后娘娘很少對御膳房有意見，御膳房送什麼就吃什麼，有時候胃口不佳，索性不傳膳。」

蘇心禾問道：「皇后娘娘，可否讓臣婦看一看您的菜單？」

皇后頷首，輕聲道：「雅書去取吧。」

雅書連忙稱是，不到片刻，便取來了一卷菜單。

蘇心禾接過菜單，徐徐展開，一目十行地看完後，不由得凝眉深思。

歐陽予念目不轉睛地盯著蘇心禾的神情，問：「心禾姊姊，可看出什麼端倪了？」

蘇心禾沈吟了一下，低聲道：「據臣婦所知，若是脾胃失和，理當多進清淡易消的食物，忌生冷油膩。」

她看了長桌一眼，道：「今日上的幾道菜，若是尋常人吃，並無什麼不妥，但對皇后娘娘而言，扣肉太過油膩，鹽焗雞又是冷菜，實在不合適。臣婦看的這份菜單，每頓都有不適宜皇后娘娘用的食物，所幸皇后娘娘吃得少，若老老實實照這菜單吃，只怕脾胃積食更甚，對皇后娘娘的病情，有害無益。」

這當中的料理，幾乎道道都衝著皇后的病情而來，哪有這麼巧的事？蘇心禾雖然沒將話說透，皇后的臉色卻白了幾分。

歐陽予念猛地站起身來，怒道：「母后，這一定是張貴妃搞的鬼！她趁您身體不適，把持後宮內務，見我們坤寧宮防得嚴，便從菜單上動手腳，當真是卑鄙至極！」

「念兒！」皇后輕斥。「沒憑沒據的事，不可胡說！」

歐陽予念畢竟還是個孩子，聽到這裡，頓時委屈至極道：「母后！您打算忍氣吞聲到什麼時候？您總想著不要讓後宮之事影響父皇，但再這樣下去，張貴妃都要騎到我們頭上來了！」

「閉嘴！」皇后氣得劇烈地咳起來，怒道：「雅書，將公主帶下去，沒本宮的命令，不許出坤寧宮一步！」

歐陽予念帶著哭腔喊道：「母后！」

雅書別無他法，只得上前勸道：「殿下莫急，眼下事情還沒查清楚，不能妄下論斷，奴婢先帶您下去。」

歐陽予念小嘴扁了扁，將自己的眼淚忍了下來，跟著雅書走了。

殿門關上，皇后抬起眼簾，將目光放到葉朝雲與蘇心禾身上，道：「童言無忌，方才念兒的話，還請兩位不要放在心上。」
葉朝雲忙道：「皇后娘娘放心，臣婦與心禾必然守口如瓶。」
皇后放下心來，對蘇心禾道：「多謝世子妃好意，此事本宮心中有數了。後宮如今被張貴妃把持，這事定是她所為，可單憑菜單，無法追究責任。」
說著，她深深嘆了口氣。
蘇心禾低聲道：「依臣婦之見，皇后娘娘不如繼續讓御膳房送飯食，免得打草驚蛇，調理身體一事不妨私下進行，只要您的身體養好了，其他困難自然迎刃而解。」
葉朝雲也贊同道：「沒錯，不管怎麼說，皇后娘娘的身子都最為要緊，凡事當為長遠計。」
目前皇后身子孱弱，張貴妃就是吃定這一點，不但奪了掌理六宮之權，還想落井下石，若皇后遲遲無法誕下皇子，只怕前途難卜。
皇后穩住自己的心神，沈聲道：「妳們說得有道理，若本宮一直臥病在床，張貴妃便有恃無恐，她今日敢對本宮下手，明日便敢對念兒下手……妳們可知，張家正四處攏絡權貴，更企圖用張婧婷的婚事換取更大的權力。」
說到此處，皇后眼眶含淚、聲音微微顫抖。「本宮並不在意榮華與虛名，但陛下有不少利國利民的新政，之所以推行不了，就是有他們這些人刻意阻攔。都怪本宮不爭氣，若是本宮能誕下皇子，陛下就不會被他們這般相逼……」
蘇心禾見狀，連忙安慰。「皇后娘娘，這不是您的錯，您千萬別自責，傷及自身。」

皇后點頭，對葉朝雲與蘇心禾道：「本宮知道平南侯府從不涉黨爭，但眼下張貴妃一家的狼子野心昭然若揭，懇請兩位助本宮一臂之力！」

她從座位上站起身來，眼看就要下拜，葉朝雲連忙上前扶住皇后。「皇后娘娘，您這是折煞我們了！」

皇后卻道：「本宮知道侯夫人有難處，但本宮孤立無援，實在舉步維艱。若是兩位實在不願，本宮也不勉強，只當今日沒聽過此事。」

她的目光誠懇，讓人不忍拒絕。

葉朝雲與蘇心禾對視了一眼，就見蘇心禾輕輕點了點頭。

於是葉朝雲斂了斂神，道：「皇后娘娘放心，臣婦與心禾願為皇后娘娘盡綿薄之力。」

皇后聽了這話，表情甚是欣慰，不由得握住她們的手，道：「那就多謝兩位了。」

午飯過後，蘇心禾隨葉朝雲出了坤寧宮，兩人各有所思，一路上都沒說話，很快便跟著太監出了宮。

第五十七章　暗潮洶湧

上了馬車，蘇心禾仔細將車簾放下，一轉過頭，卻見葉朝雲面色凝重。

蘇心禾低聲道：「母親，今日我將此事點破，是不是做得不對？」

葉朝雲聞言，輕輕搖了搖頭，道：「張婧婷之前就對公主殿下下過毒手，再加上張貴妃娘娘這次對皇后娘娘做的事……可見張家沒耐心等下去了。」

蘇心禾聽得一顆心微沈，說道：「我也有些擔心，眼下只有張貴妃娘娘誕下皇子，若皇后娘娘真的倒下，只怕後宮之中再也沒有能牽制她的人了。」

葉朝雲無奈地嘆道：「張家之前多次拉攏侯爺不成，最近便在軍費上做文章，企圖壓制平南軍。今日之事妳做得對，皇后娘娘性子溫和，若妳不告訴她，只怕她還在猶豫，如今她心中有了計較，能提防並反擊張貴妃娘娘，反而是好事，不過接下來我們平南侯府，只怕要成張貴妃娘娘的眼中釘、肉中刺了。」

宮門內一角，有個鬼鬼祟祟的身影探出頭來，他親眼看見馬車離開之後，才轉身向華翠宮奔去。

華翠宮與坤寧宮的方向恰好相反，但華翠宮中的裝潢卻比坤寧宮華麗不少，赤銅色的雕花香爐裡燃著宜人的熏香，宮女小心翼翼地掃著香灰，唯恐弄翻了這缽價值連城的香料。

一個太監匆匆地邁入殿中，他一見到宮女便問：「貴妃娘娘呢？」

宮女壓低了聲音道：「貴妃娘娘午睡剛起。」

太監會意，上前兩步，滿臉堆笑道：「啟稟貴妃娘娘，小人有要事稟告。」

他的聲音穿過精巧的屏風傳到了內室，片刻過後，內室中走出一名宮女，她是張貴妃身旁的得力之人，名叫蘿綃。

蘿綃見到來人，沒什麼表情，只道：「娘娘讓你進去說話。」

太監一聽，唇角勾起一抹得意，連忙走了進去。

華翠宮的內室香氣縈繞，貴妃榻上鋪著一張上好的雪狐皮料，一名女子斜斜倚在榻上，似乎才醒來不久，她未著絲履，光潔小巧的腳踩在皮料上，竟與皮料的顏色一般雪白，連那太監瞧了，喉間都忍不住發緊。

「何事？」

張貴妃聲音慵懶，眼睛盯著自己才做好的蔻丹，這蔻丹上鑲了細小的珍珠，可珍珠的顏色卻讓她有些不滿意，她正想著要不要換成金箔，又怕傷了自己嬌嫩的指甲。

太監躬身恭謹地說道：「貴妃娘娘讓小人盯著坤寧宮，今日終於有動靜了。」

張貴妃聞言，總算瞄了他一眼，出聲問道：「皇后有什麼動作？」

太監走近一步小聲道：「皇后娘娘突然請平南侯夫人跟世子妃入宮，卻沒走正門，而是從偏門進的，應該是為了掩人耳目！她們在坤寧宮內待了將近兩個時辰才離開，只怕……」

張貴妃居高臨下地盯著太監鄒福，聲音微冷。「只怕什麼？」

鄒福不敢再賣關子，說道：「只怕在密謀如何對付貴妃娘娘呢！」

張貴妃輕哼一聲道：「密談了兩個時辰又如何？那李儼就是顆冥頑不靈的石頭，平南侯府也是鐵板一塊，他們未必甘心受皇后驅使。」

鄒福鞠躬哈腰道：「貴妃娘娘說得是，小人雖然沒聽見她們在殿內談了什麼，不過，小人倒是打探到一個新消息——皇后娘娘將季夏雅集的事交給平南侯府了。」

此話一出，張貴妃臉色一凝，她猛然坐起身，不敢置信地問道：「你說什麼？平南侯府竟答應了她？」

這冷厲的臉色將鄒福嚇了一跳，他連忙點頭應聲。「坤寧宮的灑掃宮女是這麼說的。」

張貴妃神情陰鬱了幾分，道：「季夏雅集乃是京中貴眷最重要的雅集，唯有最具影響力的世家才有資格操辦，本來就該交給我們張家，可皇后那個賤人卻死活不願意鬆口，一直拖延至今，恐怕早有拉攏平南侯府的打算了！」

蘿綃思量了片刻，道：「娘娘，不如我們再去太后娘娘面前求一求？平南侯乃一介武夫出身，哪裡懂得風雅之事？」

張貴妃卻道：「平南侯不懂，不代表平南侯夫人不懂，妳忘了那葉氏乃是葉太傅之女？那個老頭子，如今雖然不常上朝了，但威望仍在，就連陛下見了他也要禮讓三分。

「平南侯府的根基雖然比不上我們世家，但他們要接下季夏雅集，旁人也不好置喙。皇后都這般病懨懨了，不想著多苟活幾日，還要與本宮爭個高下，此番是我們大意了！」

蘿綃忙道：「娘娘莫急，咱們不是跟御膳房打過招呼了嗎？他們已經按照食物相剋之法給坤寧宮送膳了，如此下去，不出一個月，皇后娘娘的身體八成熬得油盡燈枯！」

張貴妃瞥她一眼，道：「那食物相剋之法萬一被發現了，如何是好？」

蘿綃笑道：「娘娘放心，食物相剋之法本就隱晦，懂的人並不多，且奴婢已告誡過御膳房的廚子，萬一被發現了，便一口咬死自己不知情，皆是巧合。況且御膳房的菜單都會提前送去坤寧宮，皇后娘娘自己都沒提出異議，到時出了事，又怎麼能怪到別人頭上？」

張貴妃雙眸微瞇，唇角勾起，道：「好！鄒福，你盯緊坤寧宮，讓皇后老老實實按照菜單用飯，來日本宮登上鳳位，不會虧待你的。」

鄒福面上一喜，連忙跪地磕頭喊道：「是，多謝貴妃娘娘！」

「你們當真接下季夏雅集了?!」長公主府的花園裡，曾菲敏的眼睛瞪得大大的，不敢相信地看著蘇心禾與李惜惜。

蘇心禾頷首，從容道：「此乃皇后娘娘之命。」

李惜惜見曾菲敏的表情有一絲隱憂，忍不住問道：「妳之前不是希望我們承辦季夏雅集嗎？怎麼如今看起來不大高興？」

曾菲敏搖搖頭，道：「你們能接下季夏雅集，斷了張家的念想，我自然高興，只不過季夏雅集沒想像中那麼簡單。」

蘇心禾拉過曾菲敏的手，輕聲道：「菲敏，我從沒參加過季夏雅集，妳能不能同我說說到底是怎麼辦的？」

曾菲敏解釋道：「季夏雅集不同於其他雅集，男女之防不算太嚴，公子們湊在一起無非是吟詩作對，若寫出得意之作，便會讓小姐們瞧瞧，小姐們要是感興趣，可以回贈詩文。如果真的有對上眼的，便等回去之後再差人牽紅線。

「只不過，若有多位公子看上同一位小姐，或多位小姐青睞同一位公子的事情，難免會生出爭端。去年的季夏雅集上，就有兩位公子搶著給一位小姐贈詩，差點大打出手！」

李惜惜點點頭。「此事我也記得，當時鬧得很大，不好收場。」

蘇心禾若有所思道：「京城各大世家之間的關係盤根錯節，若不了解他們之間的淵源，著實容易出錯。」

既然答應了皇后，蘇心禾便打定主意要將季夏雅集辦好，不但要斷了張家隻手遮天的念想，還要藉此事幫皇后奪回掌理六宮之權。

蘇心禾釐清了思路，正色道：「接下來，我們要設法摸清各大世家的關係，還得考慮換個衝突更少的玩法。」

李惜惜連忙追問道：「什麼是衝突更少的玩法？」

蘇心禾道：「文人相輕，若要用詩文博得注意，就得分個高低勝負，自然難以避免衝突。我在想，不如將詩會改成園遊會，讓所有人都輕鬆些。」

「園遊會?!」曾菲敏來了興趣。「聽起來就很有意思！惜惜，妳覺得呢？」

李惜惜想了想，道：「園遊會好是好，但皇后娘娘會同意嗎？畢竟季夏雅集是以皇后娘娘的名義舉辦。」

曾菲敏笑道：「妳若是夠了解皇后娘娘，便不會擔心了，皇后娘娘性子隨和，只要咱們能將季夏雅集辦得熱熱鬧鬧的，她八成會同意！只是……心禾打算怎麼辦這一場園遊會？」

蘇心禾俏皮地眨了眨眼，讓曾菲敏與李惜惜湊近，三個人擠在一起窸窸窣窣說了好一陣子，曾菲敏與李惜惜便從一開始的好奇，慢慢轉變為興奮。

曾菲敏對蘇心禾道：「妳這法子真不錯！若是真能辦成，一定很有意思！」

李惜惜也忙不迭點頭，笑道：「這可比詩會有趣多了！那我們接下來該怎麼辦？」

蘇心禾含笑道：「請菲敏先幫忙理一理各大世家的關係圖譜，我再將園遊會的想法以圖文的方式呈給皇后娘娘，待皇后娘娘同意之後，再發出請帖。」

曾菲敏下巴微揚，道：「好，給我三日，我定會將京城貴眷圈子的關係圖譜送到平南侯府去！」

蘇心禾與李惜惜在長公主府用完飯後便要離開，曾菲敏親自將她們送出內院，三人還未走到府門，便有一衣著考究的中年男子迎面走來。

曾菲敏一見男子，便出聲喚道：「父親！」

來人正是駙馬曾樊，他見到曾菲敏，便噙著笑點頭。

只見曾菲敏幾步迎上前去，道：「父親不是出去賞畫了嗎？怎麼這麼早就回來了？」

曾樊溫和道：「沒看到出挑之作，便回來了。」

說著，他的目光越過曾菲敏，落到她身後兩人身上。

曾樊自然認識李惜惜，但一看清蘇心禾的容貌之後，他的眸光卻微微一頓，露出驚豔之色。

他開口問道：「這位是？」

曾菲敏立刻介紹道：「父親，這位便是平南侯府的世子妃，如今也是我的好友。」

蘇心禾上前一步行禮。「見過駙馬爺。」

「世子妃切莫多禮！」曾樊臉上笑意更甚，伸手就要扶她。

蘇心禾悄悄避開他的手，道：「多謝駙馬爺。」

不知怎的，她總覺得這位駙馬的眼神讓人不太舒服，但她並未多說，向曾菲敏告別後，便與李惜惜一起離開了。

這一日，月上中天時，李承允才回到靜非閣。

靜非閣中燈火明亮，蘇心禾正坐在案桌前執筆作畫，李承允一推開門，晚風便順著門縫進來，吹得桌上白紙微動。

蘇心禾擱了筆，走到李承允面前，接住他脫下的外衣。

她手指摩挲著衣料，忽然發現這外衣是輕薄單層的，便道：「晚風有些涼，夫君騎馬夜行，應當披件斗篷才是。」

李承允淡淡一笑，低聲道：「不冷，不信妳試試。」

說著，他握住她的手。

李承允的手掌乾燥又粗糙，卻暖洋洋的，比待在屋裡的她還要熱上幾分。

蘇心禾輕瞥他一眼，小聲嘀咕道：「有備無患嘛，若是凍著了，受罪的可是你自己。」

李承允嘴角微揚，順勢扣緊了蘇心禾的手，溫聲道：「好，都聽妳的。」

蘇心禾笑了，她拉著李承允到案桌前，興致勃勃地指著桌上的白紙，道：「你看看這是什麼？」

李承允抬眸看過去，片刻後才出聲問道：「這是……季夏雅集的園遊會？」

「不錯！」蘇心禾指著左上角的一處標記，道：「我畫的是園遊會的地圖，上面是入口，下面是出口，沿途有不同的小攤，供應各地的特色吃食。」

李承允饒富興致地看著紙上畫的小黑點，問：「這是什麼？」

「地界碑。」蘇心禾認真答道：「夫君不覺得這幅園遊會的地圖，輪廓很像大宣的堪輿圖嗎？」

李承允心中一動，將這園遊會的地圖仔細看了一遍，指著東北方詫異地問：「這兒是……北疆？」

「嗯，北疆的阡北。」蘇心禾笑意盈盈。「京城的世家公子跟小姐們大多沒出過遠門，我便想把園遊會按照大宣堪輿圖來佈置，在『北疆』這個位置，他們能嚐到北方的麵食；在『南疆』這個位置，能吃到香辣的暖鍋，以此類推。」

李承允雙眸發光地看著蘇心禾，道：「這些都是妳想出來的？」

蘇心禾點了點頭，她似是有些不好意思，道：「我今日聽菲敏說了季夏雅集的傳統，但今年我們想試試新的法子，我便拋了這個想法出來，只是……」

「只是什麼？」李承允在桌前坐下，繼續端詳著那幅地圖。

蘇心禾笑著說：「別人操辦的雅集都是行風雅之事，可我們的雅集卻是吃吃喝喝，也不知會不會惹人非議。」

「就算惹人非議，又有什麼要緊？妳的想法才是最重要的。」李承允語氣從容，彷彿蘇心禾做什麼都是合情合理的。「況且，所謂季夏雅集，不過是男女相看的藉口罷了，單單吟詩作賦能看出什麼來？還不如坐下來好好吃一頓飯，更有助於了解雙方的脾性。」

蘇心禾一聽這話，「噗哧」笑出了聲，道：「這可不像平南侯世子說出來的話。」

李承允笑問：「妳以為我會說什麼？才學固然重要，但人品秉性卻更加關鍵，憑一詩一賦，可探不出相處之道。」

「夫君以為男女之間當如何探出相處之道？」蘇心禾問道。

李承允忽然放下手中的地圖，抬起頭來看她。

四目相對，蘇心禾只覺得他目光灼灼，唇角還帶著幾分不羈的笑。

蘇心禾一時之間有些不自在，便道：「夫君渴了吧？我去給夫君倒杯茶。」

誰知才轉身，她的手腕便被李承允扣住，逕自帶入懷中。

待蘇心禾反應過來時，人已經坐到李承允腿上，她頓時面頰緋紅。「夫君！」

「妳剛剛不是問我如何探出相處之道嗎？」李承允一手環住她的腰肢，一手撫上她的面頰，沈聲道：「靠近些……便能看到對方最真實的樣子，只有這樣，才能探出相處之道，不是嗎？」

李承允的話語中，隱含了幾分蠱惑的氣息，讓人心跳加速。

蘇心禾只覺得周身被李承允的氣息環繞，柔荑下意識地覆上他的胸膛，隔著衣料，都能感受到他的身體微微發熱，她彷彿被燙到了一般，連忙收回手。

李承允卻低低笑開了，他輕捏她的臉頰，笑得寵溺。「怎麼，在玉龍山時膽子那麼大，這會兒卻害羞了？」

蘇心禾當然不願意承認自己害羞了，乾脆轉過頭，將目光落到園遊會的地圖上，問：「夫君當真覺得，用園遊會的方式辦季夏雅集是個好主意嗎？」

李承允正色道：「當然。」

蘇心禾回眸一笑，道：「那好，我明日便帶著園遊會的地圖入宮，請皇后娘娘定奪。」

李承允環住她的腰，低聲道：「好，都依妳。」

翌日一早，李承允醒來時，身側已空。

他起身穿衣，推開臥房的門之後，才發現不遠處的小廚房裡，已經冒出了細細的炊煙。

李承允來到小廚房門口，蘇心禾果然在裡面。

「在忙什麼？」他問。

蘇心禾笑著說：「今日入宮，我想做些簡單易食的點心送給皇后娘娘。」

李承允唇角一揚，道：「正好，我們一道入宮。」

「咳咳咳……」

坤寧宮內，當著宮人們的面，皇后咳個不停，險些連手中的湯碗都打翻了，雅書連忙上前接過，奉上絲帕。

蘇心禾坐在皇后下首，關切地問：「娘娘，您沒事吧？」

皇后面色蒼白，以絲帕掩唇，緩了片刻之後，才擺擺手道：「本宮沒事。」

說罷，她的目光梭巡一圈，對一旁的宮女說道：「本宮沒什麼胃口，這些飯菜撤下吧，本宮要單獨與世子妃說說話。」

宮女們低聲應是，收拾完幾乎沒動的午膳後，便悄聲退了出去。

坤寧宮中瞬間清淨不少，皇后放下絲帕，萎靡的神情瞬間精神了幾分，對蘇心禾道：「季夏雅集準備得如何了？」

蘇心禾連忙掏出袖袋中的圖紙，交給雅書呈上，待皇后打開圖紙，蘇心禾便介紹道：「皇后娘娘，臣婦聽說季夏雅集的形式多年不曾變過，而詩文比試又容易引起衝突，便打算換個方式舉行。」

「園遊會……」皇后端詳著手中的圖紙，興致盎然道：「看起來有些意思，按照妳的想法，豈不是五湖四海的吃食，都將匯聚在這園遊會裡？」

蘇心禾笑著答道：「不錯，園遊會將按照大宣東西南北的特色進行佈置，逛園子時便能品嚐各地美食，而且現場會設題詩牆跟祈福樹，公子與小姐們在用餐之餘也能揮毫潑墨，為親友祈福。」

皇后點頭道：「妳這法子很有新意，只不過上哪去找那麼多不同的廚子？」

蘇心禾笑著說道：「只做些廣為流傳的特色菜或小吃即可，臣婦已經把菜單列出來了，找幾個水準不錯的廚子，便能解決這個問題。」

前世的蘇心禾便是個不折不扣的吃貨，各地有名的特色菜她多少會幾道，單她一個人，便能處理大部分的吃食了。

第五十八章　帝后真情

皇后收起園遊會的圖紙，笑道：「好，那就按妳的法子辦，若有什麼需要本宮幫忙的，儘管開口。」

蘇心禾起身行了一禮，道：「多謝皇后娘娘。」

皇后笑意溫和，道：「都跟妳說了多少遍，不必如此多禮。」

蘇心禾頷首淺笑。

說完了正事，她才取出隨身攜帶的食盒，低聲道：「上次入宮，聽聞娘娘胃口不佳，臣婦別無所長，但對庖廚之事還算有研究，故而做了些點心想獻給娘娘，望娘娘笑納。」

皇后早就聽長公主歐陽如月說蘇心禾廚藝出眾，此時不禁來了興趣，道：「這糕點是妳親手做的？」

蘇心禾點頭。

皇后笑道：「妳有心了，雅書。」

雅書立即上前從蘇心禾手中接過食盒，將點心呈了上去，皇后垂眸一看，只見裡面擺著一款圓形的淡黃色糕點，約莫兩個手板大小，糕點被切成扇形小塊，每塊上面都有一顆鮮豔的紅棗，彷彿璀璨的紅寶石般，牢牢地鑲嵌在糕點表面，頗有意趣。

皇后接過雅書送上的筷子，觸及那淡黃色的糕點時，才發現這糕點看起來雖大，可稍微一壓便會矮上一截，彈性十足。

她好奇地問：「這是什麼糕點？竟如此彈軟。」

蘇心禾垂眸答道：「回皇后娘娘，這是紅棗小米糕，紅棗滋養血氣，小米調和脾胃，兩者都很適合您食用。」

皇后溫聲道：「那本宮必得好好品嚐。」

說著，她便以袖遮面，輕啟朱唇，咬了一小口。

小米糕樸實的香味徐徐在口中綻放，味淡卻悠長，經久不散，搭配上綿軟彈韌的口感，令人回味無窮，嚥入胃腹之後，也毫無負擔感。

皇后吃完了一口，又品嚐起上面的紅棗。這紅棗已去除大半的水分，棗核也被細心地剔掉了，棗肉軟糯，嚼起來清甜可口，很快就奪取味蕾的注意力，彌補了小米糕的清淡。

她姿態優雅地品著紅棗小米糕，不知不覺間，便將一塊吃完了。

雅書詫異道：「皇后娘娘，奴婢許久沒見您一次吃這麼多東西了，可見世子妃的手藝著實出眾！」

皇后笑著放下筷子，用絲帕輕抿嘴角，道：「這紅棗小米糕口感細膩、風味獨特，著實不錯，當賞。雅書，將本宮新得的翡翠耳墜取來，贈與世子妃。」

蘇心禾連忙道：「承蒙皇后娘娘垂愛，但如此小事，實在……」

皇后抬手打斷她。「本宮說要賞就要賞，妳當得起。」

說罷，她又指了指桌上的食盒，道：「希望以後還能嚐到妳的手藝。」

蘇心禾笑逐顏開，福身行禮。「多謝皇后娘娘！」

皇后看起來心情不錯，又挾起一塊紅棗小米糕吃了兩口。

蘇心禾小聲問：「娘娘的小廚房安排好了嗎？」

皇后壓低聲音道：「本宮從母家調了一名廚子入宮，開始安排食調之事了。坤寧宮的小廚房重新啟用，對外只道是念兒長身體挑嘴，讓廚子做些吃的給她。」

近年國庫空虛，朝廷和後宮都提倡節儉之風，坤寧宮中本有小廚房，但皇后為了作為表率，便將小廚房封了，只吃御膳房送的膳食，直到得知御膳房送的食物有問題，這才尋了個由頭重新開啟小廚房。

蘇心禾這才放下心來，道：「那就好，皇后娘娘的身子定會一日比一日好的。」

皇后淡淡一笑。「承妳吉言。」

兩人正相談甚歡，就見一名宮女匆匆前來稟報。「皇后娘娘，陛下往坤寧宮來了。」

皇后一聽，立即起身帶蘇心禾往門口走去。

宣明帝身穿一襲明黃的龍袍，出現在坤寧宮門口，他的臉上雖有疲色，但見到皇后後卻露出了溫和的笑意。

皇后盈盈一拜。「臣妾參見陛下。」

宣明帝伸手扶她，道：「此處沒外人，不必多禮。」

說完，他順勢牽住皇后的手，皇后有些忸怩地看了他一眼，輕聲道：「陛下，這位是平南侯府的世子妃。」

蘇心禾依制行禮，宣明帝打量了她一眼，問：「妳便是蘇志的女兒？」

沒想到宣明帝知道自己父親的名字，蘇心禾頗感意外，但還是從容不迫地答道：「回陛下，正是。」

宣明帝點點頭，若有所思道：「妳父親很有膽識，想必教出來的女兒也不差。」

蘇心禾垂眸，謙虛道：「陛下謬讚了。」

宣明帝免了她的禮，坐定之後，便瞧見了桌上的紅棗小米糕，打趣道：「皇后今日肯吃東西了？」

皇后眉眼輕彎道：「陛下又取笑臣妾了，臣妾哪一日不曾進食？」

宣明帝憐愛地看了她一眼，道：「妳吃得太少了，還是要多吃些，養好身子。」

皇后道：「今日這糕點是世子妃親手做的，滋味甚好，臣妾便多吃了些，陛下不妨也嚐嚐？」

宣明帝本不想進食，但又不願拂了皇后的好意，便答應了。

雅書眼明手快地奉上筷子，宣明帝接過，順勢挾起一塊紅棗小米糕，象徵性地嚐了一口。

身為帝王，喜怒哀樂都要比旁人藏得要深一些，哪怕是真的開心，也不能開懷大笑，以免被人看出真實的心意，然而他在嚐到紅棗小米糕的那一剎那，眉毛卻明顯動了一下，眸中溢出一股驚喜。

皇后笑盈盈地問：「陛下覺得滋味如何？」

宣明帝的神情依舊威嚴，道：「不錯，朕近日見承允的氣色好了不少，原來是賢內助的功勞。」

蘇心禾笑稱不敢。

小米糕乍一吃滋味較淡，卻讓人放下之後還想再吃，於是宣明帝不自覺地再次挾起小米糕送入口中。

皇后看著他吃，笑而不語。

想不到陛下居然喜歡吃紅棗小米糕?!不知這點心難不難做，若是本宮像世子妃那般心靈手巧就好了，做些甜食給陛下吃，也能讓他放鬆些。

宣明帝平常的飲食都偏精緻，偶然吃上一塊清爽可口又樸實的點心，頓覺十分舒坦。他吃上癮了，正準備再挾一塊，卻忽然頓住動作，平靜地放下筷子，朝皇后笑了一下。

「朕吃好了，收起來吧，等會兒再用。」

雅書立刻上來收拾。

蘇心禾又聽宣明帝在心中道：皇后胃口不好，難得遇上一樣愛吃的東西，還是留給她吧，回頭再讓御廚再學一學這道點心。

蘇心禾之前便聽說帝后是少年夫妻，恩愛甚篤。宣明帝已過而立之年，卻仍不立太子，便是為了皇后；皇后為了幫助夫君鞏固地位，哪怕病痛纏身，也努力與張家抗衡。本來她不信帝王家有真情，如今聽到兩人的心聲，才知傳言是真。

皇后繼續道：「陛下有所不知，臣妾與世子妃一見如故、相談甚歡，她賢慧體貼，又聰穎能幹，所以臣妾便將季夏雅集託付給她了。」

說著，她拿出了園遊會的圖紙，對宣明帝道：「陛下請看，這便是今年季夏雅集的安排。」

宣明帝一瞧那園遊會的圖紙，面露詫異道：「這雅集的佈置，是按照我大宣的疆域圖所設？」

蘇心禾答道：「陛下聖明，大宣疆域遼闊，各地風俗、美食各有不同，臣婦便決定為公子與小姐們安排一次特殊的遊覽。」

宣明帝聽得連連點頭，道：「這個想法甚好，京城中雅集詩會風行，但大多都是附庸風雅，妳這園遊會雖是以美食切入，卻展示了各地風情，倒是能讓他們長一長見識。好好準備，別讓皇后失望。」

蘇心禾應聲道：「是，臣婦明白。」

出了坤寧宮，蘇心禾便在宮人帶領下往宮門口的方向走去。

皇宮太大，她來了兩回，仍然不熟悉路線，跟著宮人七拐八拐才抵達宮門口。

蘇心禾正要邁出宮門，便聽見一聲輕咳。

她聞聲側目，就見李承允正立在宮門旁邊，他穿著顯眼的官服，立在朱紅色的宮牆下，那俊逸的眉眼被陽光一襯，更顯得神采奕奕。

蘇心禾眸子一亮，快步奔了過去。「夫君怎麼在這裡？」

李承允見她步伐雀躍，不禁笑著說道：「在等妳。」

蘇心禾笑道：「我今日在坤寧宮待得久了一些，還以為你會先回去……夫君可用過午膳了？」

李承允道：「不曾，妳呢？」

蘇心禾搖頭。

兩人十指緊扣向前走，李承允低聲道：「聽聞醉仙居出了新菜式，還是西域風味，想不想去試試？」

蘇心禾瞪大了眼道：「夫君怎麼知道？」

印象中，他從來不關心這些事。

李承允雲淡風輕道：「同青松打聽的，他是平南軍第二號老饕，第一號是軍師。」

蘇心禾若有所思地說：「好端端的，你打聽這些做什麼？」

李承允輕輕捏了捏她的手，笑道：「愛屋及烏呀。」

醉仙居在京城名氣不小，卻座落在城北一處不起眼的街道上，這兒的道路太窄，馬車只能停在巷口，李承允便帶著蘇心禾步行過去。

到了醉仙居門口時，只見裡面客滿盈門，絡繹不絕。

李承允一貫低調，在馬車裡便脫下官服，隨意穿上一件暗藍色常服，蘇心禾卻依然保持著入宮前的模樣——精緻的妝容、華美的衣裙，都將她襯得明豔不可方物，站在這川流不息的街道上，就是一道絕無僅有的美景。

掌櫃的在門口迎客，一見兩人氣度不凡，便用胳膊肘頂了頂小二，道：「貴客來了，快去！」

小二剛從忙碌的大堂裡解脫，聽了掌櫃的話，往門口一瞧——唷，這一男一女，簡直是神仙般的人物！

待他仔細一看，就發現雖然這兩人容姿、氣質都十分般配，但那女子的衣著打扮卻明顯比男子講究許多。

他好奇地打量起李承允，只見對方劍眉星目、寬肩窄腰、英姿颯爽，是難得一見的好皮囊。

小二在心中扼腕，好端端的七尺男兒，吃什麼軟飯?!

李承允見小二直勾勾地盯著自己看，長眉輕皺，問道：「可有雅座？」

小二回過神來，忙道：「客官，雅座已滿，只剩大堂裡有座位了！」

李承允略感不悅，他看向蘇心禾，溫聲道：「大堂可以嗎？」

蘇心禾心心念念要吃這裡的西域菜，哪裡管得了有沒有雅座，連忙道：「無妨，大堂也可。」

李承允頷首，對小二道：「帶路。」

小二瞧了李承允一眼，心道這人連用飯都要聽夫人的，嘖嘖。

他沒理會李承允，卻對蘇心禾殷勤一笑。「夫人，這邊請。」

小二將兩人引到大堂的窗戶邊坐下，蘇心禾目光轉了一周，發現醉仙居裡繪製了不少西域壁畫。大堂中央有一個小型舞臺，舞臺上，有一名舞姬抱著西域的手鼓，正在跳舞，她身姿曼妙、薄紗遮面，露出的一雙眼睛細長又嫵媚，將不少食客的目光都吸走了。

蘇心禾只看了那舞姬一眼，便收回目光，問小二。「菜牌在哪兒？」

小二立刻奉上醉仙居的菜牌，問：「兩位客官想吃點什麼？」

蘇心禾環顧四周，見隔壁桌正在啃羊腿，忍不住問道：「羊腿是你們店的招牌？」

小二一聽，表情頗為驕傲，道：「不錯，本店的羊腿乃是一絕，連廚子都是西域來的，正宗得很！夫人要不要來一隻烤羊腿嚐嚐？」

蘇心禾不假思索地點頭。「來一隻！」

點完了羊腿，蘇心禾繼續看起菜牌，醉仙居地方不大，菜式卻不少。她問：「夫君想吃什麼？」

李承允氣定神閒地飲了口茶，道：「妳喜歡什麼就點什麼，我吃什麼都好。」

只要跟她在一起，無論吃什麼都會變得很香。

蘇心禾的眉眼笑如彎月。「那我可要點啦！」

從烤羊腿到大盤雞，再到烤包子，蘇心禾全點了一遍，小二俐落地記下她要的菜，便轉身下菜單去了。

就在此時，鼓聲急促起來，蘇心禾下意識看向舞臺，只見那舞姬已經換了一支舞跳著，她一手持鼓，一手輕敲，腰肢如水蛇一般靈活擺動，媚眼如絲、頻送秋波，讓不少男人為之傾倒。

「跳得可真好啊。」蘇心禾由衷讚嘆道。

李承允卻靜靜看著窗外，彷彿這大堂裡熱鬧的一切，都與他沒關係。

蘇心禾好奇地問道：「夫君，你在看什麼呢？」

李承允回過頭來對她一笑。「看煙火氣。」

長街上有不少做生意的小販，他們熱情地朝行人吆喝，試圖讓自己的生意變得更好，行人時而走過，時而停下，有些乾脆地買了東西便走，有些則討價還價了半天，還是放棄購買。

街頭粥鋪的老闆忙得沒停過手，粥一碗又一碗賣出去，銅板一串一串收回來，讓他臉上帶著滿足的笑；有五、六歲的女孩，牽著母親的手自街邊而過，見到賣糖葫蘆的老頭，便走不動路了，母親拗不過，只得買一串給她，孩子高興地舔著糖葫蘆，無邪的笑容恍若一道光，給人慰藉與希望。

李承允淡淡道：「只盼有朝一日，北疆的百姓們也能過上這般祥和、安穩的日子。」

蘇心禾聽得心頭微動，她在桌子下面輕輕牽了他的手，道：「有夫君在，他們一定會過上好日子的。」

李承允垂眸看著蘇心禾，她的眼瞳恍若清澈見底的泉水，盛滿對他的信賴。

他與她十指緊扣，道：「嗯，我一定會讓他們過上好日子，等日後北疆安定了，我就帶妳去看看。」

「好，我等著。」

烤羊腿一送上來，金黃焦脆的模樣便吸引住蘇心禾的視線。

李承允拿起盤子裡的小刀片了不少羊肉下來，放到蘇心禾面前。

蘇心禾挾起一塊上好的羊腿肉在料粉裡滾了滾，放到李承允的盤子裡，道：「夫君，你試試這一塊，沾了辣椒粉更好吃。」

李承允點點頭，他挾起蘇心禾挑的羊腿肉，徐徐送入口中，這羊肉絲毫沒有腥羶味，吃起來肉質醇厚、肥而不膩、香氣四溢。

羊肉上的紋理被火一炙，更加突出，與唇齒撞擊在一起，葷香絲絲入扣，令人深陷其中。

李承允道：「這羊肉比起北疆的，不遑多讓。」

蘇心禾下巴微揚，有些得意地說道：「我點的菜不錯吧？」

「嗯，」李承允靜靜看她，唇邊逸出笑意。「都是妳的功勞。」

吃過烤羊腿，蘇心禾眼珠子滴溜一轉，將目標放到旁邊的大盤雞上。

這大盤雞塊塊飽滿、醬汁濃郁，嫩黃的雞肉配上鮮紅的醬汁，形成了鮮明的視覺衝擊，馬鈴薯被切成小塊浸在醬汁中，等著人品嚐。

蘇心禾挾起一塊雞肉放到碗裡，她低下頭嚐了一口，只覺這雞肉鮮嫩無比，爽滑地在唇舌上轉了個圈，貝齒一咬，香辣鮮麻的汁液便溢了出來，再次點燃了食慾。

她頓時感動得想哭。「真好吃！」

李承允見她吃得激動，不禁笑了起來。「喜歡就多吃點。」

他挾起一塊雞腿肉放到蘇心禾碗中，她馬上歡喜地接了過去，繼續埋頭苦幹。

李承允靜靜看著蘇心禾吃東西，她膚色雪白、小嘴嫣紅，每一口都是小小的，很得體，但神情又充滿幸福感，看起來吃得格外香。

坐在她身旁，連自己的食慾都會變好。

蘇心禾全神貫注地對付自己碗裡的大盤雞，吃了好一會兒，才發現李承允一直在看自己，她鼓著小臉抬頭，疑惑地眨眨眼。「夫君怎麼不吃？」

說著，她便幫他挾了一個烤包子，道：「這個可好吃了，一定要趁熱！」

烤包子的麵皮與西域的饢餅有異物同工之妙，麵皮被疊成方形之後，裹上肥瘦參半的羊肉，再送到饢坑裡烤製，烤好的包子便鼓脹起來。乳白色的麵皮被烤得硬脆焦黃，用筷子輕輕一敲，還能聽到聲響。

李承允挾起了烤包子，卻沒想到這烤包子比想像中更有分量，壓得筷子一沈，有些不穩，他連忙低頭咬下一口，只聽見「嘎嘣」一聲，烤包子的外皮裂了開來，比酥餅還脆上幾分。

烤包子的外皮焦香中透著質樸的麵香味，內裡的羊肉裹著汁水，嫩滑得很，吃到後半，鹹鮮的湯汁浸染包子內壁，為這麵皮添了不少葷香。

一個烤包子下肚，李承允頓時覺得胃腹之中頗為充實。

除了這一道烤包子，還有一樣主食值得讓人撐著肚子迎接——那便是大盤雞裡的寬麵。

第五十九章　遊園請帖

西域人豪邁直率、不拘小節，就連做出來的麵條都比中原的粗上不少，待大盤雞的雞肉消耗過半之後，蘇心禾便將小二奉上的寬麵一股腦兒地倒進去。

白花花的麵條滾到紅湯裡，瞬間染上香辣的紅油，蘇心禾取來一雙乾淨的筷子挾起寬麵，混著大盤雞裡的湯汁攪拌起來，很快的，一盤香噴噴的拌麵便在蘇心禾的努力下誕生了。

她挾起一束寬麵放到乾淨的碗裡，遞給李承允，道：「夫君喜歡麵條，快嚐嚐。」

李承允接過碗，不經意地問道：「妳如何知道我喜歡麵條？」

「因為每一次夫君吃麵條時，都會吃得乾乾淨淨。」蘇心禾盛完給李承允的麵條，才開始盛自己的，笑問：「我說得對不對？」

李承允端起麵碗，低聲答道：「對，也不對。」

蘇心禾本來要將麵條送入口中，聽到這話，不禁停下動作，問道：「此話怎講？」

「並非所有麵條我都喜歡。」李承允淡淡道：「妳做的最好。」

蘇心禾輕輕笑了起來，說道：「看在你這麼欣賞我的分上，下次再給你做好吃的！」

李承允端著碗，只覺得手上的碗跟內心都熱呼呼的，他欣然接受道：「好。」

這寬麵相較於他們平時吃的更加厚實，嚼起來有種彈潤的韌勁，大盤雞的精華都被麵條吸收，比起雞肉來也不差。

兩人一人一個碗，低頭吃麵。

就在此時，舞臺的方向傳來一陣喝采聲，兩人抬眸看去，就見那舞姬一曲舞畢，周邊的食客們都爭相往舞臺上扔銀子跟銅板，鼓掌聲不絕於耳，整個醉仙居的大堂熱鬧得快掀了屋頂。

舞姬對眾人行了一禮，眼睛雖然彎著，卻無多少笑意，她的目光在大堂裡來回梭巡，最終落到李承允身上。

李承允無意中對上她的視線，又面無表情地移開，轉頭與蘇心禾說話。

見狀，那舞姬柳眉微皺，她轉身對彈奏樂器的伎人耳語幾句後，便再次敲起了手鼓。食客們見舞姬又要跳舞了，紛紛拍手叫好，而那舞姬跳了沒一會兒，就轉著圈下了舞臺。

現場的氣氛更是熱烈，那舞姬姿態妖嬈地舞到窗邊，不知從哪裡變出了一束鮮花，沿途送給食客，那些食客大多是男人，得了美人贈花，一個個都喜不自勝，然而李承允卻不為所動，只淡定地幫蘇心禾挾烤包子。

舞姬很快便來到李承允所在的桌子，她雙手舉過頭頂，極盡魅惑地扭動腰臀，引得眾人驚呼連連。

蘇心禾本來還聚精會神地吃著烤羊腿，聽到聲音才抬起頭，卻見那舞姬一雙媚眼緊緊盯著李承允，眼神裡彷彿有鈎子，想將人的魂勾出來。

就算蘇心禾再遲鈍，也知道這舞姬想做什麼，她不慌不忙地掏出手帕湊近李承允，輕輕為他擦了擦嘴角，嬌聲道：「夫君，我吃好了。」

李承允長眉微挑，似笑非笑地看著她。方才這聲「夫君」，聲音軟得像水，讓人心頭蕩漾。

他順勢摟住蘇心禾，低頭凝視她。「回府？」

蘇心禾美目輕眨道：「好的。」

李承允笑了，將銀票放在桌上，便牽著蘇心禾離開醉仙居。

直到兩人出門上了馬車，他都沒看那舞姬一眼。

舞姬見李承允走了，隨即停下手鼓，朝食客們一福身，便退到後堂去了。

掌櫃的見到她，便問道：「達麗，剛剛不是還在跳舞嗎？怎麼回來了？」

達麗摘下面紗，露出姣好的容顏，眨著棕色的美目朝掌櫃的一笑。「我有些累了，休息一會兒再去。」

這嬌媚的笑容看得掌櫃心猿意馬，他忙不迭地點頭道：「累了就休息，身子要緊！」

達麗又朝他拋了個媚眼，這才扭身進了內院。

抵達內院後，達麗並未在長廊上停留，而是快速穿過月洞門，到了一處不起眼的耳房門口。她左顧右盼一番，見周圍沒人跟著，才輕輕叩了叩門。「是我。」

片刻後，門從裡面打開，達麗又小心翼翼地環顧四周，再次確認完，才閃身進了屋。

達麗進屋後，便對著暗處行了一禮，道：「參見副首領。」

耳房的角落裡緩緩走出一名男子，男子身材魁梧卻面色蒼白，似是受過傷。他抬起眼簾，瞧了達麗一眼，問道：「什麼事？」

達麗早已收起剛剛輕挑的神情，正色道：「首領，屬下方才好像看見了平南侯世子。」

此話一出，男子面色一頓，眸中多了幾分焦躁。「妳確定是他？」

達麗想了想，道：「交手那日，屬下雖然只遠遠見過他一眼，但應當不會錯。」

男子緊接著問：「他可發現了什麼異常？」

達麗連忙搖頭道：「副首領放心，他沒見過我，自然也不知道我與您的關係。」

男子這才稍稍放下心來。「這裡離平南侯府甚遠，他來此處做什麼？」

達麗道：「看樣子，是帶美人兒來用飯。」

男子聽到這話，疑惑道：「李承允殺神之名南北皆知，傳聞他治軍甚嚴，又不近女色，怎麼會為了個女人到這麼偏僻的地方來用飯？」

達麗笑了笑，道：「那女人確實很美，若我是平南侯世子，也會憐香惜玉。」

男子聽了這話，沈默地思量了片刻，忽而眸光一凝，冷然道：「李承允身邊的女人，看起來多大年紀？」

達麗回憶了一下，道：「看起來很年輕，約莫十六、七歲？」

「那便是了！」男子有如醍醐灌頂般，壓低聲音道：「若我沒猜錯，她應該就是那臨州商人之女。」

達麗聽了這話，不由得一怔，語氣變得凜冽。「您的意思是，她的父親，便是當年害我們邑南戰敗的罪魁禍首之一?!」

男子無聲頷首。

達麗咬牙切齒道：「早知道我就給她點顏色瞧瞧！若不是她父親幫平南侯解了臨州之困，現在大宣的江南便都是咱們的了！」

男子瞥了她一眼道：「現在說這些有什麼用？妳若是動了她，還有命回來見我？」

「我……」達麗一時語塞。

男子擺了擺手，道：「臨州一戰過後，我們國力大損，先王一病不起，族中紛亂多年，直到大王長大成人後，情況才略微好轉。此時可不是與大宣交惡的時候，況且臨州之困與那女人也沒關係，妳萬不可因為一時之氣而節外生枝！咳咳咳……」

說到緊要處，男子忍不住咳了起來，他用手壓住自己起伏的胸膛，似是疼得有些厲害。

達麗忙道：「副首領，您的傷如何了？」

男子順了順氣息，說道：「傷口已經癒合了，但內部的傷，一時半刻好不了。」

達麗眉頭微皺，抱怨道：「那李承允下手也太重了！」

男子想起那日的情形，面色微沈，道：「當時是我們大意了。我們一路喬裝跟著李承允，不料在京城外被他發現，便惡戰了一場，折了首領跟不少兄弟……好在你們已經提前入城接應，否則只怕連我都要落入他們手中。」

達麗默默嘆了口氣，道：「副首領，我們在京城潛伏這麼久了，兄弟們四散，透過做工打探消息，可要找的人仍然杳無音信。平南侯府雖然沒聲張，卻暗地搜尋我們的蹤跡，再這樣下去，遲早會被發現的！」

「即便再危險，也要繼續。」男子的臉沒入陰影，眸子卻亮得驚人，他一字一句道：「綺思公主這些年來為邑南王庭嘔心瀝血，若非如此，她也不會失了那人的下落，無論如何，我們都不能辜負自己的使命。」

隔天，蘇心禾下午睡了一覺，起來的時候有些餓了，李承允今日回得早，見她還迷迷糊糊，便主動為她盛飯。

蘇心禾也沒客氣，抬手接了過來，眼前的回鍋肉椒絲錯落、大蔥添香，哪怕只聞上一聞，都教人食慾大增。

這回鍋肉入口是鹹香味，片刻後就嚐到豆醬的鮮辣，熬煮過後，醬汁徹底被肉片吸收，再經過油爆熬煎，造就了外焦內韌的口感，越嚼越香。

蘇心禾吃回鍋肉的同時塞了一口米飯，軟糯噴香的米飯，加上爽辣開胃的回鍋肉，堪稱絕配。

她吃得連連點頭，道：「廚子們的技術又精進了，看來季夏雅集用不著從外面請廚子了。」

李承允也對這回鍋肉頗為滿意，道：「是妳持家有道，他們才會進步神速。」

平南侯府從前的菜式太過一成不變，吃多了膩味。

蘇心禾嚥下口中的飯菜，小聲說道：「不只廚子們進步神速，母親最近也是。」
李承允詫異地看著蘇心禾，道：「妳的意思是……母親也在學庖廚之術？」
蘇心禾笑著點頭。「不錯！夫君可還記得端午節時母親包的粽子？」
李承允道：「記得，過半的粽子似乎都是母親包的。」
「對，從那時起，我便發現母親很有做菜的天賦。」蘇心禾一說起這事，便有些興奮。「後來我送了一本食譜給母親，誰知母親竟日日對著食譜學做菜，聽聞近日連晚飯都親自動手了。紅菱說，母親做的菜味道甚好，連父親都忍不住誇上幾句。」
李承允思索了片刻，才道：「原來如此……」
蘇心禾瞪大眼。「什麼？」
李承允淡笑著道：「前幾日聽青松他們說父親最近都不在軍營用飯，還以為他出去應酬，原來是回府與母親共用晚飯了。」
蘇心禾眉眼輕彎道：「父親跟母親本來就該一起用飯，一個人吃多沒趣？」
李承允心裡清楚，表面上母親因為外室之事對父親疏離，可心裡終究還是關心他的，不然也不會為他洗手作羹湯。他們若真的能就此放下心結，不失為一件好事。
蘇心禾見李承允不說話，便舀起一勺松子玉米盛到他碗裡，道：「快吃吧，不然菜都要涼啦。」
李承允頷首，將這道松子玉米送入口中，清甜的玉米混合著松子的甘香，嚼起來彈潤可口，讓人回味無窮。

吃著吃著，李承允抬起頭來，就見蘇心禾也在挾著玉米吃，看起來既快樂又享受。
他唇角微揚，心道果然還是兩個人吃飯有趣。
近日，園遊會的帖子如雪花一般飛往京城高門大戶，其中也包括張家。
陳設華美的閨房中燃著貴重的西域香料，香氣蔓延開來，為整個房間增添了一抹矜貴的氣息。
張婧婷身著一襲桃紅色長裙坐在屏風之後，即便在自己家中，她也是妝容精緻、穿戴講究。
她用塗滿蔻丹的手指捏著平南侯府的園遊會帖子，只看了帖子一眼，她便冷冷一笑，道：「放著好好的詩會不辦，非要辦什麼園遊會，小門小戶出來的，做的事情就是上不了檯面。」
一旁的丫鬟立刻拍馬屁道：「小姐說得是。」
「不過，咱們可不能掉以輕心。」張婧婷隨意扔了帖子，對丫鬟道：「妳去給相熟的幾家遞個消息，就說我請大家來府上飲茶，我倒要看看，有哪個不開眼的會去這園遊會？」
「嫂嫂！」
李惜惜人未至，聲先來，蘇心禾從一堆試吃的盤子裡抬起頭來，便見她大步流星地邁進房中。

葉朝雲見李惜惜這般大大咧咧，不禁蹙了蹙眉。「妳這孩子，如今都十六了，怎麼還是毛毛躁躁的？」

李惜惜一見葉朝雲，就像老鼠見了貓，連忙規矩地行了禮。「母親。」

見葉朝雲點了頭，蘇心禾才問道：「惜惜，妳這般著急，可是出了什麼事？」

李惜惜跑得渾身發熱，她自顧自地倒了杯茶，一口飲下半杯後才道：「嫂嫂不是讓我盯著戶部尚書府嗎？張婧婷果然在背地裡搞小動作！」

蘇心禾注視著她道：「說來聽聽。」

「今日，她在外面設宴，請了六部官員家的女眷，還有些五品官員家的女眷也去了。在宴席上，張婧婷公然諷刺我們平南侯府，她說嫂嫂妳將好端端的詩會改成了園遊會，簡直是有辱斯文！」李惜惜說到這兒，氣不打一處來。「如今操辦季夏雅集的是我們，又不是她，她有什麼資格說這種話？」

葉朝雲動作頓了頓，看向蘇心禾，問：「心禾怎麼看？」

蘇心禾笑了笑，道：「惜惜，妳既然知道季夏雅集的操辦權在我們手中，又何必理會她說什麼、做什麼？」

「可是……」李惜惜攏了眉，道：「萬一那些貴女們聽了她的話，真的不肯來我們的園遊會怎麼辦？這豈不是丟了皇后娘娘的面子？」

蘇心禾正與葉朝雲試菜，聽到這話，放下手中的筷子，對青梅道：「青梅，妳認為，對貴女們來說，是在聽張婧婷的話待在府中好，還是來園遊會好？」

「當然是來園遊會！」青梅不假思索道：「來園遊會有吃又有玩，還有機會獲得皇后娘娘的賞賜，更能見到京城同輩的青年才俊，不來是傻子！」

蘇心禾忍俊不禁，對李惜惜道：「妳看，連青梅都明白的道理，難道那些世家貴女們會不懂？」

李惜惜覺得這話有幾分道理，但她思索了片刻，又道：「可是張婧婷都將那些人邀到自己面前了，不就是要她們站隊？她們會赴約，就說明仍然畏懼張家的勢力。」

蘇心禾淡淡道：「放心吧，張家若是真有把握將各大家族握在手中，何須如此大張旗鼓？私下打聲招呼豈非更加體面？張婧婷如此行事，就說明張家沒把握。」

李惜惜的心終於安定了幾分，她見蘇心禾如此篤定，忍不住問道：「嫂嫂說得有理，但妳一點都不擔心嗎？」

「不擔心。」蘇心禾鎮定自若地坐在桌前，目光掃向桌上精緻的菜餚，道：「妳看，這些美食都是為園遊會準備的，我對園遊會很有信心，而且我也相信人性。」

「人性？」李惜惜琢磨著這個詞，有些懵懂。

蘇心禾頷首道：「不錯，人總會趨利避害，誰能給出更好的條件，她們就會跟著誰走，兩日後，一切便能分曉。」

季夏雅集這天，萬里無雲。

平南侯府正門大開，丫鬟與小廝們都穿得格外體面，早早就站在門口，等候客人上門。

李惜惜走出大門，看了天色一眼，問道：「迎客的東西都備好了？」

小廝神采奕奕地答道：「大小姐放心，都備好了，等時辰到了，小的便將東西都擺出來。」

李惜惜點點頭，道：「今日來的人應該不少，你們都打起精神來，萬不可出什麼紕漏！」

眾人垂首應是。

話雖如此，李惜惜還是有些忐忑。她看著空蕩蕩的門前大街，心想那些世家女眷們當真會來園遊會嗎？

平南侯府門前大街雖然不見什麼人影，但拐角處卻已聚集了好幾輛馬車，其中一輛馬車的車簾被人輕輕掀起，那人朝平南侯府的方向瞧了一眼，又趕緊將簾子放下。

「如何？有人去平南侯府嗎？」說話的人是禮部尚書的嫡次女，趙若嫻。

丫鬟小楓壓低了聲音道：「小姐，奴婢方才看的時候還沒人去呢，不過眼下還沒到入府的時間，沒有客人倒也不奇怪。」

趙若嫻若有所思地點點頭，道：「那……咱們且等一會兒吧，妳注意盯著門口的動靜。」

見小楓應是，她便繼續靠著車壁，每隔一段時間就掀簾看上一次。

趙若嫻攥著手中的繡帕，無聲地嘆了口氣。

她年方十八，一張臉生得如芍藥般嬌美，自幼便琴棋書畫樣樣精通，不但是禮部尚書的掌上明珠，更是京城裡有名的美人。

可惜，從去年議親開始，趙若嫻就一直沒找到稱心如意的郎君，這次的季夏雅集，家裡格外重視，從一個多月前便為她製新衣、準備首飾……這一切，都是為了能讓她在季夏雅集中覓得如意郎君。

原本以為今年的季夏雅集還是張家舉辦，於是趙若嫻在母親授意下早早便接觸了張婧婷，仔細打聽季夏雅集的安排，誰知皇后最終將主辦權交給平南侯府，詩會也變成園遊會，這番改變，實在讓她措手不及。

趙若嫻內心有些糾結。若是她去園遊會，就拂了張婧婷的面子，但若不去，好郎君都教旁人挑完了可怎麼辦？

第六十章 爭先恐後

小楓看出了趙若嫻的猶豫，道：「小姐莫急，咱們且觀望一會兒，若是有人參加，咱們就跟著參加，只要參加的人一多，張小姐也怪不著咱們！若園遊會無人問津，咱們就直接打道回府，不湊這個熱鬧了。」

趙若嫻也是這麼想的，主僕兩人又等了一會兒，見平南侯府門口還是沒動靜，她便對小楓說道：「這樣等下去也不是辦法，不然妳先去門口打聽打聽，千萬要記住，別說妳是趙家的人。」

小楓機靈得很，一聽這話就明白了，笑道：「小姐放心，奴婢定然不會暴露身分的！」

趙若嫻輕輕拍拍她的肩膀，道：「好，妳快去吧！」

小楓俐落地下了馬車，很快就發現拐角處不知不覺又多了好幾輛馬車，不知那些人是否跟她們一樣，是在此處觀望的。

然而車夫們全一臉凶相，小楓實在不敢多看，低頭快步向平南侯府走去，走著走著，就聞到一股香味。

這香味飄在街上，成了早晨微風的一部分，甜絲絲的味道縈繞在小楓身邊，令她不由自主地深吸了口氣。這甜味中帶著一股若有似無的奶味，小楓的肚子不禁發出「咕嚕」一聲響，她嚇了一跳，見旁邊沒人看自己，才暗暗鬆了口氣。

趙家離平南侯府遠得很，小楓隨趙若嫻早早出門，朝食只匆匆扒了兩口，此時聞到這香味，便引得腹中饞蟲大動。

她心想，平南侯府門前大街上並無酒樓或食肆，更無攤販，這香味到底是哪裡來的？

小楓心中好奇，繼續往前走，誰知越靠近平南侯府，香味便越濃，她不自覺地加快腳步，直到走到正門，才發現門口有一排長桌，桌上陳列了數十個紙袋，每個都有半尺高，裡面鼓鼓的，不知道裝了什麼。

就在小楓看得發愣時，卻聽見旁邊傳來「轟隆」一聲。

小楓嚇得後退一步，白梨見狀，忙笑著開口。「姑娘別怕，這是我們院裡在做爆米花呢！」

「爆米花？」小楓一臉疑惑。「那是什麼？」

白梨打量對方的穿戴一眼，猜測這姑娘應該是哪個大戶人家的丫鬟，便笑咪咪道：「爆米花是用玉米做的一種小吃，妳瞧，就是這樣的……」

說著，她側目看向身後大門，只見兩名小廝端著一個巨大的托盤出來，上面盛滿淡黃色的爆米花，像一座小小的「雪山」。

小廝將托盤往長桌上一放，頂上的爆米花便往托盤四周滾，看得丫鬟心頭一緊，生怕那爆米花會落到地上。

接下來，那兩名小廝一人拿紙袋、一人往裡面裝爆米花，合作起來極有默契，很快便將爆米花裝滿紙袋。

小楓這才明白過來，她盯著長桌上的一列紙袋，喃喃道：「原來這些都是爆米花呀，怪不得這麼香！」

「不錯。」白梨說著，轉頭對小廝道：「好生包裝，這些都是送給客人們的，可不能馬虎大意。」

「是！」小廝們揚聲應下。

小楓不動聲色地往門裡瞧了一眼，狀似不經意地問道：「今日府上有什麼喜事呀？到處張燈結綵，看起來很熱鬧。」

白梨答道：「姑娘不知道嗎？今天是季夏雅集開辦的日子，整個平南侯府都佈置成了可供遊覽的園子，裡頭匯聚了大宣各地美食。」

她正在解釋，李惜惜便走了過來，道：「白梨，平南軍的將軍們就要來了，記得將來人登記在名冊上。」

「是，大小姐。」白梨笑著應了聲。

等到李惜惜走了，小楓便問道：「這位姊姊，我多嘴問一句，今日的園遊會有武將參加嗎？」

「那是自然！」白梨笑盈盈地說：「咱們世子爺發了話，讓平南軍中年輕有為的將軍們都過來，這可是往年季夏雅集裡從沒有過的事情呢！」

小楓聽得眼前一亮，還想再問些什麼，白梨卻拿起一袋爆米花遞給她，道：「來者是客，這袋爆米花就送給姑娘了，我這兒還忙著呢，先失陪了。」

白梨說罷，朝小楓一笑，轉身離開了。

小楓手裡捧著熱呼呼的爆米花，打開封口一瞧，香甜的味道便一個勁兒地往上竄，她不禁嚥了嚥口水，連忙蓋上封口，迅速奔向馬車所在的地方。

馬車內，趙若嫻已經等得有些著急，她一見小楓掀了簾子進來，忙道：「如何？」

小楓將事情的經過一五一十地說了一遍，趙若嫻雖然沒說話，卻默默思忖了起來——平南軍凱旋入城時，她便立在茶樓上遠遠看過，將軍們英姿颯爽、豪氣干雲的模樣，令她心頭如小鹿亂撞，比京城裡那些紈袴子弟不知強了幾倍。

小楓見趙若嫻神情鬆動，就將爆米花呈給她，道：「小姐，這便是他們今日備的吃食，說是給小姐跟公子們解悶用的。」

趙若嫻心不在焉地應了一聲，一面思量自己的終身大事，一面隨手打開爆米花的封口，直到濃郁的玉米香味溢出來，她才回過神來。「這是什麼？」

小楓現學現賣，介紹道：「這是用玉米做的零嘴，叫『爆米花』！小姐不妨嚐嚐，奴婢看他們剛剛做的，新鮮著呢！」

她心道，若是小姐不愛吃，能賞給自己吃也好，可她畢竟不敢開口，只能眼巴巴地看著自家小姐。

趙若嫻自然也注意到小楓的眼神，她笑了，將封口拉得更開。「咱們一起嚐嚐。」

兩人各撚了一顆爆米花送入嘴裡，只聽「嘎吱」兩聲，兩人都愣住了。

爆米花裂成兩半，醇濃的玉米香在口中環繞，又甜又脆又香濃，吞下去之後，仍然口齒留香，讓人意猶未盡。

趙若嫻不敢置信地看著手中的爆米花，道：「沒想到就連門口迎客的小食都如此出彩，看來園遊會裡面的安排不會讓人失望。」

小楓附和道：「小姐說得在理，那門口迎客的丫鬟姊姊也是和顏悅色，她不知奴婢的身分，卻主動贈了吃食，可見平南侯府家風清正、待人和善。要不……咱們去看看？」

趙若嫻沈吟了片刻，道：「既然到了此處，那便去看看，難道張家還能吃了我們不成？」

說完，她理了理儀容，從容不迫地開口。「駕車！」

車夫一得令，便駕著馬車朝平南侯府駛去。

拐角處聚集了不少馬車，一輛車動了，其他馬車內便起了騷動，一位妙齡少女從車窗探出頭來，嘀咕道：「那不是禮部尚書家的馬車嗎？趙小姐難道要去赴園遊會？」

「看樣子沒錯。」對面的馬車也掀起了車簾，露出一張妝容精緻的臉。「趙小姐第一個前去平南侯府，莫不是為了皇后娘娘的賞賜吧？黃小姐不去嗎？」

此話一出，方才率先開口的黃依萍面色變了變。她是工部侍郎之妹，自詡才情出眾，一直不甘落於趙若嫻之後，一聽到這話，便道：「自然要去，否則來這兒做什麼？羅小姐，我就先走一步了。」

說罷，黃依萍放下簾子，冷聲道：「出發！」

車夫連忙驅馬向前，緊追著趙若嫻的馬車而去。

羅湘蕊見她也離開了，立即對車夫道：「還愣著做什麼？快跟上啊！」

三輛馬車先後出發，其他馬車像是獲得了允許，爭先恐後地往前駛去，原本空蕩蕩的平南侯府門前大街，霎時熱鬧起來。

李惜惜激動得手一擺，對白梨道：「快去稟報嫂嫂，有大批客人到了！」

平南侯府一時門庭若市，熙攘不絕。

李惜惜站在門口笑臉迎人，忙得不可開交，哪怕是極要好的友人上了門，她也只能匆匆與對方寒暄幾句，隨即安排下人引進府門，不然門口就會堵得水洩不通。

平南侯府的丫鬟與小廝也忙碌起來，將客人領進門後，便禮貌地引導他們抵達園遊會入口處。

園遊會入口處吊起無數花燈，放眼看去是一片彩色的天空，極有節日氛圍，趙若嫻、黃依萍與羅湘蕊先後被下人們領進來，是第一批客人，她們駐足欣賞了一會兒佈置，心中對園遊會的期待值又上漲了幾分。

黃依萍見趙若嫻看得入迷，揶揄道：「趙小姐，在張小姐的宴席上，妳不是說今日不得閒，不會來平南侯府嗎？我剛剛在後面見到妳的背影，還以為認錯了人呢！」

趙若嫻輕咳了一聲，神色不變道：「原本確實有事要辦，但昨日提前辦完了，今日便得了空。怎麼，黃小姐之前不是說自己身染風寒，近幾日都不會出門嗎？這麼快就好了？」

黃依萍表情微僵，訕笑道：「兩副藥下去，好多了……」

羅湘蕊見兩人有一搭沒一搭地聊天，忍不住搖搖頭，道：「好了，既然都來了，咱們就好好逛一逛園遊會吧，那位……想必不會來。」

她嘴裡的「那位」，指的當然是張婧婷。

趙若嫻與黃依萍都覺得她說得有理，全鬆了口氣。

「趙小姐、黃小姐、羅小姐，三位蒞臨，當真令寒舍蓬華生輝。」

蘇心禾笑意盈盈地走上前打招呼，三人不禁有些訝異，面面相覷。

趙若嫻打量了蘇心禾一下，便弄清了對方的身分，她一向快人快語，直接道出心中疑問。「世子妃有禮了。不過，我們之前從未見過，世子妃如何識得？」

蘇心禾莞爾一笑。「聽聞趙小姐舞藝卓絕，曾在壽宴上為太后娘娘獻過折腰舞，一舞過後，便名動京城；黃小姐才情洋溢，善吟詩作賦，所寫詩文風靡一時，引得文人墨客紛紛仿效；羅小姐精於女紅，製的繡品皆是閨秀們的學習典範，還曾親自為皇后娘娘繡了百鳥朝鳳圖。三位如此出類拔萃，我豈有不識之理？」

這番話說得極為漂亮，三位小姐頓時心花怒放。

趙若嫻笑道：「早就聽聞世子妃秀外慧中，今日一見，果然名不虛傳。」

黃依萍也頷首道：「不錯，這園子佈置得別出心裁，世子妃真是匠心獨具，可見是個妙人兒！」

「世子妃匠心獨具是難得，更難得的是，皇后娘娘肯將這麼重要的事交給平南侯府，恩寵可見一斑。」羅湘蕊搖著團扇，和善地說著。

蘇心禾報以一笑，道：「承蒙皇后娘娘給了平南侯府這個機會，只盼不辜負皇后娘娘盛意，也不讓各位貴客失望。」

三人見蘇心禾進退有度，頗有大家風範，不僅刮目相看，臉上的笑意也真切了幾分。

其實在園遊會前三日，蘇心禾大部分的時間都用來記住來客的身分與特徵，而這些「內幕消息」，都是她讓白梨從京城的媒人手中買來的。

蘇心禾笑著道：「青梅。」

一旁的青梅立即規規矩矩地奉上三張卷軸。

蘇心禾溫聲道：「請諸位小姐一觀。」

三人接過卷軸展開，剛開始看的時候還不覺得有什麼，看到後來，便逐漸浮現出訝異之色。

羅湘蕊驚詫道：「這是……大宣的堪輿圖？」

「非也！」黃依萍瞧她一眼，直截了當地糾正。「這應當是園遊會的堪輿圖！」

「妳們看，」趙若嫻將團扇扔給一旁的小楓，指著手中的卷軸道：「這堪輿圖上還有標識，分成東西南北，莫非所有的美食都是按照地域分布的？」

「確實是這麼安排的。」蘇心禾笑著介紹道：「園遊會的路線是一個大圈，可選擇從東、西任意一邊開始，按照堪輿圖的指向走即可。」

三人點了點頭。

趙若嫻若有所思道：「我之前看到帖子裡寫了許多美食名錄，還覺得奇怪，如今看到這堪輿圖，才徹底明白，怪不得皇后娘娘會為了園遊會設置彩頭，果真有意思。」

黃依萍不禁問道：「所以，如果從東邊開始，便是『下江南』？」

蘇心禾點頭。「黃小姐說得不錯。」

她指了指身後的涼亭，道：「這便是園遊會的入口處，進去之後，往東走即可。在裡面見到的所有吃食，都能按照需求取用，若覺得那食物美味，便可找廚子要一根美食籤，等逛完了園子，可在出口處登記，若有公子與小姐登記的所有美食籤都一模一樣，便能獲得皇后娘娘的賞賜。」

三位小姐聽得十分認真，羅湘蕊似懂非懂地問：「為何要如此安排？」

蘇心禾耐心地說明。「季夏雅集本是為公子與小姐們準備的，以詩文會友固然好，但對咱們女子而言，嫁人是一輩子的事，成婚之後『詩詞歌賦』就會變成『柴米油鹽』，若能找到一個與自己品味相似、食樂同享之人，是件好事。」

三人聽了這話，不免深思起來。

趙若嫻道：「我還是第一次聽到這般見解，倒是獨到。」

黃依萍平日與趙若嫻的觀點背道而馳，此時卻難得與她想法一致，道：「世子妃說得是，才學出眾也好，武藝高強也罷，若沒有過日子的默契，待在一起也是難捱。」

蘇心禾唇角微揚道：「就是這個理。想必一會兒過後，人就會多起來，為了避免擁擠，三位還是先行一步吧？」

黃依萍彷彿想到了什麼，道：「那好，我就從東邊出發。」

羅湘蕊道：「既然黃小姐要『下江南』，我也一道同行吧！」

她還沒見過真正的江南，先瞧瞧園遊會裡的「江南」，也不失為一件美事。

於是，黃依萍與羅湘蕊便帶著堪輿圖興致勃勃地出發了，臨走之前，黃依萍還回頭朝趙若嫻問道：「趙小姐可要與我們一起？」

趙若嫻搖搖頭。「妳們先去。」

黃依萍下巴微揚，道：「那我們就先去了，趙小姐可別磨蹭太久，免得錯過真命天子了。」

說罷，她便以團扇掩面，笑著走了。

蘇心禾雖然早就知道趙若嫻跟黃依萍不和，卻不好多說什麼，只能溫聲問道：「趙小姐打算先去哪兒？」

趙若嫻目不轉睛地盯著堪輿圖。「西域。」

蘇心禾又問：「打算怎麼走？」

趙若嫻沈吟了片刻，道：「從『西域』出發，途經『北疆』再到『江南』、『南疆』，走完全部的路線。」

小楓遲疑著開口。「小姐，『西域』是不是太偏遠了些？」

她伸長脖子朝堪輿圖看過去，小聲道：「奴婢雖沒讀過多少書，但也知道江南乃大宣的糧倉，又是魚米之鄉，美食無數，小姐確定不從這兒開始嗎？畢竟黃小姐跟羅小姐都往『江南』去了……」

「正因如此，我才要往另一邊走。」趙若嫻淡淡一笑，道：「人扎堆的地方有什麼趣？我的緣分，當與她們不同才是。」

如今這條路線，不但是她為自己選擇的美食之路，也會影響自己遇上什麼人。會先去「西域」的，必是心胸寬廣、恣意瀟灑之人，不會貪戀錦繡繁華、醉生夢死。

趙若嫻這般想著，便收了卷軸，篤定道：「走，往西邊去。」

蘇心禾輕笑道：「那就祝趙小姐一切順遂了。」

趙若嫻告別蘇心禾，便帶著小楓往「西域」的方向走去。

直到趙若嫻主僕走遠了，青梅才朝蘇心禾湊了過去，壓低聲音道：「小姐，這些大家閨秀看起來貌美如花，但每個都不是省油的燈，她們真會喜歡我們的園遊會嗎？」

蘇心禾轉過頭來，臉上笑意不減，道：「我也不知道。」

「不知道?!」青梅不禁瞪大了眼。「您不知道還這麼……穩？」

蘇心禾道：「妳當她們是來做什麼的？」

青梅茫然地看著她。「逛園子？」

蘇心禾搖頭道：「她們不僅僅是來逛園子，還是來找夫婿的，她們選擇了不同的路，便是期待遇上不同的人。」

青梅頓時明白過來，道：「難怪小姐要將平南軍的將軍們安排在……」

「噓！」蘇心禾連忙比了個噤聲的手勢，青梅這才閉上嘴。

蘇心禾笑道：「準備迎接下一波客人吧。」

青梅乖巧點頭。「是，小姐！」

不到一炷香的工夫，園遊會的入口處便排滿了等著領卷軸的人，還好蘇心禾早有準備，讓下人將園遊會裡收集美食籤的規則寫出來，貼在牆上，省去了很多解釋的工夫。

今日來到現場的公子與小姐們，無一不衣著考究、打扮得體，遠遠望去，一片衣香鬢影，令人矚目。

第六十一章　一見傾心

隨著時間推移，進入園遊會的人逐漸多了起來，趙若嫻手持卷軸，不疾不徐地往前走，到了練武場附近才停下腳步，對小楓道：「應該就是這兒了。」

「西域」位於平南侯府西南邊，臨近練武場，場地內豎著一座假山，對照堪輿圖一看，便知這座假山是「中原」與「西域」的交界處。

小楓東張西望了一會兒，道：「小姐，那邊好像有人在跳舞！」

假山後方響起歡快的樂曲，趙若嫻帶著小楓繞到假山後面，便見此處的男子頭戴西域圓帽，女子則穿著五顏六色的裙衫、編了滿頭辮子，他們隨音樂起舞，臉上洋溢著熱情的笑意。

看著他們的舞蹈，趙若嫻覺得十分新奇，她抬眼望去，只見「西域」的地盤上有不少美食攤位一列排開，彷彿一條小型美食街，烤全羊的香味從遠處飄過來，吸引人往前走。

一名身穿西域服飾的丫鬟走過來，對趙若嫻行了個標準的胡人禮，笑道：「客人，歡迎來到西域，前面美食街上所有吃食都可按需求取用，後面還有義賣攤位，客人感興趣的話可以去看看。」

趙若嫻微微頷首。「多謝。」

丫鬟對趙若嫻行了個告退禮，便轉身離開了。

趙若嫻帶著小楓興致勃勃往美食街走去，攤位上的廚子也做西域人打扮，烤爐前一排羊肉串轉得靈活，辣椒粉與孜然粉往上一撒，火苗便興奮地往上竄，羊肉被火一燎，香味就徹底激發出來。

廚子抄起一把肉串翻了個面，笑道：「羊肉串馬上就烤好了，小姐可要試試？」

趙若嫻雖然躍躍欲試，但一想到這羊肉被竹籤串著，吃相可能不雅，便打了退堂鼓。「多謝，還是不了。」

「羊肉串雖然這樣吃很過癮，但對姑娘家來說還是不大方便，依在下看，不如取兩串羊肉放到盤子裡，供這位小姐用筷子食用？」

這清朗的聲音一下便引起了趙若嫻的注意，她轉過頭，便見一身穿藍色武袍的年輕男子，他生得濃眉大眼、英氣逼人，倒是比她平時見到的文弱貴公子們順眼多了。

廚子一聽，連忙對趙若嫻道：「小姐意下如何？」

趙若嫻也覺得這主意不錯，便輕聲道：「就依這位公子所言吧。」

說完，她對那男子無聲地點了點頭。

青松爽朗一笑，笑容有如夏日的勁松般俊逸，讓趙若嫻不由得怔了怔。

廚子很快便奉上羊肉，小楓伸手接過盤子，道了聲謝。她見不遠處有一方長桌，便對趙若嫻道：「小姐，不如我們去那兒吧？」

趙若嫻依言走過去落坐。

小楓將盤子呈到自家小姐面前，趙若嫻拿起筷子挾起一塊羊肉，以袖掩唇淺嚐了一口，在辣椒與孜然觸及舌尖的那一剎那，她便呆住了。

烤過的羊肉外皮焦香，貝齒一咬，便發出「啪滋」輕響，內裡則鮮嫩無比，幾乎察覺不到肉質的紋理，一口下去便唇齒生香，大大激發了食慾。

小楓仔細打量著主子的神色，見趙若嫻不發一語，不禁問道：「小姐，可是這羊肉串有什麼問題？」

趙若嫻輕輕搖了搖頭，她不敢置信地看著盤子裡的羊肉，說道：「府上每到秋冬都會進食羊肉，但與這羊肉比起來簡直不值一提。這羊肉毫無羶味，且外皮焦脆、內裡嫩滑，到底是怎麼做到的？」

「烤羊肉串最關鍵的一步，便是醃製羊肉了。」說著，青松將自己取來的一盤羊肉串放在長桌另一頭，隨即撩袍坐下。

因為方才的事，趙若嫻對青松的印象不錯，便自然地接過話頭。「此話怎講？」

青松道：「羊肉本身有羶味，所以醃製時要用的配料種類不少，既要遮蓋腥羶味，又要保留原本的鮮味，故而尺度很難把控，唯有極富經驗的老師傅才能做到。今日這羊肉雖好，可惜沒有紅柳枝相佐，若用紅柳枝串肉烤製，還能為這肉串再添一縷木香，在西域，大戶人家常以此法食羊肉。」

趙若嫻聽了這話，點點頭。「公子見識廣博，令人佩服。」

青松笑了笑，又道：「小姐過獎了，在下並非什麼貴公子，不過一介武夫，在平南侯世子麾下效力，因戰事常年在外奔波，有些粗陋的見聞罷了。」

「平南侯世子麾下……」趙若嫻思量了片刻，忽地眼前一亮，道：「聽說世子爺手下有兩員猛將，名為『青松』、『吳桐』，閣下莫不是其中之一？」

青松沒想到趙若嫻竟然知道這麼多，微微詫異，抱拳道：「在下青松，小姐有禮了。」

趙若嫻眉眼微彎，道：「青副將有禮。」

她瞧著青松面前的羊肉串，笑問：「青副將喜食羊肉？」

青松瞧著自己面前堆成小山的羊肉串，頓時不好意思起來。「是……在下胃口大，讓小姐見笑了……」

趙若嫻手持絲帕，掩唇一笑，道：「青副將還是快些進食吧，羊肉串若是涼了，豈非辜負了廚子的一番心血？」

青松本就是個不折不扣的老饕，見趙若嫻提醒自己及時享用美味，忽然對她生出惺惺相惜之感，連忙拿起一串羊肉張口咬下。

油滋滋的羊肉在嘴裡一嚼，葷香霎時溢出，鋪滿了整個唇舌，辣椒混合著孜然獨特的香味，略微有些嗆，瞬間打通了鼻腔與口腔，直沖上腦門，爽辣至極。

青松大快朵頤，卻未失了禮節，這灑脫直率的樣子讓趙若嫻忍俊不禁，只覺得自己面前的羊肉變得更香了。

兩人分別坐在長桌兩端享用各自的羊肉串，青松吃得快，趙若嫻吃得慢，最後差不多同時吃完。

趙若嫻用絲帕優雅地拭了拭嘴角，對一旁的「西域」丫鬟揚手，還未出聲，便聽見青松一聲呼喊。「姑娘，來一根美食籤！」

她詫異地回過頭，恰好迎上青松的目光，青松看著她清麗的面容，稍稍怔了怔，問：「小姐……也想要美食籤嗎？」

趙若嫻輕輕點頭，笑容裡有一抹羞澀。

見那「西域」丫鬟走上前來，青松連忙道：「我們兩人都要美食籤，先給這位小姐。」丫鬟稱是，率先來到趙若嫻面前，行了胡人禮，奉上一根美食籤。

「多謝。」趙若嫻溫聲道謝，雙眸卻盈盈地望向青松，不知這句話是對丫鬟還是對青松說的。

隨後，青松也笑容滿面地接過美食籤，準備轉戰下一個地點。

趙若嫻立即站起身來，不遠不近地走在青松後面。

小楓見自家小姐一直盯著青松的背影，腦子飛轉，忽地「唉呀」一聲，摔在地上。

趙若嫻微微一驚，主動伸手扶她。「小楓，妳怎麼了？」

小楓眼淚汪汪地看著趙若嫻道：「小姐，奴婢的腳不小心崴了……」

趙若嫻蛾眉微攏，道：「要不要緊？很疼嗎？」

小楓哭喪著臉，刻意將聲音提高了幾分。「好疼，奴婢可能走不動了！嗚嗚嗚……」

這驚動了走在前方不遠處的青松，他折返回來，問道：「怎麼了？」

趙若嫻抬起眼簾看向青松，澄澈的眸子裡溢出幾分焦急。「小楓的腳扭傷了。」

青松蹲下身去，對小楓道：「讓我看看。」

小楓哪敢讓青松查看，連忙將身子向後縮了縮，道：「多謝青副將好意，但男女授受不親……」

青松聽了這話，一時有些尷尬，只道：「平南侯府有府醫，不如請大夫來看看？」

趙若嫻點頭。「也好。」

小楓的頭卻搖得像撥浪鼓，道：「小姐，奴婢不過是輕微扭傷，回去搽些藥酒便好，就不給侯府添麻煩了。」

說著，小楓暗暗拉了拉趙若嫻的衣袖，趙若嫻心念微動，忽然明白了過來，忍不住給了她一個嗔怒的眼神。「妳這丫頭怎麼……」

她後半截話卡在喉嚨裡，仍是沒說出來。

小楓對青松道：「青副將，奴婢不慎受了傷，我家小姐又是第一次來平南侯府，可否請青副將代為照顧一二？」

青松一聽，自然義不容辭地頷首道：「小事而已，姑娘放心。」

於是青松招來丫鬟照顧小楓，自己則陪趙若嫻繼續向前走。

趙若嫻離開之前，不禁回頭看向小楓，見小楓對她齜牙一笑，趙若嫻便脹紅了臉。

「小姐很熱嗎？」青松見趙若嫻一張俏臉憋得都紅了，不禁問道。

「不、不熱……」趙若嫻手指暗暗揪緊了帕子，小聲道：「小女子姓趙，名若嫻。」

青松聽得認真，他緩緩側目，目光溫和地看向身旁的姑娘，笑道：「幸會，趙小姐。」

比起堪輿圖中的「西域」，「江南」更加熱鬧。

平南侯府中的池塘被佈置成江南的西子湖，湖上的獨木舟不過半人高，上面用稻草紮了個垂釣翁，那垂釣翁身披蓑衣、頭戴斗笠，遠遠看去，當真有江南一隅之感。岸邊擺著案桌與屏風，可供客人們揮毫潑墨，公子們三三兩兩地立在湖邊，談笑風生、對酌暢飲，小姐們則聚在花圃後賞美景、品美食，好不歡快。

羅湘蕊看著面前的龍井蝦仁，驚嘆道：「這蝦仁品相上好，就是不知滋味如何。」

黃依萍瞧她一眼道：「嚐嚐不就知道了？」

說罷，她便拿起筷子挾起了一隻龍井蝦仁，送入口中——

蝦仁嫩滑彈牙，鮮甜中帶著些許鹹味，再細細品味，便能嚐出悠然綿長的龍井茶香。

黃依萍吃得愜意，嚥下蝦仁之後，才發現羅湘蕊一直盯著自己看。

「好吃嗎？」羅湘蕊直截了當地問。

只見黃依萍不假思索地點頭，道：「很美味，比我府上特地聘的江南廚子做得還好呢！」

黃依萍的兄長是工部侍郎，黃侍郎每年都要前往江南興修水利或加固堤壩，每次回來都會給她帶上不少江南美食，因此她雖然未去過江南，卻對該地有無限嚮往。

羅湘蕊聽了黃依萍的話才動筷子，嚼了一口龍井蝦仁，便覺Q彈無比，蝦的鮮、茶的香，原本毫無關聯，此刻卻被完美地融合到一處，一次又一次地合力撞擊著唇齒，令人十分驚喜。

她不禁驚呼道：「果真好吃！」

黃依萍笑了一下，道：「是吧？方才是誰猶猶豫豫……」

話音未落，便見羅湘蕊一隻接一隻地將龍井蝦仁挾到碗中，頃刻之間，餐盤裡的龍井蝦仁就所剩無幾了。

黃依萍嘴角抽了抽，卻不好說什麼，只能將目光投到一旁的叫花雞上。

叫花雞是一道江南名菜，以荷葉包裹鮮雞，再滾上一層黃泥做胚，放到火中煨烤，待雞肉熟透，再將外層的黃泥敲碎，層層剝開荷葉後食用。

眼前的叫花雞已經躺在展開的荷葉上，油光發亮、醬色濃郁，看起來十分誘人。

黃依萍用筷子輕輕撕下一塊雞腿肉，啟唇嚐了一口——

雞肉酥軟香嫩，肉一被撕開，熱呼呼的香氣就直往嘴裡鑽，輕易地脫了骨。雞肉鹹鮮味美，還帶著絲絲縷縷的清香，這股滋味與普通香料帶來的香味很不同，而是源於荷葉，這獨一份的天然芬芳，便是這道菜的點睛之筆。

黃依萍感嘆江南可真是個好地方，心想若有朝一日能親自去一趟就好了。

然而她家教甚嚴，鮮少有出門的機會，只怕難以成行……想到這裡，黃依萍只能把對江南的喜愛之情轉化為食慾，不過片刻，便將碗裡的雞腿肉解決了。

她吃完叫花雞，還未及擦拭唇角，便見羅湘蕊眼睛眨也不眨地看著自己，一雙美目發亮，好似怕錯過了什麼似的。

黃依萍疑惑問道：「妳看著我做什麼？」

羅湘蕊嚥了嚥口水，小聲問道：「叫花雞好吃嗎？」

黃依萍的眼皮跳了一下，道：「妳自己嚐嚐不就知道了，為什麼總是問我？」

羅湘蕊乾笑了兩聲，道：「黃小姐有所不知，我胃腹不太好，不宜多食，若是菜色味美，我便嚐一嚐；若是不佳，我便不吃了。」

黃依萍面色有些不悅，心道：這不是拿我當試菜的嗎？

於是她繃著臉說：「這叫花雞又硬又腥，並不好吃，羅小姐還是不要傷了自己的胃腹。」

說著，黃依萍又扒了一大塊叫花雞到自己碗裡，一本正經地說：「這般苦楚還是讓我承擔吧。」

羅湘蕊表情微僵。她方才分明見黃依萍吃得很香，但對方此刻這麼說，她就不知道怎麼接話了。

若是按照對方的說法不動筷，可能會錯失一道好菜；若是動了筷，又有不相信對方的嫌疑，可能壞了兩人的關係。黃依萍是京城有名的才女，她可不想失去這位朋友！

羅湘蕊一時之間進退兩難，只能眼巴巴地看著對方吃雞肉，心裡暗自扼腕，早知道就不問她了！

就在此時，黃依萍的丫鬟彩鈴三步併作兩步地跑了過來，她對兩人略一福身，便道：「小姐，前面要舉行賽詩會，您要不要去看看？」

黃依萍放下手中的筷子，一臉奇怪地問道：「今日不是園遊會嗎？為何還有人賽詩？」

彩鈴跑得小臉通紅，乖巧答道：「公子們齊聚一堂，不知怎的詩興大發，非要邀請平南軍的武將們共作詩詞，還請各家小姐過去觀賞，說是要為他們裁定頭名。」

羅湘蕊聽了這話，不禁秀眉微攏道：「一群紈袴子弟，肚子裡也沒幾兩墨水，還敢與人比詩？」

「他們真正的目的恐怕不是比詩，而是想給武將們難堪。」黃依萍心中跟明鏡似的，一語道破此事。

歷朝歷代，文臣武將向來勢同水火，文臣世家看不起武將的粗蠻，武將們則看不慣文臣世家的造作，今日的園遊會，正好將文臣世家的公子哥兒們與武將們聚集在一起，想來是有人挑釁，才有了這詩會。

黃依萍一貫嫉惡如仇，想也不想便站起身來對彩鈴道：「走，去看看。」

羅湘蕊聽了這話，連忙放下筷子，匆匆忙忙地扯出手帕擦了嘴角，快步跟上黃依萍。

蘇心禾正在忙著招待客人，也收到了這個消息，但她倒是不太意外，只問：「是誰發起的詩會？」

白梨答道：「禹王之子，小王爺。」

蘇心禾腦海中頓時跳出了那個輕挑無禮的浪蕩子——歐陽旻文的臉。

自龍舟賽一別之後，她已經許久沒見過此人了。

蘇心禾淡淡道：「我想起來了，他也在未婚公子之列，來參加園遊會不稀奇。」

「話雖如此，」白梨低聲道：「這滿京城的閨秀，誰願意嫁給他當正妻？」歐陽昱文家中鶯燕成群，卻還跑來園遊會拈花惹草，當真是不要臉。

蘇心禾思量了片刻後，又問：「夫君今日入宮，現在可回來了？」

白梨低聲道：「奴婢剛才去打聽了，世子爺還未回來，不過奴婢在門口見到張小姐了。」

「張婧婷？」蘇心禾秀眉微挑。「確定是她？」

白梨點點頭道：「雖然隔得遠，但奴婢應當沒看錯。她入府之後，也往『江南』的方向去了，奴婢特地派人暗中跟上她，她一入園子便與那小王爺湊到一處。」

蘇心禾頓時明白了，那歐陽昱文不過一介草包，一向不學無術，怎麼會突發奇想與人切磋詩詞？八成是受人唆使，才有鬧事的膽子。

她下巴微揚，從容不迫道：「來者是客，既然到了，咱們便要好生招待。」

蘇心禾帶著白梨抵達池塘邊時，詩會的臺子前已經聚集了不少人，歐陽昱文的跟班站在眾人當中，趾高氣揚地說道：「今日遊園，我家小王爺頗有雅興，想與各位將軍對詩一首，不知誰敢迎戰？」

這話說得挑釁意味十足，場上不少武將面色一沈。讓他們在疆場上殺敵自是不在話下，但這舞文弄墨之事，確實不是他們的強項，故而只能壓下怒氣不發，而現場原本熱烈的氣氛，也驟然降到冰點。

歐陽昱文見狀，笑得更加得意，對那跟班點了點頭，示意他繼續。

跟班獲得主人許可，更加不可一世地叫囂起來。「怎麼？諸位不都是浴血疆場的英雄？怎麼連作首詩都不會啊？」

「這池邊好生熱鬧啊！」

清亮的女聲響起，眾人循聲望去，就見蘇心禾帶著家丁過來了，與她一同出現的，還有滿臉怒氣的李惜惜。

第六十二章 出手解圍

曾菲敏站在人群裡，一見到李惜惜，便走了過來，壓低聲音道：「這歐陽旻文可真不是東西！居然要跟武將們比試詩文，這不是欺負人嗎？我們皇家怎麼會有這般死皮賴臉之人?!」

她實在不喜歐陽旻文，但礙於彼此是血親，不好當眾拂了他的面子，只能用殺人般的眼神瞪他，但歐陽旻文只當沒看見。

李惜惜道：「別理他，我嫂嫂來了，他猖狂不起來！」

蘇心禾的目光掃過眾人，就見張婧婷站在離歐陽旻文不遠的地方，唇角微微勾著，一臉看好戲的表情。

歐陽旻文一見蘇心禾，兩眼彷彿冒出了光，只差沒流口水了，他連忙迎上前去，道：「世子妃來了？許久不見，還是這般貌美！」

如今的蘇心禾已經不像剛來京城時那般內斂，她身著紫色華服，雲鬢高綰，金釵顫顫，雖然年輕，但儼然是高門大戶的主母模樣，只輕輕瞄了歐陽旻文一眼，便教對方連說話的聲音都虛了不少。

「聽聞前段日子小王爺染了風寒，還起了高燒，本想與夫君過去探望的，沒想到您這麼快就好了。」

蘇心禾簡簡單單一番話，卻令歐陽旻文臉色一僵。

上一次，他企圖輕薄蘇心禾，被李承允抓了個正著，直接扔進水裡，撲騰了許久才被人撈上來，最後因吹風著涼而病了個把月。此事被他父親知道之後，還罰他面壁思過。

一想起李承允那刀鋒般的眼神，歐陽旻文就不寒而慄，他本想打退堂鼓，可一瞥見人群裡的張婧婷，又壯起了膽子。

可不能在張美人兒面前丟臉！

這句心聲飄入蘇心禾的腦海裡，證實了她的猜想。

在園遊會準備之初，蘇心禾便留了個心眼，為了避免有人鬧事，她特地親手晾曬了茶葉跟鹽巴，如此一來，只要賓客們用過園遊會的茶水或食物，她便能探聽到眾人的心聲。此舉原本只是防患於未然，沒想到真的派上用場。

歐陽旻文梗著脖子道：「多謝世子妃關懷，我已經大好了，今日來這園遊會，本來想以文會友，豈知諸位將軍都不賞臉，當真沒趣！」

這話說得十分不屑，他身旁幾位狐朋狗友都笑了起來。

吳桐、青松、方子沖與劉豐等人站在一處，皆面色慍怒。

青松正要上前，衣袖卻被人拉住，他回眸一看，居然是趙若嫻。

趙若嫻小聲提醒道：「青副將莫急，你可看見了那名跟班？」

青松心中疑惑，問道：「那跟班有什麼特別？」

趙若嫻說道：「若我沒記錯的話，那跟班乃是前幾年的榜眼，初入官場便與人鬥毆，被革了官職，沒想到竟到了小王爺手下。此人人品低劣，但才學不淺，他們能挑起事端，想必做好了萬全的準備，若青副將沒有十足的把握，還是不要應戰為好。」

青松濃眉緊皺，但依然有禮地謝過趙若嫻。

趙若嫻的擔憂也化為心聲傳到蘇心禾耳中，她靈機一動，道：「早就聽聞小王爺才高八斗，今日若能得到小王爺的詩文，乃一大幸事。」

歐陽旻文一向是見到美人兒就發昏，聽了這話受用得很，笑著擺手道：「世子妃過獎，我不過是一時興起罷了。」

蘇心禾一笑，道：「今日到場的都是風雅之人，不如咱們就以『西子湖』為題，請小王爺賦詩一首，再請一位將軍對詩，如何？」

歐陽旻文一愣。「要以西子湖為題？這……」

他下意識地看向自己的跟班，那跟班連忙朝他搖頭。

早在來到此處之前，跟班便為歐陽旻文寫好了幾首詩，確定他背得滾瓜爛熟了，才敢挑事，眼下突然換了主題，對歐陽旻文來說，簡直是兩眼一抹黑。

歐陽旻文定了定心神，開口道：「我看不妥！這『西子湖』有什麼好作的？不如改為……」

「小王爺此言差矣！」蘇心禾眼尾微勾，不慌不忙道：「此地乃是園遊會中的『江南』，西子湖是江南獨一無二的盛景，作詩是為了抒發胸懷，此時借景喻情，豈非正好？大家覺得呢？」

李惜惜立刻帶頭附和道：「沒錯，就以西子湖為題！」

曾菲敏也緊接著道：「這題目出得甚妙！」

眾人聽了，都順水推舟，誇讚起蘇心禾出的題目來，唯有人群中的張婧婷臉色一垮。

吳桐雙手抱臂，似笑非笑地看著歐陽旻文，盯得他頭皮發麻，而青松則揚眉笑開，道：

「若小王爺不嫌棄，末將願與小王爺對詩一首，小王爺先請。」

歐陽旻文見大夥兒目光灼灼地看著自己，額上不禁滲出了豆大的汗珠，他惡狠狠地瞪了身旁的跟班一眼，低聲道：「你倒是想想辦法啊！」

跟班本想即興創作一首詩詞，然後在耳邊悄悄告訴歐陽旻文，但一想到歐陽旻文蠢笨如豬，之前的幾首詩都背了好幾日，這會兒怎麼記得住新的？

於是他心一橫，朝歐陽旻文搖搖頭。

歐陽旻文見跟班不說話了，氣得直跺腳，剛想轉身離開，就被蘇心禾擋住去路。

「小王爺怎麼還不作詩？」蘇心禾笑著拎起酒壺，笑意盈盈地站在他面前，悠悠道：

「莫不是要為您添酒，才能詩興大發？」

眾人紛紛起鬨——

「小王爺，來一首吧！」

「是啊，小王爺方才不是說要讓我們武將見識見識嗎？此刻怎麼不說話了？」

「你們別吵了，小王爺正在思量呢！不知多給一日，時間夠不夠？」

「小王爺學富五車，可莫要藏著掖著了，快賦詩一首，讓我們好好欣賞一番……」

眾人你一言、我一語，唾沫星子彷彿匯聚成了洪水，將歐陽旻文的腦袋沖得嗡嗡作響，他扭頭去看張婧婷，卻見對方那張塗滿脂粉的臉已經氣成了青色，雙眸死死盯著他，彷彿要吃人。

在這巨大的壓力下，歐陽旻文竟然兩眼一翻，倒了下去。

現場瞬間爆出一陣驚呼，青松走上前去摸了摸歐陽旻文的脈搏，道：「小王爺恐是身體不適，暈過去了。」

吳桐也道：「應該是驚懼太過。」

此話一出，眾人不知該嘆還是該笑。

蘇心禾鬆了口氣，一轉身，手卻被人抓住，抬眸一看，是李承允回來了。

李承允面無表情地看了地上的歐陽旻文一眼，冷聲說道：「來人，將小王爺送到後堂，傳府醫。」

下人們應聲而上，架起歐陽旻文就走。

李承允又對在場眾人道：「事發突然，還望諸位多多包涵。我適才從宮中回來，陛下聽聞此次園遊會中文臣與武將同樂，龍心甚感欣慰，特地賞賜了數十罈美酒，請各位開懷暢飲。」

話音落下，大夥兒個個笑逐顏開，馬上將剛才的插曲拋諸腦後，紛紛讚頌起陛下的恩德來，也對平南侯府的遊園安排稱讚不已。

園遊會繼續進行，這一次，青松主動開了口。「趙小姐，我們還未去過『南疆』，聽聞那邊的美食頗為辛辣，不知趙小姐可有興趣一道去試試？」

趙若嫻抿唇一笑。「有何不可？」

另一邊，羅湘蕊見黃依萍怔然望著前方，便伸手在她面前揮了揮，道：「黃小姐，妳看什麼呢？」

黃依萍連忙揮開她的手，目光黏在一個高大的背影上，喃喃道：「別擋著我……」

羅湘蕊順著黃依萍的視線看去，見她直勾勾望著的人有些眼熟，她回憶了一下，便道：「那位不是平南軍的吳副將嗎？」

黃依萍不禁一怔，詫異地看著她道：「妳認識他？」

羅湘蕊道：「我父親在兵部理事，吳副將曾經來過我們府上核對兵器的帳……怎麼，黃小姐對他有興趣？」

「沒有的事，羅小姐切莫胡說。」黃依萍用團扇擋住半邊臉，道：「前面看著有趣，我去逛逛……」

說完，黃依萍便忙不迭走了。

羅湘蕊見她追著吳桐的方向而去，狐疑地看了自己的丫鬟一眼道：「黃小姐莫不是真的對吳副將有意思吧？」

丫鬟茫然地搖了搖頭。

羅湘蕊自言自語道：「黃小姐一向聰慧，她選的人自不會錯……走，咱們跟上！」

見園遊會總算照常進行，蘇心禾一顆心終於落地，她覷了李承允一下，笑道：「怎麼，還在生氣？」

「沒有。」李承允悶聲答道。

那歐陽旻文不過是個酒囊飯袋，哪裡值得讓他生氣？多看一眼都嫌髒。

就在此時，府醫郭大夫拎著藥箱過來，對李承允與蘇心禾行了個禮，道：「世子爺，小人方才看過小王爺的病症，應該是急火攻心，暈過去了，休息兩日就會好，並無大礙。」

「並無大礙？」李承允語氣冰涼。他一想起剛剛歐陽旻文看蘇心禾的眼神，就攥緊了拳頭，指節發白。「郭大夫，你可看仔細了？」

這句話像是從齒縫中擠出來的，郭大夫心頭「咯噔」一聲，試探著問：「世子爺，不如小人再、再去認真看一看……」

李承允氣定神閒道：「也好，小王爺毫無徵兆地倒下，若未好好醫治，只怕禹王爺知道以後怪罪下來。依我所見，小王爺病入膏肓，不插上百八十根銀針，怕是好不了了。」

郭大夫立即會過意，道：「世子爺放心，小人定然盡力而為。」

須臾過後，後堂中傳來了殺豬般的慘叫聲，聽得蘇心禾眼皮直跳，一旁的李承允終於露出笑容，道：「郭大夫果真妙手回春。」

園遊會中歡聲笑語不斷，眾人一面品嚐美食，一面談論各地風土人情，氣氛極其融洽，唯有張婧婷格格不入。

趙若嫻與青松已經逛完了整個園子，回到「江南」時，便見張婧婷悶悶不樂地坐在石凳上。她遲疑了片刻，還是走了過去。

「張小姐今日也來了？」趙若嫻對張婧婷溫和一笑，主動打了招呼。

不料張婧婷冷冷地看了她一眼，道：「唷，趙小姐這麼快便有人陪伴在側了？是誰說今日不來這園遊會的？」

她的聲音有些大，引得不少人看過來，趙若嫻面色微僵，卻仍然好聲好氣地說道：「我……情況總有變化，張小姐自己不也來了嗎？」

趙若嫻明顯是為了緩解尷尬，但張婧婷卻覺得此話十分刺耳，她猛地站起身來，狠狠瞪了趙若嫻一眼，道：「我姑母乃當朝貴妃，祖父乃戶部尚書，妳是什麼東西，也配與我相提並論？妳們來平南侯府的季夏雅集，就是為了攀附權貴，為自己釣一個金龜婿罷了！」

「妳！」趙若嫻一時氣結。

她身後的青松走上前去，道：「季夏雅集本就是大宣開國以來的傳統，若是張小姐覺得不妥，不如對陛下上諫，何須在此像個潑婦似的與人爭論？」

「潑婦?!」張婧婷心情本就不好，一聽青松的話，幾乎炸了毛。「你不過區區一名副將，名不見經傳，居然敢如此對我說話?!」

趙若嫻秀眉一擰，道：「在張小姐眼中，難不成唯有品階高的人，才值得妳以禮相待？我當真是看錯了妳！青副將，我們走，莫要理會這勢利小人！」

張婧婷卻不依不饒，道：「一口一聲『青副將』，叫得可真是親熱啊！只是不知這位青副將的品階能否入得了趙尚書的眼？趙小姐，選人之前還是多掂量掂量為好，免得成了一對苦命鴛鴦，淪為全京城的笑柄！」

說完，她滿臉不屑地笑了起來。

趙若嫻自幼被養在閨中，深得家人寵愛，哪裡應付過這般尖酸刻薄之人？她頓時氣得漲紅了臉，怒道：「妳休要壞人清譽！我們之間清清白白……」

「呿……」張婧婷掩唇一笑，挑釁地看向青松，道：「青副將，聽見了吧？趙小姐分明對你無意，你何必自討沒趣呢？」

青松是個鐵骨錚錚的漢子，雖然不屑與女人計較，仍被氣得臉色鐵青。

「張小姐為何這般咄咄逼人？青松雖然只是一位副將，但為國征戰、出生入死，若沒有他們保家衛國，妳又如何能安享盛世太平？」

蘇心禾的聲音不大，言語卻很有穿透力，在場之人紛紛側目，待他們看見蘇心禾與李承允時，連忙識趣地讓出一條路來。

張婧婷一計不成，心中原就窩火，此刻奚落青松與趙若嫻又被懟，自然將怒氣發洩到蘇心禾身上，道：「我記得世子妃剛入京不久時還唯唯諾諾，怎麼，如今有了皇后娘娘撐腰，便目中無人了？」

蘇心禾笑了笑。「到底是誰目中無人？平南侯府接下季夏雅集，是奉皇后娘娘之命，張小姐先前百般阻撓，我不與妳計較，今日妳來遊園，我們也以禮相待，但妳對其他客人如此無禮，便休怪我們不講情面了。來人，請張小姐出去。」

「是！」

蘇心禾身旁的侍從齊聲應道。他們早就看不慣這張婧婷了，此時得令，便迫不及待地走上前去，要將張婧婷趕走。

張婧婷沒想到蘇心禾會當眾與她撕破臉，一時慌了神，結結巴巴道：「妳敢！我姑母可是當朝貴妃……」

「她不敢，我敢。」李承允語氣冰冷。「若是張貴妃娘娘在此，只怕會因為有妳這樣的姪女而感到汗顏。」

李承允說罷，手一揮，侍從們便將張婧婷「請」了出去。

張婧婷何時受過這等委屈，當即怒道：「滾開！我自己會走！」

她這番所作所為引得現場眾人頗為不齒，公子們交頭接耳、竊竊私語，有人更直言道：「張小姐看起來貌美如花，沒想到為人如此刻薄，要是娶回家了，那還得了？」

張婧婷聽了這話，氣得七竅生煙，她回頭狠狠剜了眾人一眼，才拂袖而去，大夥兒見她走了，恨不能拍手稱快。

黃昏時，園遊會接近尾聲，眾人齊聚花園，將自己積攢的美食籤交出去，蘇心禾當場安排人清點起了美食籤。

園遊會中的吃食總共數十種，但每人能吃下的食物是有限的，要做到彼此的美食籤完全一致，並不容易。

經過盤點之後，唯有青松與趙若嫻的美食籤一模一樣，能獲得皇后賞賜。

結果一出，現場的惋惜與歡呼聲此起彼落，既為自己沒能得到獎賞而可惜，也為他們兩人而喝采。

蘇心禾讓白梨奉上托盤，親手掀起上面蓋的紅布。

定睛一看，只見托盤裡擺著一對用翡翠雕成的鴛鴦，有手掌大小，看起來水頭甚好、栩栩如生。

蘇心禾笑道：「這對鴛鴦便是皇后娘娘賜給兩位的賀禮，還望兩位惜緣惜福，一生順遂。」

青松跟趙若嫻當場謝恩。

來參加園遊會的公子與小姐們看完了熱鬧，紛紛走上前來對李承允與蘇心禾道謝。

蘇心禾見不少人將美食籤收了起來，打算留作紀念，便吩咐了丫鬟，按照各人的喜好為其打包一份特色美食回府，此舉再度贏得了眾人好評。

來遊園的人玩得盡興，離開時都有些捨不得，有人更當場邀請李承允與蘇心禾日後參加自家舉辦的雅集，他們兩人依禮應了，將客人一一送出了門。

黃依萍臨走前依依不捨地看了吳桐一眼，終究扭頭離開了；羅湘蕊見她走了，也不多留，然而趙若嫻卻未急著返家。

青松走了過去，將方才得的其中一隻鴛鴦呈到趙若嫻面前，溫聲道：「這鴛鴦本是一對，不該分離，還是都贈與趙小姐吧。」

「這……」趙若嫻抬眸，對上青松的目光，卻見對方笑意清朗、率真誠摯。

她思量片刻後，收下那隻鴛鴦，又對青松嫣然一笑道：「那我就先幫青副將保管，若哪一日青副將想觀賞這對鴛鴦，來趙府尋我便好。」

趙若嫻說完，紅著臉轉身走了。

青松見她低著頭快步離去，不知是不是自己說錯了話，正猶豫著要不要追上去，卻被吳桐按住肩。

吳桐道：「一日都沒見著你，原來在陪美人兒。」

「瞎說什麼呢！」青松說著，佯裝要賞吳桐一拳。

吳桐輕輕鬆鬆地閃開，悠悠道：「哪裡瞎說？你是沒陪人家，還是那姑娘不算美人兒？」

青松差點氣笑了。「吳桐，你就是見不得我好！」

蘇心禾見這兩人又鬧了起來，不禁笑出了聲，就在此時，她忽然感覺肩頭一暖，側目一瞧，身上已經多了一件披風。

李承允牽起蘇心禾的手道：「妳累了一天，剩下的事就交給他們吧，早些回去休息。」

蘇心禾淡淡一笑，朝他點了點頭。

第六十三章　此消彼長

園遊會的佈置還沒拆完，兩人在園子裡行走，還能看到不少特色的擺設與衣著各異的下人，蘇心禾忍不住感慨道：「若有朝一日，真的能走遍整個大宣就好了……」

「要走遍大宣，倒也不難。」李承允與她並肩而行，聲音沈穩。「待北疆的局勢更加明朗，四方安定之後，我便帶妳離開京城，去欣賞大好河山。」

蘇心禾眉眼輕彎，認真點頭。「一言為定。」

李承允愛憐地撫了撫蘇心禾被吹亂的秀髮，又伸手攬住她的肩頭，不知不覺間，兩人又走到那一片桂花園。

蘇心禾抬眸看去，四季桂細小的嫩黃花瓣湊在一起，風一吹過，桂花清幽的香氣微微一漾，讓人心曠神怡。

「四季桂，果然是四季飄香。」

蘇心禾立在樹下，情不自禁地閉上眼，深深吸了一口氣，精緻的五官在月色映襯下，更加柔和。

片刻後，蘇心禾才睜開雙眸，恰好遇上李承允的目光。

見李承允目不轉睛地凝視著自己，她輕輕眨了眨眼，道：「夫君？」

李承允沒說話，一手攬住她的腰肢，讓蘇心禾貼緊自己的身體。

蘇心禾稍稍一抬頭，額角恰好輕輕擦過他的下巴，下巴上的鬍渣雖然剃得乾淨，卻依然保留著粗糙感，令人心底微癢。

四目相對，蘇心禾彷彿能看清他眼中的自己，但那眼中不僅有她，似乎還有些別的情緒——深情、期盼抑或克制……

蘇心禾似懂非懂地看著李承允，有些發怔。

李承允道：「手。」

蘇心禾聽話地將手交給他，李承允握住她微涼的手，放在自己心口上。

男人有力的心跳聲透過掌心一點一點傳給蘇心禾，不知為何，她的心跳也逐漸加快起來。

蘇心禾為了掩飾自己的緊張，開始努力尋找話題。她美目一轉，輕聲道：「夫君覺得，今日的遊園會……辦、辦得好嗎？」

「很好。」李承允神色不變，乾脆地答道。

「嗯，」蘇心禾小聲道：「那就好……」

話題又結束了，但李承允依然抱著她不鬆手。

蘇心禾只能硬著頭皮道：「時辰不早了，夫君還沒用晚飯吧？不如我們早些回去……」

「不急。」

聽李承允這語氣，是真的不急。

蘇心禾摸不清他的心思，兩次轉移話題未果之後，索性抬頭看他，問：「夫君心裡到底在想什麼？」

李承允眉眼微動，聲音更加低沈了。「我在想還要多久。」

蘇心禾不明所以地看著他，李承允扣緊了蘇心禾的腰，湊近她，一字一句道：「還要多久，妳才會同意……讓我吻妳。」

此話一出，蘇心禾只覺得自己的大腦彷彿停止運作一般，過了一會兒才回過神來。

「我……」她盈盈望著李承允，輕咬朱唇。「我也沒有不同意呀……」

這話有如一簇火焰，徹底點燃了李承允的心。

他深深看了蘇心禾一眼，雙臂收緊，將她圈在自己懷中，低頭便吻了下去。

翌日，宣明帝聽說平南侯府的園遊會辦得有聲有色，不但透過種類豐富的美食展現本朝的地大物博，還促進文臣武將之間的來往，一時龍心大悅，在朝堂上大肆褒獎平南侯與平南侯世子，賞賜不少金銀玉器。

特別的是，園遊會還舉行了各地特產與器物義賣，義賣所得盡數捐給京城中的慈幼院，太后聽聞此事之後，大表讚賞，當下便題了一副「宅心仁厚」的墨寶送到坤寧宮，以示對皇后的嘉獎。

過去皇后閉門養病，免了妃嬪們的晨昏定省，除了幾個要好的妃子以外，其他妃嬪沒登過坤寧宮的門，如今見皇后與平南侯府連成一線，又獲得太后與宣明帝的青睞，一時之間，要向她問安的人差不多已排到宮門外。

皇后來者不拒，對所有妃子都以禮相待，妃子們一個個高呼皇后千歲，聲聲祝願皇后鳳體安康。

坤寧宮人滿為患，才走一波，又來了一波，皇后端坐了半日，已經覺得有些累了。雅書快步走上前去，低聲稟報道：「娘娘，世子妃到了。」

皇后柳葉眉一彎，便對眼前的妃嬪們道：「諸位妹妹，本宮乏了，今日便到這裡吧。」眾人連忙起身告退，待她們都離開坤寧宮，皇后才讓雅書將蘇心禾帶了上來。

蘇心禾正要行禮，皇后卻連忙擺手，道：「免禮，賜座。」

待蘇心禾落坐之後，皇后便開口笑道：「心禾，這次多虧了妳，園遊會才能辦得如此成功。」

蘇心禾笑了笑，說道：「臣婦也是頭一回辦園遊會，幸虧有皇后娘娘的彩頭，才將眾人都吸引了過來。」

「園遊會能有這樣好的結果，妳是第一大功臣。」皇后不吝誇獎蘇心禾，說完，她又想起一事，臉上笑意更盛。「對了，母后已經派人過來傳話，說是要讓本宮操持中秋宮宴了。」

中秋宮宴並非尋常的皇宮內宴，而是正旦之前最重要的一次君臣同聚宴會，還有不少地方官員會回京述職並赴宴。

要辦一場盛大的中秋宮宴可不容易，六局二十四司的人手都要用上，若非後宮之主，不能勝任操辦之責。

去年中秋宮宴時，皇后臥病在床，於是這樁差事便落到張貴妃頭上。張貴妃將中秋宮宴辦得不錯，便藉著皇后病重的由頭占著鳳印不肯鬆手，直到這次太后發了話，張貴妃才不情不願地派人將鳳印送了回來。

蘇心禾站起身來，微微屈膝道：「恭喜皇后娘娘。」

皇后笑了笑。「能挫一挫張貴妃的銳氣也好，免得她在後宮橫行霸道，鬧得烏煙瘴氣……只是，眼下離中秋宮宴的時間不算多，本宮大病初癒，精神難免不濟，妳可願意從旁相助？」

蘇心禾輕輕頷首，再次行禮道：「謹遵娘娘懿旨。」

皇后見蘇心禾聰慧懂事，越看越喜歡，她笑著站起身來，將蘇心禾扶起，道：「本宮乃家中獨女，入宮多年，看盡了後宮的爭風吃醋、拜高踩低。本宮只覺得與妳有緣，將妳當成妹妹，妳以後莫要如此拘禮了。」

她言語誠懇，讓蘇心禾內心感動，道：「是，多謝娘娘。」

皇后拉過她的手，輕輕拍了拍，道：「本宮讓雅書備了些好東西，一會兒妳出宮的時候記得帶上。」

「這……」

蘇心禾正要推辭，皇后卻佯裝嗔怒地看著她，道：「這是本宮的一番心意，可不許推辭！除了一些華服首飾、金銀玉器，便只有一箱從江南上貢的蟹，新鮮得很。」

一聽到有「蟹」，蘇心禾正要說出口的推拒之詞便生生嚥了下去。

蘇心禾離開坤寧宮時，足足有十個太監隨行，扛了五口大箱子出宮。

雅書見蘇心禾的馬車裝不下，便另外招來一輛馬車，將皇后的賞賜裝入車廂，一路送去平南侯府。

蘇心禾沿途都在催促車夫。「抄近路，快些回府。」

青梅與白梨對視一眼，好奇問道：「小姐，您這般急著回府，可是有什麼事？」

蘇心禾轉過臉來，正色道：「再不回去，只怕那些螃蟹就不新鮮了！」

與坤寧宮的熱鬧不同，華翠宮此刻烏雲密布，每個宮人的表情都苦哈哈，連走路都不敢發出聲音，生怕惹惱了正在氣頭上的主子。

張貴妃手上的蔻丹已被洗淨，她面前跪著的宮女正想端起熱水離去，卻見主子細長的眉毛不悅地挑了挑，宮女的身子頓時僵住，不敢亂動。

坐在椅子上的張貴妃端詳著自己白皙細嫩的手指，這手指能將琵琶彈得出神入化，也能將古箏撥得繞梁三日，只可惜宣明帝許久沒來看過她了。

想到此處，張貴妃抬手掀了眼前的銅盆，銅盆裡的熱水與花瓣霎時灑了宮女一身，宮女不敢出聲，只能伏地叩首，這盆水沿著地板四散開來，浸透了張婧婷的鞋襪，她也不敢吭聲。

「滾。」張貴妃冷厲地吐出一個字。

宮女如獲大赦，連忙俐落地收拾銅盆，逃也似的退下了。

張貴妃懶懶抬頭，卻見一旁的姪女面色如土，她淡淡笑了笑，道：「婧婷，臉色怎麼這麼差？」

聞言，張婧婷膝蓋一軟，對著張貴妃便跪了下去。「姑母……我、我錯了……」

張貴妃平常對張婧婷也算和顏悅色，但今日入宮後，張貴妃卻連正眼也沒瞧過她，只自顧自地用飯、梳妝，再到當著她的面洗卸蔻丹，直到銅盆落地，張婧婷才如夢初醒，連忙跪下告罪。

水漬染濕了張婧婷華麗的衣裙，直到她膝下冰涼一片，張貴妃才慢悠悠地掀起眼簾，瞄了她一眼，道：「錯在何處？」

張婧婷結結巴巴地答道：「是、是姪女無能，沒、沒能阻止平南侯府辦園遊會……」

「妳確實無能。」張貴妃收回目光，將視線落到自己的指甲上，道：「所以本宮沒想過妳能阻止園遊會。」

張婧婷向來驕傲，這番話讓她很難堪。

不過張貴妃還有話要說。「妳若不知自己錯在何處，本宮就告訴妳。」

張婧婷連忙道：「請姑母明示，姪女定洗耳恭聽。」

「妳的錯處有二，其一，不該在園遊會舉行前便公開挑釁平南侯府。世人皆趨利避害，平南侯府已經得了操辦權，那些人自會跟著他們走，妳這麼做只會過早暴露自己的心思，讓對方有提防之心；其二，妳識人不明。那歐陽旻文就是個十足的蠢貨，妳挑誰不好，非要挑他合作，當真愚不可及！」

說到此處，張貴妃的表情多了幾分陰沈，張婧婷不禁瑟縮了一下，喃喃道：「姑母，我當時沒想那麼多，只覺得歐陽旻文身分夠高，又願意被我擺布，這才……」

「被妳擺布？」張貴妃不怒反笑道：「他不過是貪圖美色罷了！妳與這樣的人來往，不但撈不到任何好處，還可能因為他失誤而害了自己。妳可知道，現在外面都在傳，妳在園遊會上與歐陽旻文眉目傳情？」

聽了這話，張婧婷一驚，趕忙膝行過去，拉住張貴妃的衣袖，道：「姑母，我沒有！我那是為了維護張家的顏面，這才說了他們幾句……」

張貴妃對她的解釋置若罔聞，冷笑一聲道：「園遊會之後，人人皆知張家女當面折辱武將，意圖挑起朝堂紛爭，陛下本就忌憚我們張家，妳如今留下這等話柄，是嫌我們張家的命太長了嗎！」

這些話像一記又一記重錘，打在張婧婷身上，她忍不住抽泣起來。

見到她這副樣子，張貴妃既心煩又心疼，半晌後才道：「別哭了，起來吧。」

張婧婷這才抽抽搭搭地站起身來，她的衣裙濡濕了一片，妝也哭花了，看起來十分狼狽。

見狀，張貴妃從懷中掏出帕子遞給她，道：「這樣的錯，犯上一回不算什麼，但若犯上第二回，便不可原諒了，明白嗎？」

「是。」張婧婷低頭應聲。她想起最近因為平南侯府而吃的虧，便覺心中憤恨。「姑母，平南侯府能這般欺辱我們，都是因為我們張家沒兵權。」

此話雖是張婧婷的抱怨，卻正好踩在張貴妃最在意的點上，她柳眉一豎，道：「陛下多疑，總擔心我們張家結黨營私，就連本宮提議讓張家子弟入伍，他也推三阻四。說到底，他還是沒把本宮放在心上，一心都撲在皇后那個賤人身上，如今連太后都倒向了她……」

一想起這事，張貴妃險些咬碎一口牙。

張婧婷趁熱打鐵道：「姑母，如今兵權三分，且不說那無能的禹王，剩下的兵權，要麼在平南侯手中，要麼便在啟王爺手中。平南侯府明顯與皇后站到一處，我們不能再錯過啟王爺了！」

聽到這些話，張貴妃輕挑蛾眉，冷冷地看了她一眼，道：「說了這麼多，妳不過就是想讓本宮出手，促成妳的姻緣。」

張婧婷連忙道：「真是什麼事都瞞不過姑母……我確實對啟王爺有意，啟王爺在陛下面前也舉足輕重，若是得他相助，姑母何須擔憂咱們張家的前程？」

只見張貴妃雙眸微眯，似乎仍在思量。

見她神色鬆動，張婧婷繼續說道：「姑母，您就算不為了咱們張家，也該為了大皇子考慮呀，大皇子乃是陛下唯一的兒子，按照您的位分與恩寵，他早就該被立為太子了！可是祖父聯合群臣多次請奏，陛下都充耳不聞，如今皇后的身子也養好了，萬一她有孕……」

她話還沒說完，張貴妃便厲聲喝斥道：「住口！」

張婧婷立刻閉上嘴，但她心中明白，姑母已經將她說的話全聽進去了。

眼下張貴妃心思飛轉，面色沈了又沈，須臾過後，才涼涼開口。「妳說的這些，本宮要好好思量一番，妳先回去吧。」

張婧婷心中暗喜，略一福身，便拎著濕漉漉的衣裙退了出去。

吃大閘蟹，圖的便是新鮮。

蘇心禾回到侯府後便飛快地處理好螃蟹，直到將螃蟹放入蒸鍋，她才坐下來休息喘口氣。

不過，蘇心禾才坐了一會兒，便見葉朝雲在蔣嬤嬤的陪同下，緩緩邁入小廚房。

「母親。」蘇心禾趕忙行禮問安。

葉朝雲淡淡一笑，問道：「這麼早就在準備晚飯了？妳也不知道好好休息一會兒，莫累著了。」

蘇心禾道：「多謝母親關懷，這些螃蟹都是皇后娘娘賞的，不好辜負她一番美意，我還備了些黃酒，讓後廚炒了些下酒的小菜，今夜咱們好好團聚一回。」

葉朝雲聽得嘴角微揚。「妳辦事周到，我自然放心。確實有必要備些小菜，有人吃不了螃蟹。」

蘇心禾一愣，問道：「是誰？」

李惜惜拉了拉她的衣袖，低聲道：「是大哥，大哥小時候吃過一回，後來起了滿身的紅疹。」

蘇心禾若有所思地點了點頭。這樣的情況，便是過敏。

大哥過去一直放在公爹膝下教養，婆母甚少過問，但她能記得大哥忌口的食物，倒是讓人有些意外。

李惜惜瞧著那「張牙舞爪」的螃蟹，笑咪咪道：「沒關係，大哥不能吃，我來幫他分擔。」

一旁的李承韜「噗哧」一聲笑了出來，道：「李惜惜，在其他事情上，怎麼不見妳這般為大哥著想？」

「誰說我沒為大哥著想了?!」李惜惜立即反駁道：「你可知他最近送了多少小玩意兒給菲敏？還不都是我塞給人家的！」

話音落下，葉朝雲忽然抬起眼簾看向李惜惜，問：「縣主收了嗎？」

「收了呀！」李惜惜笑道：「大哥送的東西，要麼是好吃的，要麼是好玩的，連我都喜歡得緊呢！」

李承韜壓低了聲音問道：「大哥此舉……莫不是看上嘉宜縣主？」

只見李惜惜一愣，反覆琢磨起他的話來。「我之前還沒這麼想，但被你這麼一說，似乎有幾分可能啊……」

「聊什麼聊得這麼開心？」

果然不能在背後議論別人，話題裡的正主兒已經邁過月洞門，來到眾人面前。

李惜惜與李承韜很有默契地停下方才的話題，蘇心禾笑著打迷糊仗。「不過是閒聊罷了。」

聞言，李信點點頭，走到葉朝雲面前，恭敬地行了禮。「給母親請安。」
葉朝雲面上喜怒不辨，只輕聲道：「淨了手，便準備吃飯吧。」
李信從丫鬟手中接過熱帕子，主動道：「父親與承允也在回來的路上了，想必馬上就到。」
葉朝雲輕輕「嗯」了一聲，便差人去備菜。
片刻過後，外間傳來了說話聲。
「北疆如今局勢不明，需要早日防範。」李儼雙手背在身後，邁著矯健的步伐進入花廳，一臉嚴肅。
李承允跟在他身旁，沈聲應下。「是，孩兒明白。」
兩人一前一後走進門，眾人隨即起身相迎。
李儼見今日人都到齊了，桌上又擺了這麼些菜，便明白是怎麼回事，只道：「坐吧。」
葉朝雲見兩人回來，笑意多了幾分，道：「今夜的晚飯都是心禾準備的，這大閘蟹則是皇后娘娘賞的。」
李儼的表情依然冷肅，卻難得地放緩了語氣，道：「今晨，陛下對本次季夏雅集大加讚賞，這是我們平南侯府的榮耀，園遊會著實辦得不錯。」
蘇心禾淡淡一笑。「父親過獎了，這次的園遊會，分為北疆、南疆、江南與西域四個部分，兒媳只在江南待過，其他部分都是夫君差人佈置的。」

李儼聽了這話，不由得看了李承允一眼，但嘴上仍道：「他是妳夫君，幫妳便是幫他自己。」

「咳。」葉朝雲咳了一聲。

第六十四章　身世有異

李儼神情僵了僵，又補了一句。「不過，你這小子也算是辦了件像樣的事，沒給我們平南侯府丟臉。」

他不大習慣說這種話，說完之後，端起茶杯飲了好幾口。

蘇心禾見到公爹這副模樣，想笑又不敢笑，她偷偷瞥向李承允，只見他眉眼微動，輕聲道：「多謝父親。」

雖然只有四個字，但蘇心禾卻能聽出其中的笑意，她唇角一勾道：「父親、母親，請起筷吧？」

李儼點頭道：「吃吧，莫辜負了心禾一番安排。」

蘇心禾讓青梅為眾人奉上「蟹八件」，包括小方桌、腰圓錘、長柄斧、長柄叉、圓頭剪、鑷子、釬子、小匙，與現代所用的器具大同小異。

在江南時，蘇心禾吃過不少螃蟹，用起這「蟹八件」來很熟練，但李承允卻有些猶豫。

李承允在京城長大，之後又常年駐守北疆，甚少食用螃蟹，即便是吃，也是廚子去了殼送上來，何須自己動手去過？

蘇心禾看出他的難處，道：「夫君，剝蟹是一門手藝活，不如我給你露一手？」

李承允含笑點頭。

蘇心禾便為螃蟹「鬆綁」，拿起腰圓錘在蟹背殼的邊緣來回敲打，她的動作優雅又輕巧，很快便將蟹殼敲鬆，簡單一揭，蟹殼便完整地被取了下來。

螃蟹內部展露無餘，但還不能安心食用，須去除蟹臍、蟹心等內臟，處理好之後，她便用一旁的小勺舀起蟹殼上的蟹黃，遞給李承允，道：「蟹黃乃蟹之精華，夫君嚐嚐。」

李承允卻接過勺子遞到蘇心禾嘴邊。「妳吃。」

蘇心禾正要啟唇，卻發現一桌子人齊刷刷看著她。

他們兩人大多數時候都是單獨用飯，習慣分享美食，這一次，李承允不小心忘了有家人在場，他手指微僵，一時進退兩難。

蘇心禾怕他尷尬，便張口接下蟹黃，這蟹黃鮮中帶鹹、細膩柔滑，流淌在唇舌之間，美妙絕倫。

只見蘇心禾眉眼輕彎，道：「這蟹黃十分鮮美，大家也吃呀！」

眾人這才回過神來，分別處理起自己面前的螃蟹。

蘇心禾幫螃蟹翻了個身，用力將蟹身掰開，呼之欲出的蟹肉嫩白細膩，散發出一股獨特的鹹香味，蘇心禾把剪開的蟹身放到李承允面前的餐盤上，示意他先吃。

李承允沒再拒絕，學她用勺子輕輕刮下蟹肉，軟軟白白的蟹肉，一送入口中便化為一片鹹鮮，待蟹肉被吞下之後，唇齒上還餘下兩分若有似無的甜，令人回味。

他吃著蟹肉，目光不自覺地落在蘇心禾的手指上。

她的手生得好看，十指修長、骨節均勻、皮膚白皙，但不是那種大家閨秀嬌養而成的蒼白，而是有一種健康、靈動的美。

若李承允下值得早，便會早些回來，他不是在廊上看書、偶爾瞧一瞧她忙碌的身影，就是去小廚房陪她，很多時候，他都在欣賞她的手。

此時，蘇心禾手持一把金色的圓頭剪，靈活地將螃蟹腿剪了下來，又小心翼翼地剪去蟹腿兩端，蟹腿兩頭的殼便算是空了，就著開端再來一刀，便能將蟹腿裡的肉完整地剝離出來。

蘇心禾很享受這種慢條斯理品嚐美食的感覺，卻不曉得李承允這般看著她也覺得有趣。

「好了。」蘇心禾將一隻蟹剝得乾乾淨淨，肉幾乎都送到李承允的碗裡。

李惜惜看得羨慕不已，身子一歪，湊了過來。「嫂嫂，我也不會剝……」

蘇心禾還沒說話，李承韜便道：「不會剝？那正好，三哥幫妳吃。」

見李承韜要奪自己的螃蟹，李惜惜趕緊死死護住盤子。「李承韜，你想得美！」

李承韜眉毛一揚，道：「妳又目無尊長！」

聽到他又賣老，李惜惜立刻朝他做了個鬼臉，道：「你才是沒規矩！」

李儼眉一皺，道：「吃飯就吃飯，你們這是什麼樣子？」

葉朝雲卻是笑了笑，溫聲道：「罷了，今日就讓他們鬆快些，別拘著了。」

李儼沒再說什麼，他瞧了面前的螃蟹一眼，有些發愁。

好端端的，長什麼殼呢？所有的肉都藏在殼裡，還要分辨什麼能吃、什麼不能吃，真是麻煩死了。

李儼暗自嘆了口氣，只能學著處理起螃蟹來，誰知他的力氣太大，一刀剪下去，一隻螃蟹腿便飛了出去。

眾人想笑又不敢笑，全低頭裝作沒看見。

就在李儼眉頭皺成了一個「川」字時，葉朝雲卻將一盤剝好的蟹肉放到他面前。

李儼微微一怔，抬頭看她。

自從他將李信帶回府後，葉朝雲便對他冷淡不少，這些年來，兩人表面上相敬如賓，私下也沒什麼親密的舉動。

李儼曾試圖修復兩人之間的關係，但葉朝雲的態度總是十分淡漠，加上他不善言辭，夫妻便這樣僵持多年。

直到最近，李儼發現葉朝雲開始學習烹飪，便找藉口主動回府用飯，隨著同桌共食，相處的情況才逐漸好轉。

李儼感到驚喜，沈聲問道：「給我的？」

葉朝雲表情依然平淡，語氣卻非常溫和。「快吃吧，承允不會剝蟹，也是隨了你。」

眾人忍俊不禁。

蟹肉本就極鮮極美，小口品之，能嚐出蟹肉的柔滑感，若是能一次吃下一大口，便是有口福了。

李儼與李承允便是這樣的人。

不同的是，李承允吃完一隻大閘蟹後便記住剝蟹的步驟，他按照蘇心禾的法子，用腰圓錘叩擊螃蟹的身子。「我來幫妳剝一隻。」

見李承允依樣畫葫蘆地為她剝起了蟹殼，蘇心禾便笑著點點頭，她一點也不著急，饒富興致地看著他動手。

李承允手勁大，沒控制好力道，一錘子敲下去，差點把整隻螃蟹都敲裂了，蘇心禾連忙出聲提醒，他才勉強放下腰圓錘，改為用手剝。

至於李儼，他已經吃完碗裡的螃蟹，不知是不是不想被兒子比下去，便繃著臉又挾起一隻螃蟹，自告奮勇地對葉朝雲道：「蟹鉗尖利，還是我幫妳吧。」

葉朝雲頗為意外地瞧了他一眼，沒吭聲，算是接受了這個安排。

父子倆都不熟悉剝蟹的手法，又不習慣這般精細的活，動作笨拙得很，遇上螃蟹的鉗子，更是頭疼，恨不能掏出寶劍，一劍將這硬東西劈開。他們剝一隻蟹的時間幾乎是旁人的三倍，但在場者卻沒人敢笑，憋得辛苦。

李信雖然不能吃蟹，卻也被這輕鬆的氛圍感染，他唇角微揚，端起手邊的黃酒抿了一口，這微微的灼意，讓他覺得胃腹溫暖、渾身舒坦。

半個多時辰後，眾人酒足飯飽，李儼今日心情好，喝得多了些，竟當著兒女的面主動拉起葉朝雲的手，葉朝雲嗔怪一聲，卻沒甩開。

李信與李承允要送他們回去，葉朝雲卻道：「你們已辛苦了一日，讓承韜送吧。」

於是，李承韜上前扶住李儼，其他人等兩老離開之後，便各自散了。

李信沿著中庭往回走，他駐足眺望天空，深邃的蒼穹中，掛著一輪新月，時不時被薄雲遮住。

不知怎的，這個景色讓他想起多年前的江南。

那時候，每到夏日，母親便喜歡帶著他在院子裡乘涼，院子裡種了不少花草，夜風輕輕一吹，便芬芳撲鼻。

年幼的李信，最愛纏著母親，讓她講故事。

母親雖極少出門，但故事卻好似講不完，從江南的水鄉軼事，到北疆的古老傳說；從大宣的悠久歷史，談到邑南與瓦落的發跡、崛起……

然而，所有故事中，他最喜歡聽的便是父親南征北戰的種種事蹟。

母親對他說，人生在世，總有些事身不由己，父親在外征戰，為的是國泰民安，他們應該以此為傲。

所以，李信自小便對軍旅生涯充滿嚮往，總盼著自己能快些長大，好像父親一樣上陣殺敵、為國征戰。起初，他並不知道軍人的具體形象，直到見到了韓忠。

韓忠是李儼麾下一員猛將，每隔一段時間便會來探望他們母子，順道送些補給。

李信已經記不太清韓忠的面容了，卻對那高大的身軀與有力的臂膀印象深刻。

韓忠總能輕而易舉地將李信拎上肩頭坐著，又會耍劍舞刀給他看，連他的馬步都是韓忠教的。

那時的李信心想，韓叔都這麼厲害了，那身為主帥的父親豈不是更驚人？

在越來越喜歡韓忠的情況下，他也變得更期盼父親能來接他。

後來韓忠因臨州之亂戰死，而母親在病倒外出求醫後，也沒了。直到這時，他才等來了自己的父親。

李信失去原有的一切，到了一個陌生的地方、進入一個全新的家，但這個家卻是排斥他的。

沒人歡迎他的到來，更沒人與他說話。

他不喜歡李承允，正如李承允不喜歡他那樣。

李信第一次見到李承允時，對方雖然小他差不多一歲，卻老成持重、氣度不凡。與含著金湯匙出生的李承允比起來，李信不過是個在鄉野滾大的孩子。李承允猶如天上星，擁有常人無法企及的一切；李信猶如腳底泥，連出身都要被人詬病。

這種差別深深刺激了李信，以至於在後來的歲月裡，他拚命追逐著李承允，文韜武略都不願落了下乘。少年時期的後半段，他幾乎在孤獨與比較中度過，即便父親對他再好，也無法彌補他心中空缺的那一塊。

直到李信真的上了戰場，浴血多次之後，才終於明白，這世間除了生死，都是小事。他這才慢慢放下過去的一切，重新審視這個家。

只是他與李承允已經互相較勁太久，有些事沒那麼容易改過來，彼此的關係也無法輕易改善。

一陣強風吹來，拂去李信身上幾分酒意，令他清醒過來。

他抬起步伐向長廊走去，忽然聽得身後「簌簌」一聲，似是有人。

李信霎時轉回頭，警覺地喝道：「誰?!」

黑漆漆的樹叢中無人回應，唯有風聲呼嘯。

李信覺得不對勁，他長劍出鞘，悄無聲息地逼近樹叢，卻見一隻小貓從樹叢後竄了出來，牠通體雪白，在夜裡亮得刺眼。

「麵團！」李惜惜的聲音自他背後響起。

李信回眸，就見李惜惜匆匆而來，小貓「喵」了一聲，便撲進她懷中，李惜惜伸手接住牠，用手指輕輕摸了摸牠的腦袋。

她看到李信手持長劍，有些意外地問：「大哥怎麼在這裡？」

侯府裡應當沒人養貓才對，李信疑惑地問道：「這貓……是妳的？」

聞言，李惜惜笑著搖頭，道：「我倒是想養一隻，但母親仍是不肯，我便將菲敏的貓兒接過來玩兩日。」

李信收起長劍，上前一步。

那名叫「麵團」的小貓彷彿還在為方才的事情生氣，衝著李信奶凶奶凶地叫了兩聲。

李信不禁失笑，曾菲敏的貓就跟她的人一樣，能耐不大，脾氣卻不小。「府中地方大，妳還是仔細管好牠，省得丟了。」

只見李惜惜點點頭，抱著麵團就要走，可她卻忽然停下步伐，回身看向李信。「大哥，我想問你一件事。」

李信甚少見她如此認真，便道：「妳說。」

沈吟了片刻後，李惜惜道：「你對菲敏那麼好，是不是喜歡她？」

李信眉頭微微一攏，輕笑一聲，道：「妳一個小姑娘，怎麼把這種事掛在嘴邊？」

「你就告訴我是不是！」李惜惜不讓李信顧左右而言他，只想知道答案。

李信看著她的眼睛，悠悠道：「喜歡如何，不喜歡又如何？妳這個小丫頭，還是少管閒事、多讀書為好。」

一提起讀書，李惜惜就皺了眉，道：「你說話怎麼跟二哥這麼像？整日叫我讀書，你們是和我有仇嗎？罷了，不說就算了，下次你可別指望我幫你送東西去長公主府！」

說罷，她輕聲一哼，抱著麵團離開了。

李信搖了搖頭，轉身走了。

回去的路上，附近明明沒人，李信卻一直感受到有人在盯著自己。

幾次回首都沒發現人影後，李信便覺得也許是自己飲酒眼花，回房之後，就熄燈睡了。

夜風捲起落葉，吹過平南侯府，來到門前大街外的一條小巷子裡。

那巷子狹窄，四周全無燈火，有一男一女正立在其中低聲交談。

「他當真沒吃蟹？」男子身材魁梧，隱約有些激動。

「沒有，屬下看得一清二楚。」說話之人，便是那日在醉仙居跳舞的邑南女子——達麗。

男子聽了這話，來回踱了幾步，自言自語道：「難怪之前都找不到他，李儼竟把他當成長子？」

這名男子，便是達麗的副首領穆雷。

達麗道：「是，當年臨州之亂，李儼收養了不少孩子，近身的幾個都查了，全不是我們要找的人，萬萬沒想到情況會是這樣……不知當年的事他們知道多少？」

穆雷神色複雜，道：「這就不是我們要操心的事了。如今年齡、特徵、身分幾乎都對上了，回去後妳立即送信告知綺思公主，請她指示我們下一步該如何行事。」

達麗領首應下。「是，副首領。」

沐浴過後，蘇心禾只覺得神清氣爽，她坐在長桌前，一面看著桌上的卷軸，一面擦著濕漉漉的頭髮，昏黃的燈光勾勒出極美的線條，露出的一段脖頸又白又軟，像上好的白玉。

李承允進來時剛好看到這個畫面，他走了過去，很自然地接過蘇心禾手中的帕子，為她輕輕擦拭。「在看什麼？」

蘇心禾享受著他的照顧，道：「這是中秋宮宴歷年來的赴宴名單，我想提前看一看，做些準備。」

李承允回憶了片刻，說道：「每年到了中秋，宮中都會辦這麼一場宴席，不但京城的官員要參加，各地的主事官員也要回來，既全了『君臣一心』之意，也正好回京述職。先帝在時，每年都會邀請鄰邦使者來京赴宴，有宣揚國威之意。」

蘇心禾若有所思地點了點頭，道：「聽皇后娘娘說，陛下也有此意，除了如今關係緊張的瓦落，其餘鄰邦像是邑南、西常等都會邀請。」

聽到這裡，李承允忽然放下帕子，從蘇心禾背後抱住她。

「妳當真要幫皇后娘娘操辦中秋宮宴？」李承允的唇幾乎貼上蘇心禾的耳朵，令她整個人有些失神。

蘇心禾斂了斂神，道：「是，皇后娘娘身子才剛好了一些，還不能完全理事……」

「嗯。」李承允低低應了聲，又道：「皇宮不比家裡，除了皇后娘娘以外，別人的話妳不要信，旁人給的水、吃食，不要入口。」

蘇心禾聽了這話，不禁有些好笑，道：「我又不是三歲小孩了，自然明白這些。」

說著，她側目瞧李承允，卻見他的神色有些凝重。

蘇心禾心中忽然升起一種不好的預感，道：「夫君，是不是發生了什麼事？」

李承允沈默了片刻，道：「昨日北疆傳來消息，瓦落在騎燕山以北大肆屯兵，恐有異動，過兩日我便得出征。」

話音落下，蘇心禾手一鬆，卷軸砸在桌上。

月色涼如水，幔帳之內，一片漆黑。

待李承允入睡之後，蘇心禾才無聲睜開了眼。

她側過身來，藉著十分微弱的月光，端詳李承允近在咫尺的側臉。即便睡著了，他的眉宇也是輕輕攏著，像是入睡前仍在思量北疆的軍務。

再過一日，他就要出征了。

「出征」這個詞對於蘇心禾來說，實在太過陌生。

前世的她生活在和平時代，穿越到大宣時，恰好錯過臨州之亂，得以在父親的呵護下平安長大，嫁入平南侯府後，也很快便適應了京城的生活。她曾盼著李承允早日離家，互不干擾地過日子，可如今她看著枕邊人，想起曾在他背上看過的傷，心底溢出了深深的不安。

蘇心禾不由自主地靠近李承允，小心翼翼將額角抵上他的肩，唯恐弄醒他。

誰知李承允彷彿有感應似的，一個翻身就將蘇心禾撈進懷中。

蘇心禾的面頰緊緊貼著李承允的胸膛，她不知對方是睡是醒，稍微動了動，頭頂便傳來李承允的聲音。「怎麼還不睡？」

蘇心禾小聲道：「吵醒你了？」

李承允啞聲道：「我本來就沒睡著。」

黑暗中，李承允感覺到蘇心禾的手撫上自己的背，那微涼的指尖隔著衣衫輕輕劃過背脊，挑動了他敏感的神經，一直以來壓抑的血氣，瞬間湧了上來。

李承允驀地抓住蘇心禾的手腕，睜眼看她。

第六十五章　野心勃勃

蘇心禾的睡意被李承允的動作逼退了，她也怔怔地看著李承允。「我、我弄痛你了嗎？」

李承允愣了一下，問：「什麼？」

蘇心禾嘆了一口氣，道：「我方才……不過是想數一數你背後的疤。」

李承允這才懂了，他環住蘇心禾的腰，道：「都好了，不必數。」

蘇心禾卻道：「你就要出征，這回不許再受傷了，我得數個清楚，免得之後你誆我。」

李承允無法承受蘇心禾這般清澈的眼神，一把將她摟緊，道：「我何時誆過妳？」

蘇心禾似是不服，道：「你受傷的時候誆過母親。」

李承允低低笑開了。「那是不得已而為之，但我答應妳，萬一受傷了，不會誆妳。」

蘇心禾抬手捂住他的嘴，凶巴巴道：「不許再說了。」

李承允眉眼含笑，輕啄她的掌心，這感覺酥酥麻麻，讓蘇心禾不自覺地收回了手。

他低聲道：「心禾……」

這聲呢喃之中，飽含著濃濃的情意，還有在心底翻滾著的，不為人知的慾念。

蘇心禾原本是不懂的，待李承允的手輕輕解開她腰間的衣帶時，她才明白過來。

李承允凝視著蘇心禾的臉龐，似乎是在揣測她的心意，見她紅唇輕抿、眼波粼粼，忍不住低頭吻上她的唇。她的唇瓣又香又軟，自上次吻過之後，這種美妙的感覺便縈繞在心頭，讓人上了癮。

蘇心禾覺得這次的吻與上次不同。

李承允明顯更加從容不迫，他沿著她的唇角一點一點吻到唇珠，又撬開她的紅唇，品嚐更深的香甜。

蘇心禾腦袋發暈，完全被李承允的氣息包圍，他的手上好似有一團火，遊走到哪裡，哪裡便會燃燒起來，不消片刻，她整個身子便燙得不行，連呼吸都急促起來。

白玉般的雪團子讓人愛不釋手，李承允一面感受著溫軟，一面忘情地吻著蘇心禾，他的吻從紅唇滑到修長的脖頸，再沿著鎖骨向下。

蘇心禾將所有聲音憋在喉間，手指緊扣身下的床單，身體紅得像一條快煮熟的蝦子。

就在兩人之間只剩最後一道防線時，蘇心禾猛然睜開了眼，連忙出聲。「夫君！」

李承允聞聲抬頭，眼眸中滿是熾烈的慾念，彷彿下一刻就要將她吃進肚裡。

蘇心禾被他看得面頰發燙，但仍然保持著一絲理智，道：「你等等……」

李承允的聲音低啞得不成樣子。「怎麼了？」

蘇心禾羞澀地說：「今日不行……」

李承允動作隨即一頓，神智也清醒了幾分，他目不轉睛地看著她，眼裡是藏不住的失落。

蘇心禾只覺得自己的身子不對勁，顧不得和他細說，便道：「我出去一下。」

說罷，她飛快地繫好衣帶，掀開幔帳下床去了。
李承允坐起身來，盯著混亂的衾被發呆。
兩人成婚至今一直沒圓房，多少個同床共枕的夜晚，李承允都想與蘇心禾更進一步，但他總是勸自己不要心急，要等到她心甘情願……可事到如今，她還是不願意成為他真正的妻子？
片刻後，蘇心禾回到榻上，她鑽進被窩後，李承允體貼地抬手為她掖好被子，再默默收回手。
蘇心禾側身而臥，軟聲喚他。「夫君……」
李承允努力壓制內心的難過以及體內的躁動，儘量用平緩的語氣道：「對不起，剛剛是我太衝動了，妳若不願，我絕不勉強。」
蘇心禾見他有點落寞，猜測他誤會了，抿唇一笑，主動貼近他，在他耳邊輕輕道：「我來那個了……不方便。」
李承允一愣，頓時會過意，他直視她的眼睛，試探著問：「所以……妳不是不願意？」
蘇心禾嗔他一眼，不說話。
李承允不禁唇角微揚，他再次伸手摟住她，認真問道：「聽聞女子來月事會腹痛，妳也會嗎？」
蘇心禾不好意思地笑了笑，嬌聲道：「只要好好休息跟注意保暖，就不會腹痛。」

李承允點點頭，溫聲道：「那妳便早些休息吧。」

他還要好一會兒才能平復下去，只怕是睡不著了。

蘇心禾輕輕「嗯」了一聲，身心上的火熱此刻已經褪去，她著實有些累了。

她轉了個身背對李承允，眼皮打起架來，下一刻，忽然覺得腹部一暖——李承允將手覆了上去。

「這樣會不會好一些？」李承允問得小心。他還聽說過，來月事的女子脾氣都不大好。

蘇心禾含笑應聲。「嗯……很舒服。」

李承允獲得了誇讚，忍不住伸出手將蘇心禾圈在懷中，輕輕嗅著她的髮香。

這一次，滿心的慾望都化成了眷戀，還沒離家，他便想著早些回來了。

北疆局勢不明，牽一髮而動全身，因此李承允北上的同時，李儼也要帶兵南巡，李信則留在京城隨機應變。

平南侯父子出征這日，長街上照例擠滿了人，天氣晴朗、萬里無雲，蘇心禾等人登上城樓，將軍隊出城的景象盡收眼底。

黑壓壓的軍隊如潮水般湧出了城，即將前往北疆，成為一道固若金湯的防線，保家衛國、抵禦外敵。

李承允身著銀色鎧甲，鎧甲在日光照耀下發出凜冽的寒光，令人無法直視，他那身姿與氣勢，已經不輸他父親。

葉朝雲不是第一次送大軍出城，但心底依然無法平靜，手中的帕子攥得微緊，就連她自己也沒察覺。

李惜惜的神情難得嚴肅，緊緊盯著城樓下方。

蘇心禾站在兩人身側，目光始終追隨著李承允，隨著李承允越走越遠，她的心也被牽動著向前，直到快要拐過街角時，李承允忽然回過頭，朝城樓的方向看了一眼。

雖然只有這麼一瞬，蘇心禾卻覺得他一定看見了自己，她從未對一個人有過這般強烈的感覺，以至於此刻一顆心空落落的。

葉朝雲彷彿看出了她的心思，溫聲道：「天佑大宣，他們很快就會凱旋而歸的。」

蘇心禾微微抬起頭，將視線放遠，向更北的方向看去，輕聲道：「嗯，他們一定會凱旋而歸。」

送走平南軍，蘇心禾便攙扶葉朝雲，徐徐下了城樓。

一輛馬車飛馳而來，在她們面前停下，車簾一挑，裡面的姑娘露出一張清秀的臉——竟是皇后身邊的宮女雅書。

雅書一見到蘇心禾與葉朝雲，連忙下了馬車。「給侯夫人、世子妃請安。」

蘇心禾頗為意外，問：「雅書姑娘可是有什麼事？」

雅書神色焦急，道：「是陛下讓奴婢來的，還請世子妃立即隨奴婢入宮一趟！」

聞言，葉朝雲與蘇心禾面面相覷。

蘇心禾低聲問道：「姑娘可知道是什麼事？」

雅書眉間透著喜色，嘴上卻道：「世子妃去了就知道了。」

蘇心禾便對葉朝雲道：「母親，您先回府休息，兒媳去去就來。」

葉朝雲點點頭。「路上小心。」

蘇心禾應聲，轉身上了雅書的馬車。

李惜惜見馬車揚長而去，便道：「母親，陛下為何會突然傳召嫂嫂啊？該不會出了什麼事吧？」

「看起來不像。」葉朝雲淡淡道：「若是真的出了什麼事，來的應該是陛下身旁的人才對，既然是雅書前來，說明這事與皇后娘娘有關。」

李惜惜若有所思地點了點頭。

「回去吧。」葉朝雲說著，緩緩向自家馬車走去。

誰知李惜惜卻拖拖拉拉地走在後面，速度得比螞蟻還慢。

葉朝雲回頭看她，道：「還不走？」

李惜惜「嘿嘿」笑了兩聲，道：「母親，難得出來一趟，我想去找菲敏玩……」

葉朝雲蛾眉微攏，正要開口數落，李惜惜卻連忙道：「母親，我晚飯前就回來！我保證！」

葉朝雲想到李承允才剛離京，本就有些心疼自己的孩子，看著女兒這般天真爛漫的模樣，一時不忍苛責，只道：「罷了，記得回來用晚飯。」

李惜惜頓時喜出望外，笑著福身道：「是，母親。」

蘇心禾隨雅書抵達坤寧宮時，就發現在坤寧宮伺候的人似乎比平時多了不少，但她不敢多問，跟著雅書快步入皇后寢殿。

寢殿中沒有燃香，皇后半躺在屏風後的矮榻上，宣明帝正坐在她身側，聚精會神地批閱奏摺。

雅書上前兩步福身道：「陛下、娘娘，世子妃已經帶到。」

蘇心禾向宣明帝與皇后行禮，宣明帝很快就放下手中的朱砂玉筆，道：「免禮。」

等蘇心禾直起身來，就見皇后神色怏怏地靠在軟枕上，一張臉白得嚇人，她趕緊問道：「皇后娘娘看起來臉色不佳，可是病了？」

皇后與宣明帝對視一眼，唇角逸出了笑容，宣明帝握住皇后的手，聲音溫和。「皇后不是病了，而是有身孕了。」

蘇心禾一愣，下意識看向皇后，卻見她笑意盈盈地看著自己，臉上滿是喜悅與幸福。

見狀，蘇心禾笑逐顏開，道：「恭喜皇上，恭喜皇后娘娘！」

皇后抿唇笑道：「若沒有妳的食調方子，本宮的身子不會好得這麼快，連本宮自己都沒想到，居然還能懷上陛下的孩子……」

蘇心禾道：「皇后娘娘本就福澤深厚，如今有了皇嗣，更要好好養著才是。」

宣明帝的心情也很好，他看向蘇心禾，道：「皇后身懷有孕，胃口不太好，御膳房已經試了多種法子，她卻一口都吃不下，朕今日宣妳入宮，也是想問問，妳是否有什麼好辦法？」

蘇心禾思量了片刻，道：「皇后娘娘都試了些什麼菜？」

雅書趕緊答道：「因為皇后娘娘沒胃口，御膳房就做了不少重口味的菜餚，企圖吊起皇后娘娘的胃口，但眼下娘娘一聞到油味就吐……」

她說話間，皇后又忍不住乾嘔了兩聲，本就纖瘦的身體，顯得更加虛弱了。

蘇心禾說道：「皇后娘娘目前並不宜食用過於油膩的食物，臣婦可以試著做些清爽開胃的點心與小吃，讓娘娘少食多餐，興許有效。」

宣明帝覺得此話有道理，便道：「那好，此事便有勞世子妃了。」

蘇心禾含笑點頭，道：「能為皇后娘娘下廚，是臣婦的榮幸，臣婦這就去準備。」

張貴妃回到華翠宮，氣得將桌上的茶盞拂到地上，「噼哩啪啦」響了一陣，殿內的宮女與太監們連忙俯身跪地，嚇得連大氣都不敢出。

她一雙鳳眼氣得發紅，咬牙切齒道：「不過一個病秧子，也配在本宮面前拿喬？」

蘿絹立即安撫她道：「貴妃娘娘息怒！皇后娘娘有了身孕，自然得陛下寵愛，但只要皇嗣沒落地，一切就還有轉機，況且……就算能平安地把孩子生下來，也不見得就是個皇子。」

張貴妃稍稍冷靜了幾分，道：「妳說得沒錯，只要皇后沒生下嫡子，本宮就還有機會。她敢如此囂張，不僅僅是陛下的緣故，還因為她背後有平南侯府撐腰。皇后表面看上去人畜無害，實則與平南侯府狼狽為奸，陛下分明知道此事，卻睜一隻眼、閉一隻眼。本宮不過想舉薦族中子弟入伍，陛下卻總是藉故推託，實在偏心！」

蘿絹附和道：「依奴婢看來，張小姐說得有理，娘娘該早些為張家跟大皇子打算才是。」

張貴妃雙眸微瞇，道：「皇后拉攏平南侯府，本宮便要想辦法收啟王為己用，只有將兵權拿到手，才可保華兒前途無虞。蘿綃回來了嗎？」

蘿絹道：「回娘娘，蘿綃姊姊今日一早便出宮了，還沒回來。」

張貴妃冷笑一聲道：「此時還未歸，便說明事成了。」

蘿絹笑道：「蘿綃姊姊本就聰慧貌美，又得了娘娘提點，想必能將駙馬爺迷得暈頭轉向！」

張貴妃卻搖了搖頭，道：「曾樊本就是個見利忘義的好色之徒，又常年被長公主管束得壓抑，讓他成為蘿綃的裙下之臣並非難事，關鍵是，此人能不能為本宮所用。」

「娘娘放心。」蘿絹低聲道：「奴婢聽蘿綃姊姊說過，駙馬爺早就對長公主殿下心生厭惡，若不是因為她的身分，早就想將她休了。他藉著蘿綃姊姊攀上娘娘，便是自己的轉機！」

張貴妃幽幽道：「若是他幫得上本宮，本宮自然不會虧待他，中秋宮宴已近在咫尺，既然本宮不能獨攬六宮之權，便要好好利用這一次宮宴，為華兒的將來鋪路。」

蘇心禾回到平南侯府時，天色已經有些晚了，待她到了靜非閣，才一進門，便聽白梨道：「世子妃，您可算回來了，大小姐等了您一下午了。」

這讓蘇心禾有些意外。「惜惜在這兒？」

白梨點頭。「不錯，大小姐中午就過來了。」

蘇心禾頷首，快步走進大廳。

李惜惜等得太久，茶都飲完了兩壺，一見到蘇心禾，頓時激動得站起身道：「嫂嫂，妳終於回來了！」

蘇心禾解開自己的披風，交給一旁的白梨，道：「找我何事？」

李惜惜張了張嘴，似乎欲言又止。

蘇心禾會意，讓白梨帶著其他人下去了，待廳中只剩下她們姑嫂兩人時，蘇心禾才道：「現在可以說了吧？」

李惜惜神情有些忐忑，她遲疑了好一會兒，才慢吞吞地開了口。「今日妳入宮之後，我沒直接回府，而是去了長公主府看菲敏，誰知……」

話說到一半，李惜惜就說不出口了。

蘇心禾奇怪地看著她，追問道：「到底出什麼事了？」

李惜惜糾結了一下，終究說出了口。「我、我看見駙馬爺悄悄溜出了長公主府，上了一輛馬車，那馬車上有個妙齡女子，似乎與他親熱得很……」

這消息猶如一道驚雷，在蘇心禾耳邊炸響。她目不轉睛地盯著李惜惜，道：「妳當真看清楚了？」
李惜惜猛點頭，道：「我斷然不會看錯。」
蘇心禾又問：「那女子是誰？」
李惜惜道：「我不認識，但看起來年紀不大，生得很標致，瞧著不像秦樓楚館的姐兒。那兩人在馬車上廝混，真是……總之，不堪入目！」
蘇心禾思索了好一會兒，壓低聲音問道：「此事妳可曾告訴別人？」
李惜惜連忙搖頭道：「沒有……不過，我見到菲敏時可心虛了，不告訴她吧，總覺得對不起她；若告訴她，又怕她傷心……」
蘇心禾頷首道：「眼下我們沒證據，若是貿然開口，只怕可信度不足，且萬一駙馬咬死不認，我們也無計可施。」
李惜惜嘆了口氣，道：「菲敏一向敬愛她父親，且一直以父母恩愛為榮，若是知道她父親在外面做出這種事，必定很難接受。就算咱們拿到了證據，我也不知道該不該告訴她。」
蘇心禾沈默了片刻，道：「事情的真相往往是傷人的，如果是妳，是寧願被傷，還是寧願被騙？」
話音落下，就見李惜惜微微一怔。
蘇心禾見她沒想好，便道：「若換作是我，寧願被傷，也不願被騙，但此事是妳發現的，妳又是菲敏的手帕交，要不要告訴她，由妳自己拿主意。」
李惜惜默默點了點頭。

蘇心禾雖然關心曾菲敏的家事，卻沒太多時間能耗在這上面，畢竟中秋宮宴已經一日比一日近了。她已在宮中與各局各司碰了頭，一一敲定宮宴的環節，菜單也已經定了八成，但蘇心禾瞧著眼前的點心單子，依然蛾眉微攏。

青梅小聲問道：「小姐，這點心單子有什麼問題嗎？」

蘇心禾思索著開口。「這點心單子是御膳房按照往年的規制定的，並無什麼錯處，只是我覺得這般中規中矩的安排，難以出彩。」

白梨正在為蘇心禾整理桌上的菜譜與卷軸，隨口道：「奴婢曾經聽在宮裡當過差的老嬤嬤說過，在皇宮裡辦事一切求穩，想來是御膳房那邊怕弄巧成拙，才這般保守的。」

蘇心禾道：「這點我明白，不過中秋宮宴本就是陛下為了拉進與朝臣的關係而設，若是不冷不熱地吃上一頓飯，只怕達不到應有的效果。」

宣明帝雖然勵精圖治，無奈大宣這幾年天災連連，如今戰禍又起，便是內憂外患。若是這場中秋宮宴，能更恰當地傳遞宣明帝對官員們的重視，讓朝堂上下一心，自然是有百利而無一害。

就在此時，丫鬟叩門來稟。「世子妃，紅菱姊姊來了。」

第六十六章 書信傳情

蘇心禾聞聲，擱下手中的冊子，道：「讓她進來。」

沒多久，紅菱提著一個食籃進來了，她笑盈盈地朝蘇心禾見了禮，道：「夫人在外吃茶時遇上友人，友人買了些月餅相贈，夫人便讓奴婢拿過來，說讓世子妃嚐嚐鮮。」

蘇心禾笑了笑，道：「有勞妳了，回去之後，請幫我謝過母親。」

紅菱笑得很開心，道：「世子妃言重了，奴婢曉得的。」

說罷，她便放下食籃，見蘇心禾正在忙，便告辭了。

蘇心禾還惦記著宮宴點心的事，未立即打開食籃，但青梅接過食籃的時候，便聞到裡面的香味，不禁有些餓了。

此刻蘇心禾正對著御膳房送來的點心單子寫寫畫畫，卻忽然聽到「咕嚕」兩聲，她一抬眸，就見青梅面頰通紅、神情微窘。

蘇心禾頓時明白過來，笑了笑，道：「忙了一個上午，我也有些餓了，我們嚐嚐母親送來的點心吧。」

青梅聽罷，頓時笑逐顏開，連忙打開食籃。

蘇心禾招了白梨過來，三人齊刷刷地看向食籃。

食籃裡隔間分明，擺著八個渾圓的月餅，蘇心禾拿起一個月餅仔細端詳，月餅上刻著圓月的圖案，周邊還有一圈花紋，昭示人月團圓的好兆頭。

如今這個時代的月餅雖然比不上現代的精美，但也開始使用磨具做餅了，因此外表美觀不少。

蘇心禾用手掰開月餅，麵屑落下，露出了中間包著的餡，這餡是油酥裹著飴糖做成的。她掰下一小塊月餅送入口中，餅皮略厚，嚼著有一股樸實的米麵香，內餡酥香綿軟，沁出一片香甜，只不過這香甜轉瞬即逝，取而代之的是一股油膩，讓人不想再吃第二口。

蘇心禾像是想到了什麼，立即將月餅放下，對青梅與白梨道：「妳們先吃。」說罷，她便轉身坐回長桌前。

白梨跟青梅一見到蘇心禾如此，不禁有些好奇，她們一人拿著一個月餅探頭看過去，卻見蘇心禾已經鋪好了白紙，提筆在上面作起畫來。

青梅目不轉睛地看著蘇心禾的動作，只見她心中彷彿有一張藍圖，一筆一筆落到紙上，逐漸形成了一幅完整的圖畫。

瞧了半晌，青梅問道：「小姐，您這畫的是……集市？」

蘇心禾笑而不語。

白梨也盯著畫紙看，這上面畫了不少人，有人在長街上做生意，有人攜家人閒逛，有人坐在食肆裡大快朵頤，還有人在鋪子裡談天說地，看起來十分熱鬧。她道：「我覺得世子妃畫的應該不是尋常的集市。」

青梅手裡的月餅早就吃完了，此刻正用帕子擦著手，問：「何以見得？」

白梨的下巴朝那幅畫一抬，道：「妳瞧，這集市裡面的人服飾各異，不但有京城人士愛穿的圓領常服，還有北疆人喜歡穿的狐裘大氅，再看下方，還有戴著圓帽的西域人！」她越說越興奮，大膽地猜測。「世子妃畫的，莫不是大宣盛世？」

話音落下，蘇心禾也完成了畫作，她緩緩放下毛筆，從容不迫地開口。「不錯，這次的宮宴，我便要用『大宣盛世』為題，作為點心的寓意。」

此話一出，白梨跟青梅都覺得妙極，但青梅想到了一個問題，道：「小姐，這寓意雖好，但如何運用到點心上呢？」

這也是白梨沒想明白的一點，她思索著道：「是啊，如何透過點心展現盛世之景呢？點心不過巴掌大小，別說刻上這幅畫，就是刻上一個小人都難。」

蘇心禾唇角微揚，道：「這還不簡單，點心小了自然不好刻，但要是做得大一些，不就解決了？」

白梨詫異地問：「那得做得多大呀？」

蘇心禾秀眉微挑，道：「能做多大就做多大。」

見兩人還是似懂非懂的模樣，她也不再多作解釋，只吩咐青梅將這幅畫好生收起。

蘇心禾在桌前坐了大半日，有些腰痠背痛，站起身來打算出門轉轉，誰知才走出靜非閣門口，便見管家盧叔笑容滿面地走了過來。

「小的見過世子妃。」盧叔行過禮便奉上一封書信，笑道：「世子妃，有您的信。」

蘇心禾微微訝異。「我的信？」

接過信件一看，只見封面寫著幾個蒼勁有力的大字「吾妻心禾親啟」。

蘇心禾的唇角抑制不住地翹了翹。

盧叔見她高興，便道：「按照日程算，再有兩日，世子爺應該就到北疆了，他在路上還不忘給世子妃寫信，可見心頭掛念著您呢！」

蘇心禾心底溢出一絲甜蜜，她對盧叔道了聲謝，便折返靜非閣。

院子的石桌是蘇心禾與李承允一起用早膳的地方，她坐在這兒，手中拿著李承允的信，便覺得他似乎離自己不遠，一顆心都熱了起來。

李承允在信中先是告知她事情一切順利，再來是囑咐她注意身體，切勿因中秋宮宴太過操勞，末了，便是「勿念」兩字。

蘇心禾盯著信來回看了兩遍，只覺有些好笑。

好不容易送了信回來，卻連一句甜言蜜語也不會說。

蘇心禾決定給李承允回一封信，好好地為他示範一下，讓他知道一封「情書」該怎麼寫。

於是蘇心禾回到臥房，在長桌前坐了半刻鐘，洋洋灑灑寫了三頁紙才停下筆，待墨蹟乾涸，她才仔細地將信紙摺好，放入信封之中。

蘇心禾喚來白梨，問：「這信該如何送給夫君？」

白梨答道：「南郊大營有專門的人為京城跟北疆傳遞消息，有時候還能捎帶些物品，交給盧管家請他送過去即可。」

蘇心禾點點頭，將信遞給白梨，道：「那妳把這個交給盧叔，讓他即刻派人送去。」

白梨笑著應是，接了信件就要走，蘇心禾又道：「等等。」

她站起身來，從一旁的櫃子裡翻找了一會兒，最終掏出一個精緻的小罐子，一併交給白梨，道：「把這個與信件一起送給夫君。」

出了京城之後，李承允便領軍一路向北。越往北走，天氣便越冷，幾日過去，臨近北疆時，他已經披上大氅，臉上也被吹得乾澀發疼，但他毫不在意，依然以極快的速度行軍，總算在入夜前趕到騎燕山。

騎燕山彷彿一道天然屏障，橫亙在大宣與瓦落兩國之間，山上終年冰雪不化、人跡罕至，山南的腹地接壤阡北城，阡北城外地勢開闊，最適宜軍隊駐紮。

李承允翻身下馬，吩咐眾人紮營，兩個多時辰後，軍帳終於搭了起來。

伙頭軍送來了飯食，李承允與眾將簡單應付了幾口，便開始在帳中議事。

劉豐帶回了斥候的消息，道：「世子爺，瓦落人已經在阡北附近建鎮，末將派人前去打探，鎮子上的居民雖然生活作息一切正常，可那些人幾乎都是壯年男子，老弱婦孺極少，只怕有詐。」

梁啟直言不諱。「瓦落人狡猾得很，這些年時而騷擾邊境，時而又對我們示好，想是在試探我大宣的底線。如今在此處建鎮，表面上說是重振邊境商貿，實則就是想在此屯兵，擇機偷襲！」

方子沖道：「這個誰都能看出來，但他們是在自己的地盤建鎮，咱們若主動出擊，也是師出無名，而且每次圍剿他們，他們都跑得比兔子還快，一交涉便不承認自己是王庭隊伍，只說是瓦落的強盜匪徒，當真是不要臉也不要皮。」

「那是因為他們知道對大宣要徐徐圖之，不可急於一時。」這聲音從門口傳來，十分沈穩。

循聲看去，就見身穿一襲灰褐色長袍的中年男子，他手中持一把摺扇，搖得隨意，彷彿這兒不是軍營，而是茶樓或戲院，放鬆得很。

眾人站起身來，道了一聲「墨竹先生」。

墨竹是平南軍的軍師，亦是李儼的至交好友，他在軍中威望頗高，對李承允來說也是如師如父。

李承允頷首相迎，道：「這段日子以來，先生一直鎮守北疆，實在是辛苦了。」

墨竹挑起眼簾，緩緩看了李承允一眼，而後便收了摺扇，在手心裡敲著，悠悠道：「世子爺不是說，回京成親來回九日即歸嗎？」

話音落下，一排將領的臉便整齊地轉向李承允，等待他的回答。

李承允手指握成了拳，抬到唇邊輕咳一聲。「先生說笑了，我何時說過這樣的話？」

墨竹聽罷，不禁笑了出來。「罷了，是我記錯了世子爺的話，看來世子爺回京的這段時間過得不錯。」

李承允自然聽出了墨竹先生的言外之意，但他不便反駁，只得道：「先生辛苦了，快坐，這騎燕山一事，還得請您多多指點。」

墨竹見他有些不好意思，也不再打趣，坐下與諸人討論起軍務來。

營帳外，曲折蜿蜒的小路上，一人一馬疾馳而來，半個時辰後，傳信官到達軍營，他掏出令牌入營，被親兵帶到主帳前。

傳信官對眾將行過禮，便道：「世子爺，小的奉命送來了兩封信。」

李承允雙眸微亮道：「呈上來。」

親兵接過傳信官手中的包袱呈上，包袱裡有兩封信，李承允取出第一封，是李儼的。

李承允駐守北疆時會與父親書信來往，他們有一套不為人知的特殊溝通方法，可以互通戰況。

他當著眾人的面打開信封，迅速看完其中的寥寥數語。

墨竹問：「侯爺可有什麼吩咐？」

李承允搖搖頭，將信紙遞給墨竹，道：「父親已經派出斥候打探南疆一帶的消息，邑南似乎有意與我大宣重修舊好，這次邑南的綺思公主也會入京參加中秋宮宴，倒是與邑南接壤的維紋有些動靜。」

墨竹邊思索邊道：「邑南自臨州一戰後便一蹶不振，直到新王登基才一掃王庭頹勢，如今他們自顧不暇，與我們修好為上策。綺思公主乃新王親姊，又擔當輔政重任，若她能親自前來，與我們簽訂停戰和約，就算維紋另有所圖，也會有所顧慮。」

「我亦是這樣想的。」李承允沈聲道：「然而，即便如此，北疆此戰也不能小覷，若是瓦落與維紋同時發動襲擊，那父親勢必得出兵迎戰，為避免京城周邊防護空虛，得速戰速決才是。」

眾人頷首稱是。

青松的目光不經意地落到另外一封信上，封面的字跡十分娟秀，信看起來鼓鼓的，不用想也知道是誰寄來的。

不過青松很識相地迅速收回視線，一句話也沒多說。

李承允默默將蘇心禾的信件放回包袱中，道：「今日太晚了，議事便到這裡吧。」

眾將聽罷，站起身來告辭，墨竹也離開了軍帳。

待腳步聲走遠後，李承允才摸出那封沈甸甸的信。

他迫不及待地打開信封、展開信紙，引入眼簾的第一句，便是：吾夫遠行，妻心念之。

李承允的唇角不自覺地勾了勾，繼續往下讀。

這封信足足寫了三頁，開頭的一頁訴說對他的思念，而後又告訴他平南侯府一切安好，中秋宮宴也籌備得妥當，最後一頁則字字句句囑咐他注意安全，早日回京。

自他從軍出征，便很少與家中有書信來往，與父親傳信也多為軍務，此刻，在這寒冷的北疆，在微微閃爍的燭光下讀到這封信，李承允只覺得心底有種異樣的情緒在無聲翻騰。

除此之外，蘇心禾還託人送來了一罐蜜棗。

夫君征戰勞苦，這蜜棗乃妻親手所製，願能為夫君添得一絲甜意。

李承允仔細地收起信紙，目光落到包袱中的罐子上。

他揭開罐蓋，裡面鋪著滿滿的蜜棗，蜜棗顆顆珠圓玉潤，極為飽滿，一打開便溢出甜蜜的香味，引得人食指大動。

李承允輕輕撚起一顆蜜棗，送入口中。

蜜棗核被掏得乾乾淨淨，嚼起來既軟糯又香甜，紅棗的絲絲紋理成為蜜糖最好的藏身地，這微黏的口感，彷彿是她的柔情蜜意，嬌軟地依賴著他，令人逐漸沈淪。

一顆不夠。

李承允嚥下蜜棗，又下意識伸手去罐子裡取，可是，一見原本滿滿的罐子空了一角，又有些不捨。他猶豫了片刻，終究收回手，溫柔地將罐子蓋好。

蜜棗吃完之前，他一定要見到她。

入秋後，日子過得飛快，李承允抵達北疆沒過幾日便起了戰事，好在平南軍驍勇善戰，又準備充分，在接連幾場戰役中都取得了傲人的勝績。

宣明帝在坤寧宮小憩時接到消息，猛地從榻上起身，他手中攥著捷報，難得露出了開懷的笑意。「承允果然不負所託，朕沒看錯人！」

皇后撩起床簾靠了過去，笑道：「臣妾聽聞平南侯世子用兵如神，果然所言不虛。」

宣明帝收了捷報，交給一旁的太監。「平南侯府滿門忠烈，風骨代代相傳，無論是嫡子還是庶子，皆出類拔萃。」

「出類拔萃的何止男兒。」皇后一面為宣明帝披衣，一面道：「世子妃也是蕙質蘭心、聰穎能幹，中秋宮宴的一應事宜，都是她準備的，想必能讓陛下與群臣耳目一新。」

宣明帝聽到這話，不禁被勾起了興趣。「喔？她都準備了什麼？」

皇后卻抿唇一笑道：「等到中秋宮宴舉行時，陛下就知道了。」

宣明帝見皇后賣起了關子，笑了起來，撫上她的手，道：「朕倒要看看，妳極力推崇的這位世子妃，到底有多大的能耐。」

中秋宮宴設在宮裡的和頌殿，殿外張燈結綵、紅毯鋪地，待漫天火紅的雲霞隱去，宮燈便一盞接一盞地亮了起來。周邊的宮燈中還設了些許走馬燈，風一吹，走馬燈裡的圖案便轉了起來，映照在石板鋪成的宮道上。

一位大臣在旁邊駐足，不敢置信地問道：「這……這走馬燈上的圖案看著有些眼熟，可是太傅勸諫先帝重立太學之事？」

領路的太監笑答。「大人好眼力，今年的中秋宮宴，特地趕製了一批『賢臣走馬燈』，把近百年來的賢臣事蹟都畫了上去，按陛下的意思，是要讓賢臣聲名遠播、名垂青史！」

不知不覺中，兩人身邊多了幾位大臣，大臣們聽了這話，眼睛全都一亮。

「陛下有愛才之心，是我等的福氣！」

「是啊，陛下禮賢下士，乃明君之風！」

「能為陛下效力，是我們的榮幸，只不過，這麼好的主意，不知道是誰想出來的？」太監見幾位大臣都頗為好奇，便多說了一句。「小人聽說是平南侯世子妃出的主意。」眾臣面面相覷道：「平南侯世子妃?!」

太監見他們一臉茫然，便解釋道：「中秋宮宴本是皇后娘娘操持的，但娘娘身懷六甲，便請來平南侯世子妃幫忙。」

周邊的幾位都是文臣，與武官有著天然的嫌隙，他們雖然知道平南軍威震四方、平南侯世子戰功赫赫，卻未有實際上的接觸或感受，如今見世子妃將賢臣名將的故事都製成了走馬燈，一時有些感動。

「世子妃雖是一介女子，卻有這等見識，倒是難得。」

「不錯，想必世子妃是個賢內助，不然皇后娘娘怎麼會挑選她來操辦宮宴？」

「聽說世子妃出身江南，她父親在當年的臨州戰役中不顧生死救了滿城的百姓，這樣的家風，教出來的女兒自然不會差！」

此時尚未開宴，幾位大臣聊得興起，緩步朝和頌殿走去，殿內已經聚集了不少大臣，眾人飲茶寒暄，一派祥和之氣。

後殿中，蘇心禾正神經緊繃，忙得腳不沾地。今日天才矇矇亮，她便起身梳洗打扮，畢竟中秋宮宴太過重要，事無大小，皆馬虎不得。

皇后有了身孕也不懈怠，一直坐鎮內堂，見蘇心禾有條不紊地安排諸項事宜，不禁向她投去讚許的目光。

「心禾。」

蘇心禾聽到呼喚，轉身向皇后走去。「娘娘有何吩咐？」

皇后低聲提醒道：「今夜宮宴不僅有文武百官在列，還有部分官眷也來了，多安排些伺候的人才好。」

她這麼一說，蘇心禾頓時會過意。

那些夫人與小姐們待在一處時，最易生出事端，於是蘇心禾對皇后道：「娘娘放心，臣婦這就去安排。」

見皇后頷首，她便告退了。

離開了和頌殿，蘇心禾便向女眷們所在的流心閣走去。

第六十七章　狐狸尾巴

流心閣距離和頌殿不遠，地方不大，卻十分雅致，恰好可以用來招待女眷。

蘇心禾順著宮道前行，才踏上石橋，便見長公主歐陽如月迎面而來，她連忙退到一旁行禮。

見到蘇心禾，歐陽如月很高興，特地停下來與她打招呼。「從入宮開始，所有的細節妳都安排得很周到，辛苦了。」

蘇心禾淺笑道：「長公主殿下言重了，能為皇后娘娘分憂，是臣婦的本分。」

歐陽如月意味深長地笑了，道：「皇后娘娘身子重，有妳從旁協助，她也能安心些。妳可別辜負了皇后娘娘的信任，現在可能難一些，但你們的好日子在後頭呢，明白嗎？」

如今皇后懷有皇嗣，不便操持宮務，這是張貴妃的鳳印遭收回後，她一直以來等待的良機，而蘇心禾的出現壞了她的算盤，勢必成為張貴妃的眼中釘、肉中刺。

歐陽如月這話的意思，便是想讓蘇心禾繼續支持皇后，待來日皇后產下嫡子，她就是第一大功臣。

如此簡單的道理，蘇心禾怎麼會不明白呢？她唇角微揚，從容道：「多謝殿下提點。」

歐陽如月滿意地點點頭，又壓低聲音道：「今夜張貴妃也來了，她可不是什麼省油的燈，相關事務妳可要安排仔細，莫被她抓到錯處，萬一遇到什麼困難，可託人傳信給本宮。」

蘇心禾聽得認真，回道：「是，臣婦記下了。」

歐陽如月退開一步，對一旁的宮女道：「駙馬呢？」

宮女低眉順目地答道：「回殿下，駙馬爺剛剛還在這裡，不知怎麼的就不見了……」

話還沒說完，歐陽如月面上便浮現不悅之色。

就在此時，駙馬曾樊出現在石橋後面，他抬頭向這邊張望一眼，就匆匆地趕了過來。他流露出了成熟男子獨有的氣質，旁邊的宮女見了，不由得暗自臉紅，但蘇心禾見到此人，心底卻生出一股嫌棄。

曾樊幾步便到了歐陽如月面前，笑著喚她。「殿下。」

歐陽如月瞧了曾樊一眼，問：「方才你不是同我一起進來嗎，怎麼一轉眼就不見了？」

曾樊頗為抱歉地一笑，道：「剛才遇上一位大人，看起來像之前見過的詩友，便過去打了聲招呼，沒想到認錯了。」

他笑的時候臉部表情相當柔和，看著歐陽如月的眼神裡透著溫柔，若不是蘇心禾知道他在外面偷腥，只怕被他這副深情款款的樣子給騙了。

歐陽如月面色稍霽，但仍然有些不快，數落道：「你整日都去會那些詩友跟畫友，在府中就這般待不下去嗎？」

曾樊面上似乎有些掛不住，賠笑道：「我去對詩賞畫，還不是為了給妳挑些好字畫嗎？妳若不喜歡，我便不去了。」

歐陽如月聽了這些話，才展露笑顏道：「沒說不讓你去。」

蘇心禾立在一旁，眼觀鼻、鼻觀心地聽著，並不開口。

歐陽如月這才意識到自己與丈夫這些對話不妥，便對蘇心禾道：「讓世子妃見笑了。對了，你們之前沒見過吧？」

蘇心禾垂眸一笑，並不看曾樊，只道：「臣婦之前去長公主府找縣主時，曾與駙馬爺有過一面之緣。」

曾樊盯著蘇心禾看了一會兒，只覺眼前的美人明豔亮眼，與年近四十的歐陽如月比起來，簡直一個天上、一個地下，但當著歐陽如月的面，他不敢表現得過度熱情，只對蘇心禾淡淡點了下頭。

歐陽如月又對蘇心禾道：「今日有幾位鄰國使臣前來，本宮要與駙馬去和頌殿了。母后抱恙，無法出席宮宴，本宮便未拘著菲敏，讓她去流心閣找惜惜說話了，妳若得了空，可以過去與她聚一聚。」

蘇心禾點頭稱好，躬身恭送歐陽如月。

歐陽如月自顧自地向前走，曾樊跟在歐陽如月後面離開，他嘴角依然噙著笑，眸中卻閃過一絲冷意，雖然只有一瞬，仍被蘇心禾敏銳地捕捉到了。

夜風輕拂，吹起了曾樊的衣襬，就在他與蘇心禾擦身而過那一瞬間，蘇心禾嗅到一股淡淡的香味，似乎在哪裡聞過……

電光石火間，蘇心禾忽然想起了什麼，她猛地抬頭，看向曾樊離開的方向，但他的身影，已經消失無蹤了。
流心閣內燈火通明，女眷們個個打扮得光鮮亮麗，一片衣香鬢影。
其中不少人都認識蘇心禾，紛紛向她打起招呼，蘇心禾壓下內心的焦急，面色如常地與眾人見禮，目光卻在人群中梭巡，直到看見李惜惜，她才道了聲「失陪」，逕自向李惜惜走去。
此刻李惜惜獨自一人坐在長案前，似乎有些心不在焉，直到蘇心禾走到她面前，她才反應過來。「嫂嫂找我？」
蘇心禾見她神色有異，問道：「妳怎麼了？」
李惜惜抿了抿唇，起身將蘇心禾拉到殿外沒人的地方，壓低聲音道：「那件事……我告訴菲敏了。」
蘇心禾一怔。「妳方才說的？」
李惜惜點點頭。
蘇心禾暗道不好，連忙問道：「她不會直接去找駙馬爺對質吧？」
李惜惜的眼神複雜，語氣失落道：「她不會的……因為她根本就不信我。」
糾結了許久後，李惜惜才鼓起勇氣，將那日看到的一切告訴曾菲敏，豈料，曾菲敏聽了她的話，卻罕見地對她發了脾氣，在半刻鐘前便不跟她一起了。
蘇心禾道：「惜惜，我知道妳在意菲敏的感受，但眼下不是說這些的時候，我剛才見到了駙馬，他很不對勁。」

李惜惜問道：「妳是不是發現了什麼？」

蘇心禾沈聲道：「幾日前，我湊巧在宮裡見到了張貴妃娘娘，她身上有種獨特的香氣，剛才我在駙馬爺身上，也聞到了同樣的氣味。」

李惜惜一驚，瞪大了眼。「妳的意思是，駙馬爺可能與張貴妃娘娘私相授受？」

蘇心禾輕輕搖頭，道：「我不過是推測罷了，單憑氣味當不了證據，此事若是我們多心便罷了，但若是真的……」

她看著李惜惜的眼睛，道：「只怕今夜不會太平。」

李惜惜聽了蘇心禾的話，一顆心跟著打鼓，小聲說道：「嫂嫂，那我們該怎麼辦？」

蘇心禾道：「馬上就要開宴了，我不便在此處久留，妳在這邊好好坐著，盯著張婧婷，若她有什麼異常，第一時間告訴我。」

李惜惜頷首道：「好，我記下了。」

和頌殿禮樂已起，蘇心禾面色微凝，道：「我得走了。」

她來不及與李惜惜多說，轉身向和頌殿快步而去。

和頌殿雖然地方寬廣，但由於宴請的人數太多，無論是外殿還是內殿，都已經坐滿了人。

外殿的官員們多為各處的地方官，他們平時甚少有機會入京，此時能入宮赴宴，自是百般珍惜，有八面玲瓏者，開宴前便積極結交官場同僚；內殿則安靜得多，高官們個個都正襟危坐，只等著宣明帝聖駕到來。

隨著太監傳唱，宣明帝與皇后出現在和頌殿外，眾人連忙起身伏趴在地，高呼萬歲，宣明帝攜著皇后，氣宇軒昂地向高臺走去。

宣明帝偕皇后落坐後，開口讓眾人起身，他見今夜赴宴者踴躍，大夥兒又都神采奕奕，心情便極好。

按照禮部的指引，宣明帝先頒了聖諭，待眾人垂首聆聽之後，他才道：「開宴吧。」絲竹之聲悠然而起，曲調歡快又祥和，聽著這曲子，便能聯想到繁盛的景象，宣明帝聽得滿意，便問皇后。「這是什麼曲子？」

皇后笑了笑，道：「這是平南侯府三公子所作，喚作〈民安調〉。」

「民安調？」宣明帝琢磨了一下這個名字，低笑了聲，道：「平南侯還說自己的小兒子文不成、武不就，朕倒是覺得，若他真能作出此曲，當是個靈氣逼人的孩子。」

宣明帝話音落下，便見宮女與太監們端著托盤魚貫而入。

第一道菜是油多肉滿的「炮豚」，俗稱烤乳豬。

烤乳豬乃是「八珍」菜式之一，乳豬被烤製過後，通體油潤光亮，彷彿是一大塊醬色的琥珀，在宮燈照耀下，泛著豐美的油光，一上桌，便吸引了所有人的注意力。

宣明帝適時舉杯，說了幾句感念賢臣良將辛勞之類的話，眾人連忙跟著舉杯，高呼萬歲。

烤乳豬成名於嶺南，不但要選用品質上乘的豬仔烹製，技法還十分考究。這道菜在京城並不算常見，有客人乍一見到全鬚全尾的烤乳豬，心生恐懼，不敢嘗試，但有宮女主動上前切下烤乳豬的肉，又見旁邊的人吃得正香，才勉強挾起一塊送入口中。

這道烤乳豬的外皮烤得酥脆無比，牙齒一咬，便發出了脆生生的「嘎吱」一聲，再嚼下去，便嚐到絕妙的豬肉葷香。這股葷香不摻雜半點雜質，既醇厚又酥嫩，教人欲罷不能。

眾人露出滿意的神情，席間氣氛熱烈。

蘇心禾原本該坐在女眷席，但她是宮宴的主事人，故而皇后特地為她安排了座位，就在歐陽如月的下首。

上次舉辦園遊會時，蘇心禾便積攢了不少經驗，為了確保宮宴不出問題，她提前參與所有菜餚的烹飪，想透過讀心術了解客人們對宮宴的評價。

待桌上的烤乳豬被解決殆盡，眾人的心聲便如潮水般湧入蘇心禾的耳裡——

這烤乳豬可真好吃啊！還是御廚厲害，若能入京當官就好了……

我剛才吃了一塊，隔壁的禮部老兒就吃了三塊，哪有半點禮部的風範？

這些人出手也太快了吧，最後一塊烤乳豬，我定要搶到手！

下一道菜還沒來，這盤烤乳豬卻空了，不大好看吧？

聽到這話，蘇心禾低聲對一旁的宮女道：「去催促一下，讓他們快些上菜。」

宮女應聲而去。

青梅立在蘇心禾身後，忍不住道：「小姐，這烤乳豬聞著好香啊……」

蘇心禾瞥了她一眼，笑道：「這時候還敢嘴饞？」

青梅小聲嘟囔。「奴婢總不能把鼻子堵上吧。」

四周的宮女聽了，想笑又不敢笑，只能努力地憋著。

蘇心禾此刻忙得很，她不但得注意御膳房出菜，還得關注張貴妃與駙馬的一舉一動。

烤乳豬過後，御膳房送上第二道菜——拔絲芋頭。

「芋」讀音同「玉」，取其珍貴之意，但食材卻算不上貴重，不僅能表達宣明帝愛重臣子的心意，又不鋪張浪費。

拔絲芋頭的外表被糖殼鍍上一層金色，堆在一起成了一座金黃色小山，散發著甜甜的味道。

這道拔絲芋頭不但味美，吃起來還頗有趣味，需要趁著高溫時迅速拔起糖絲，若糖絲相連不斷，便要過一道清水，方能入口。

曾樊似乎想對歐陽如月示好，於是他伸出筷子，挾起一塊拔絲芋頭，卻怎麼也挾不斷糖絲，一時尷尬不已。

歐陽如月便讓他將芋頭放下，親自為他示範該怎麼做，又將斷好絲的芋頭放進他碗裡。

曾樊展露笑顏，他一臉珍惜地挾起芋頭往嘴裡送，那芋頭外殼酥脆不已，甜蜜的滋味流淌在唇舌之間，又沿著喉嚨滑入胃裡。內裡的芋頭軟糯清香，中和了方才的甜意，即便多吃幾塊，也不覺得膩。

他吃完芋頭，誇獎起這道菜時，還順便奉承歐陽如月的賢慧體貼，惹得歐陽如月掩唇輕笑，但這畫面落到蘇心禾眼中，卻有些刺眼。

若是她不知道曾樊的齷齪事，看了這般場景，只怕也會覺得駙馬對長公主一往情深。

就在此時，坐在宣明帝下首的張貴妃站起了身。

她優雅地端起酒杯，對宣明帝盈盈一拜，道：「臣妾祝陛下千秋萬代，大宣國運昌隆！」

宣明帝含笑接了這酒，道：「愛妃說得好。」

見宣明帝一飲而盡，張貴妃一笑，道：「這次中秋宮宴，多虧有皇后娘娘操持，臣妾沒能幫上忙，心中愧疚，故而特地安排了一齣歌舞，為陛下、娘娘與諸位貴客助興，不知陛下與娘娘意下如何？」

皇后聞言，微微一愣，下意識地看向蘇心禾。

蘇心禾無聲搖頭。她不知道張貴妃會有這一手安排，但直覺上認定不妥，希望皇后不要答應。

然而當著眾人的面，皇后實在不好拂了張貴妃的面子，便問：「是什麼樣的歌舞？」

張貴妃道：「都是西域來的舞姬，每個都是頂尖的人才，其中一人還能在鼓上跳舞，舞姿輕盈曼妙、靈動優美。臣妾看過一次便印象深刻，是以想請陛下、娘娘與諸位貴客同賞。」

一旁的禹王世子歐陽旻文忍不住道：「當真能在鼓上跳舞？」

禹王歐陽弘淵見自己的兒子喝得滿面通紅，忍不住瞪了他一眼。

宣明帝見有人感興趣，便道：「那好，妳讓她們表演吧。」
張貴妃聞言一喜，對蘿絹使了個眼色。
蘿絹會意，連忙退下去安排了。
自己的要求獲得允許，張貴妃姿態婀娜地坐回位置，她將視線從宣明帝身上收回，若無其事地看了曾樊一眼，曾樊的目光恰好向她望來，四目相對一瞬之後，又各自移開。
張貴妃心道：你最好不要忘了本宮的要事，不然本宮要你好看！
曾樊臉上依然保持著笑意，內心卻道：張貴妃這等姿色，時常獨守空閨真是可惜！等幫她辦好了事，定要找個機會把這份人情從她身上討回來！
蘇心禾聽到這話，心頭微微一動——
張貴妃與曾樊果真準備搞事！
蘇心禾正思索著那些話的意思，和頌殿中的宮燈便忽然暗了一半。
眾人好奇地抬頭，就見一列衣著鮮豔的西域女子，面戴薄紗、腳踝繫鈴，在和頌殿外跳起了舞。
樂曲逐漸起勢，鼓點密集，舞姬們踩著歡快的節奏，從殿外跳到殿內，她們的舞姿動人，鈴鐺隨著動作輕響，吸引了不少人注意，現場的氣氛也逐漸熱烈起來，客人們談笑風生、把酒言歡。
見歐陽如月饒富興致地看著舞姬們跳舞，曾樊便站起身來，隨口道了句「我去轉轉」，便離開了席位。

曾樊沿著席位周邊繞到對面，他看了張貴妃一眼，見張貴妃對他輕輕點頭，他便握緊了手中的酒杯，向啟王歐陽頌臨走去。

歐陽頌臨正坐在長案前品酒，他雖然也在賞舞，卻不像歐陽旻文那般神色癡迷，若有人端酒來敬，便禮貌地接應。

曾樊嘴角勾起一抹笑意，來到歐陽頌臨面前，溫聲道：「啟王爺。」

歐陽頌臨見曾樊一人前來，似是有些意外，他淡淡笑了一下，問道：「姊夫怎麼一個人過來了？皇姊呢？」

曾樊道：「殿下還在欣賞歌舞，便未一道過來。」

歐陽頌臨「嗯」了一聲，並未多言。

他向來不大喜歡這位姊夫，故而彼此從未深交過。

曾樊見歐陽頌臨不說話，便主動端起手中的酒杯道：「啟王爺常年領兵作戰，護佑社稷有功，我敬你一杯！」

歐陽頌臨不好拒人於千里之外，便道：「該本王敬姊夫才是。」

兩人正要碰杯，卻忽然聽曾樊道：「唉呀，我真是糊塗，酒杯都空了……」

歐陽頌臨道：「本王為姊夫添酒。」

曾樊眼明手快地奪過歐陽頌臨的酒壺，笑道：「哪能勞動王爺添酒，我自己來。」

室內光線昏暗，曾樊以寬大袖袍遮掩，趁歐陽頌臨不備，將一包藥粉倒進酒壺。

歐陽頌臨抬起眼簾，靜靜看了曾樊一眼，曾樊驀地心虛起來，但他依然牢牢拿著酒壺，笑容滿面地為歐陽頌臨斟了一杯酒。

「祝啟王爺百戰百勝，這一杯，我先乾為敬！」曾樊說著，當著歐陽頌臨的面仰頭飲下杯中酒。

歐陽頌臨頓了片刻，終究喝下手中的酒。

和頌殿的角落，蘇心禾正目不轉睛地看著那兩人，但光線昏暗，又相距甚遠，她看不清曾樊的動作，只依稀看到對方與啟王喝了一杯酒。

片刻後，曾樊離開了歐陽頌臨的席位，回到歐陽如月身邊。

待他徐徐坐下後，歐陽如月就轉頭望著他，問道：「你剛剛怎麼又不見了？」

曾樊笑意溫和，道：「這裡人太多，有些悶，便出去走走，順便與啟王爺喝了一杯。」

歐陽如月奇怪道：「你同頌臨喝酒，怎麼不叫我？」

曾樊見歐陽如月似是有些不高興，便道：「我見妳在欣賞歌舞，便沒打攪妳。對了，那些舞姬跳得怎麼樣？」

這話說得彷彿他完全沒看舞姬們跳舞似的，但這對長公主歐陽如月來說卻非常受用，她挑了挑眉，道：「差強人意。」

曾樊「嗯」了一聲，見她沒再追問，這才放下心來。

那藥不知道什麼時候能起效果……

第六十八章　下流手段

蘇心禾從現場無數心聲中迅速地捕捉了這一條，她轉身對青梅道：「妳在這裡盯著御膳房上菜。」

青梅應聲，蘇心禾便起身往皇后的方向走去。

雅書立在皇后身側，見蘇心禾緩步而來卻不靠近，便知有事，於是主動走了過去。「世子妃，可是御膳房出了什麼事？」

蘇心禾低聲道：「不知是不是我多心，張貴妃娘娘似乎在打啟王爺的主意，我想向皇后娘娘求個恩典，跟去看看。」

雅書神情嚴肅，轉身向高臺走去，她對皇后附耳說了幾句話，皇后便面色微頓，看向了蘇心禾。

即便沒證據，蘇心禾也必須告訴皇后這件事，因為她隱約覺得今夜可能有大事發生，皇后應當有心理準備，才能與她配合。

皇后遞了個肯定的目光給蘇心禾，蘇心禾輕點了一下頭，彼此便算是達成了共識。

蘇心禾回到自己的位置，視線不時投向長公主夫婦與啟王歐陽頌臨。

此刻，歐陽如月正與一位身著異族服飾的女子相談甚歡。

那女子衣裙華麗，髮辮上鑲著五彩斑斕的細碎寶石，雖然已經年近四十，但依然活力十足。

「小姐，那位是誰呀？」青梅盯著那女子看了好一會兒，只覺得對方光彩照人，且氣質不凡。

蘇心禾答道：「那是邑南的輔政公主——綺思公主。」

「公主能輔政啊?!」青梅不由得說道：「邑南可真好，女子能有這麼高的地位。」

蘇心禾繃緊神經地盯著各處，卻仍回道：「輔政公主也不是那麼容易做的，老邑南王死後，邑南便陷入王位紛爭。老邑南王只有一兒一女，綺思公主一直在其中替她弟弟周旋，直到邑南王子成年，才在姊姊的幫助下奪回王位。」

聽到這裡，青梅更加佩服綺思公主了，她還想再問什麼，卻見蘇心禾抬起了手，示意她噤聲。

蘇心禾目不轉睛地看著對面，只見歐陽頌臨以手扶額，似乎有些昏沈，他支撐片刻後，便慢慢趴在桌上。

宣明帝見歐陽頌臨這麼快就醉了，笑了起來，道：「看來有人不勝酒力了。」

張貴妃適時開口。「陛下，不如讓人先送啟王爺到後殿休息吧？」

宣明帝本想讓人送歐陽頌臨回府，但想到離宴席結束還早，索性讓他先歇在宮裡，便同意了。

此刻，群臣上前向宣明帝敬酒，他的注意力便被引開，一個太監走上前來，與一名親衛一起，在喧囂中帶走了歐陽頌臨。

親衛扶著歐陽頌臨出和頌殿，他喚道：「殿下，您沒事吧？」

歐陽頌臨面色微紅，像是醉得厲害，頭無力地垂著，沒回答。

一旁的太監鄒福笑道：「大人有所不知，今夜的酒是御膳房特製的，雖然極易入口，卻頗有後勁，想來王爺是不知不覺喝多了。離後殿不遠處，有一無人居住的宮殿，不如送王爺去那裡歇一歇？」

這畢竟是皇宮，歐陽頌臨地位越高，越是不能踰矩，聽到那宮殿沒人，親衛才點了點頭，道：「那就請公公帶路。」

鄒福頓時眉開眼笑，道：「是，這邊請。」

流心閣內，李惜惜坐在自己的位置上，一面與身邊的女眷應酬，一面暗地裡打量著張婧婷。

張婧婷平日赴宴都打扮得花枝招展，恨不得豔壓群芳，今日卻穿得極其素雅，在人群裡顯得十分低調。

就在眾人聊得正起勁時，張婧婷卻悄無聲息地起身，離開了席位。

見狀，李惜惜便連忙放下手中的茶盞，安靜地跟了上去。

張婧婷出了流心閣，便沿著宮牆向東而去，她只帶了一個貼身丫鬟，兩人在暗夜的掩護下低頭而行，避開了所有崗哨。

李惜惜心中好奇，為了不讓她們發現，便遠遠跟著。

張婧婷走到一處宮殿外時停了下來，她的丫鬟上前幾步，給守門的侍衛送上兩個沉甸甸的荷包。

兩個侍衛掂量著荷包，露出了滿意的笑容，對張婧婷行了一禮，便讓開一步。

張婧婷左顧右盼，確認四周無人，才快步走了進去，丫鬟連忙跟上，小心翼翼地將宮門關上了。

李惜惜藏身在草叢裡面，目光往上移，落在宮殿門口的牌匾上——如意軒。

雖然李惜惜不知道張婧婷為什麼會忽然來這裡，但她記得蘇心禾的囑咐，所以並未立即離開，而是悄悄躲在一旁的樹幹後面，靜觀其變。

不遠處，親衛與鄒福正扶著歐陽頌臨前進，鄒福帶他們離開主宮道，朝內宮的方向走去。

走著走著，親衛察覺似乎離和頌殿越來越遠了，忍不住道：「早知這麼遠，還不如安置王爺在後殿休息。」

鄒福耐心解釋道：「和頌殿是宴請客人的地方，哪怕是後殿，也是人聲鼎沸，哪裡能讓王爺安心休息呢？大人莫急，再走幾步路就到了。」

說著，他指了指前面的宮殿。

親衛不禁問道：「那是什麼地方？」

鄒福回道：「是如意軒，後宮裡許久沒進新人了，故而那裡一直空著，沒人住呢！」

親衛沒再說話了，只繼續扶著歐陽頌臨往前走。

侍他們走到如意軒門口時，看門的侍衛抬手攔住他們。「來者何人？」

親衛滿臉不悅，道：「睜開你們的眼睛看看，這是啟王爺！」

兩名侍衛聞言，真的湊過去看了一眼，其中一人遲疑著開口。「這裡畢竟是後宮，啟王爺雖然身分尊貴，可也是外男，還請大人同小人去前面找侍衛長打聲招呼。」

親衛擰眉，怒目看向鄒福，道：「這是何時定的規矩，我怎麼不知道？」

鄒福滿臉堆笑道：「請大人息怒，今夜有中秋宮宴，這規矩是臨時定的，大人不了解也正常。您放心，小人先將啟王爺送進去，您隨侍衛走一趟，很快便能回來。」

親衛看了醉倒的歐陽頌臨一眼，猶疑了片刻後，才勉為其難地答應了。

於是，其中一個侍衛帶著啟王親衛離開，鄒福見他們走得沒影了，便要將歐陽頌臨送入如意軒。

誰知歐陽頌臨才被他扶著走了兩步，腳下忽然一滑，倒了下去，鄒福連忙將人撐住，低聲斥道：「還不快搭把手！」

侍衛連忙上前托住歐陽頌臨半個身子，小聲問道：「公公，王爺都變成這樣了，還能辦事嗎？」

這話不但藏著好奇，還有幾分幸災樂禍的笑意。

鄒福輕笑一聲道：「生米能不能煮成熟飯不重要，只要知道人言可畏、三人成虎便成！」

侍衛聽了這話才明白過來，諂媚地笑道：「還是公公看得透澈，此事若成，想必公公定然能飛上枝頭，成為張貴妃娘娘眼前的紅人，到時候您可別忘了我們兩個！」

這話對鄒福很受用，他得意地笑道：「哪兒的話，都是自家兄弟！快點，不然張小姐要等急了！」

說著，兩人便要將歐陽頌臨抬入如意軒，誰知宮門才剛打開，便聽見背後傳來一聲輕喝。「站住！」

兩人回過頭，就見李惜惜從暗處走出來，她冷冷掃了他們一眼，道：「你們這是要做什麼？」

侍衛明顯有些心虛，下意識看向鄒福，鄒福在宮裡混久了，是個老滑頭，即便見到李惜惜，也是面色不改，反而陰陽怪氣地道：「唷，這不是平南侯府大小姐嗎？您不在女眷席坐著，怎麼來後宮了？」

李惜惜面色惱怒，揚聲道：「這點用不著你們操心，倒是你們，將啟王爺灌醉了帶到這裡來，到底是何居心？別以為我不知道如意軒裡面藏了什麼人！」

侍衛被這將門虎女的氣勢嚇得退了一步，鄒福卻瞪了他一眼，低聲道：「怕什麼？不過一個小丫頭，又能如何？」

他已經應了張貴妃，張小姐也在如意軒內等著，若事跡敗露，只怕他們都沒好下場，所以，無論如何，他們都要將李惜惜擋在門外，助張家成事！

於是，鄒福眯起了眼，對李惜惜道：「這如意軒常年無人居住，哪來的人？李小姐莫不是看錯了？眼下啟王爺醉得厲害，是陛下讓小人送王爺過來休息的，此處夜風凜冽，萬一將王爺吹病了，咱們都擔待不起，還請李小姐讓開！」

李惜惜說不過鄒福，卻依然攔在他們身前，怒道：「不許走！」

鄒福冷笑一聲道：「李小姐以為這是什麼地方？這裡可是後宮！豈能容一介武將之女作主？」

「她作不了主，那我呢？」

女子的聲音穿透夜色，彷彿撥開了雲霧，帶來一絲亮光。

李惜惜回頭一看，面露喜色。「嫂嫂！」

蘇心禾身旁還站著歐陽頌臨的親衛，她朝李惜惜點了一下頭，目光便落到鄒福身上，問：「你是哪個宮裡的？今夜中秋宮宴，伺候的宮人每個都經過挑選，我怎麼從來沒見過你？」

鄒福知道蘇心禾很受皇后重用，張狂的態度便收斂了幾分，道：「世子妃，小人是跟在張貴妃娘娘身邊伺候的，方才啟王爺喝醉了，是陛下跟娘娘讓小人將王爺送出來的……」

蘇心禾懶得與他廢話，道：「陛下讓你送王爺去休息，並沒讓你將他送到如此偏僻的地方。來人，將啟王爺送回和頌殿後殿！」

李惜惜聽了這話，第一個撲過去搶人，親衛自然上前一道「幫忙」。鄒福跟侍衛哪是他們的對手，不但丟了歐陽頌臨，還挨了親衛的一頓拳腳。

鄒福捂著自己被打腫的臉，氣得語無倫次起來。「你們、你們怎麼能如此行事？若是貴妃娘娘知道了，定讓你們吃不完兜著走……」

「是嗎？」蘇心禾看著鄒福，道：「若是我此時將如意軒打開，將裡面的人抓出來，你覺得吃不完兜著走的會是誰？」

聽了這話，鄒福後背涼了一半，慌忙以頭觸地，再也不敢多言。

蘇心禾冷眼掃了他與那侍衛一眼，道：「啟王爺乃是陛下的親兄弟，你們連他的主意都敢打，真是活得不耐煩了！若他有什麼三長兩短，你們的狗頭就別想要了，我們走！」

說罷，蘇心禾等人便帶著歐陽頌臨離開了。

為了不聲張此事，蘇心禾只帶回了歐陽頌臨的親衛，李惜惜便一路與親衛一左一右地扶著歐陽頌臨。

歐陽頌臨身高體長，又喝得醉茫茫，腦袋無力地垂下來，正好靠在李惜惜的肩頭，她忍不住側頭瞧了他一眼——英俊的臉龐近在咫尺，差點把她的心臟逼出了嗓子眼。

李惜惜又想起這樁事的始作俑者，一時怒氣上湧，道：「嫂嫂，剛剛為何不把張婧婷抓出來？她敢做這樣的齷齪事，就應該揭開她的真面目，讓大家都看看她到底是個什麼樣的人！」

蘇心禾沈聲道：「我們不過是在門口攔下啟王爺而已，他們之間並未真的發生什麼。即便將她抓出來，只要張家抵死不認，我們也束手無策，甚至可能正中他們下懷。」

經過她這麼一提醒，李惜惜頓時有如醍醐灌頂。「我明白了，張家此舉便是為了逼啟王爺就範！若是我們把此事鬧大，王爺渾身長嘴也說不清，到時候他就算不想娶張婧婷，也很可能要對她負責……張家可真卑鄙！」

李惜惜說著，手指不自覺掐緊了歐陽頌臨搭在她肩上的胳膊，聽歐陽頌臨悶哼一聲，李惜惜才回過神來，忙道：「對不起！王爺沒事吧？」

見歐陽頌臨還是閉著眼，李惜惜才放下心來。

一抵達和頌殿後殿，李惜惜就與親衛一起將歐陽頌臨放到矮榻上。

蘇心禾吩咐一旁的宮女道：「去請太醫過來。」

宮女應聲而去。

李惜惜看了歐陽頌臨一眼，就見他仍然緊閉雙眼、眉宇微皺，似乎有些難受。

她只覺得自己的心跟著揪了起來，便親手倒了杯茶水，扶起歐陽頌臨，餵他緩緩喝下，隨後又對那親衛道：「你是王爺的親衛，怎麼能輕易讓旁人騙了？萬一啟王爺真的被他們帶進去，後果不堪設想！」

「小人該死！」

李惜惜話音未落，親衛便慚愧地跪了下去。

見他面色漲紅、一臉內疚，李惜惜不好再多說，便道：「罷了，今夜的事不能全怪你，都是他們別有用心。下不為例，你一定要好好守著王爺，莫要再讓不明不白的人接近他了！」

親衛擦了把額上的汗，沈聲應是。

蘇心禾低聲提醒道：「惜惜，我們不宜久留。」

李惜惜點頭，她臨走前回頭看了歐陽頌臨一眼，見對方依然沒甦醒，這才不捨地收回目光，跟著蘇心禾出去了。

待珠簾放下，厚重的木門關上，矮榻上的人便緩緩睜開了眼。

親衛詫異地看著歐陽頌臨，喃喃道：「王爺，您沒事？」

歐陽頌臨淡淡道：「居然派曾樊來給本王下藥，這張家也太不把本王放在眼裡了。」

在曾樊為他斟酒時，他便察覺到不對勁，悄悄將酒倒掉了，他之所以沒拆穿他們，便是想釣出這背後的大魚——果真是張家。

親衛表情憤怒，道：「這張家也太肆無忌憚了！竟然敢在皇宮內院對王爺動手！」

「此招雖險，勝算卻高。」歐陽頌臨語氣沈了幾分。「只要讓人撞見本王與張婧婷獨處一室，張貴妃再借題發揮，我們便會陷入被動，就算皇兄有心偏袒，本王也不能全身而退。」

「王爺說得是！」如今想來，親衛還心有餘悸。「還好平南侯府的大小姐與世子妃及時趕到，否則今夜之事沒那麼容易收場。」

歐陽頌臨輕輕點頭，唇角多了一絲笑意。「這一點，本王也沒料到，原本還想看看張家這齣戲怎麼收尾，現在只能錯過了。」

他活動了一下自己的胳膊。這條手臂方才都架在李惜惜單薄的肩頭上，微微有些發麻……

這小姑娘家家的，力氣倒不小。

如意軒中，香焚得極重，熏得人心煩意亂。

張婧婷坐在房中，心中不免焦急，道：「怎麼這麼久了還沒進來？會不會出什麼事了？」

丫鬟忙道：「小姐別擔心，貴妃娘娘的安排肯定不會出錯，咱們安心等著便是了。」

張婧婷仍然惴惴不安，她好歹也是名門閨秀，若不是為了自己與家族的前程，何至於拋下廉恥，做到這種地步？

但既然做了，便不能白白犧牲，今夜過後，這啟王妃的位置，非她張婧婷莫屬！

張婧婷這麼想著，心頭彷彿燃起了一團烈火，她微微側目看向銅鏡中的自己——容顏姣好、膚色雪白，華麗的裙衫已落，絲綢製的中衣輕柔地貼在身上，勾勒出了曼妙的曲線。單憑這副模樣，她便該將那天之驕子收為裙下之臣，一生坐擁權勢、享盡榮華！

就在此時，外面響起一陣凌亂的拍門聲，丫鬟立刻驚喜道：「小姐，有人來了！」

張婧婷一喜，想到自己馬上就要見到歐陽頌臨，一顆心就亂跳，既緊張又期待，她連忙催促道：「還愣著做什麼？快去開門呀！」

丫鬟三步併作兩步奔到門口，一把拉開房門，可一見來人，卻傻眼了。

只見歐陽旻文紅光滿面，醉醺醺地倚在門邊，自言自語道：「怎麼這麼久才開門？」

丫鬟詫異地看著歐陽旻文，不敢置信道：「小王爺？怎麼是您?!」

她忍不住探出頭去——外面不見鄒福與侍衛們的身影，且她們為了成事，已經提前支開在附近巡邏的御林軍，眼下周圍連個人影都沒有。
歐陽旻文瞅著丫鬟白嫩的臉蛋，越看越覺得像春風樓的小丫頭，一時熱意上湧，笑嘻嘻道：「小娘子，妳怎麼在這兒啊？」
他伸手握住丫鬟的胳膊，丫鬟嚇了一跳，連忙掙脫開來。「小王爺，您喝醉了！」
歐陽旻文打了個酒嗝，不懷好意地笑了起來。「小美人兒啊，妳這是欲拒還迎嗎？哈哈哈哈……」
丫鬟嚇得轉身就跑，她這一跑，歐陽旻文更興奮了，他踉蹌地追了上去，嘴裡嚷著。「欸，妳別跑啊！」
張婧婷聽到外面動靜不小，以為是歐陽頌臨來了，激動之下便打開房門，邁入庭院之中。
夜風呼嘯，吹得張婧婷打了個激靈，那楚楚可憐的模樣恰好落入歐陽旻文眼中，他頓時兩眼發光，含糊不清道：「今日是撞了什麼大運？除了小美人兒，怎麼還有個大美人兒？看著還有點眼熟呢……」
張婧婷定睛一看，才發現來人不是歐陽頌臨，而是歐陽旻文，她頓時嚇得花容失色，尖叫了一聲，便要轉身躲回房裡。
歐陽旻文豈會眼睜睜看著嘴邊的肥肉飛走？他如餓狼撲食一般，衝向了張婧婷……

第六十九章　宮宴風波

蘇心禾回到和頌殿後，對御膳房的掌事宮女耳語了幾句，過了一會兒，眾人便合力抬上一張方桌，方桌上的物品有些厚度，上面蓋著一塊紅布，看不出是什麼，這般顯眼的登場方式，一下便吸引了所有人的目光。

「那下面是什麼？」

「應該是給誰的賞賜吧？」

「不會吧？什麼賞賜要連著桌子抬上來？」

「今夜的料理別出心裁，這會不會是一道大菜？」

眾人忍不住竊竊私語起來，宣明帝見了這一張方桌，也有些吃驚，他看向皇后，皇后朝他微微一笑，低聲道：「陛下，這便是臣妾之前同您說的『驚喜』了。」

宣明帝心中好奇，卻不好意思表現出來，只道：「那朕可要仔細看看了。」

皇后對蘇心禾遞了個眼色，蘇心禾適時走上前來，先後對宣明帝與眾人行禮，道：「中秋乃是團圓佳節，陛下與皇后娘娘囑咐臣婦特製一款月餅，供諸位貴客品嚐，願我大宣風調雨順、國泰民安；願在場諸位，都能人月兩圓、事事如意。」

蘇心禾說著，伸手揭開桌上的紅布，眾人伸長脖子去看，才發現她所說的月餅，大小竟然堪比井口！那月餅上刻著精細的花紋，從中間蔓延到邊上，邊緣被摺成波浪形，看起來圓潤討喜，金黃的外皮泛著淡淡的油光，十分誘人。

大夥兒不自覺地嚥了嚥口水。

宣明帝也被這巨型月餅驚豔了，他滿意地笑了起來，道：「世子妃辛苦了。諸位愛卿，這一輪『圓月』，朕要與諸位同享，讓我們同賀春秋、共敬山河，願天佑大宣！」

聽到此處，眾人不由得心潮澎湃，連忙舉起酒杯，與宣明帝遙相呼應，一飲而盡。

月餅被分成許多小塊，在場的貴客們每人都得了一份。

宮宴向來採用分餐制，大家各吃各的，所以這還是他們第一次與宣明帝同吃一道點心，頓時受寵若驚。

一位入京述職的官員見月餅放到自己眼前，便迫不及待地用木勺挖下一塊送入口中——餅皮酥軟至極，一口下去，還掉下些許餅渣，他連忙伸手接住，生怕辜負了宣明帝的好意。

豆沙的香甜在唇齒間暈開，細膩又柔軟，令人口舌生津，吃著吃著，又嚐到沙沙的鹹味，這鹹味非比尋常，那軟糯的口感，彷彿將人的唇齒黏在一起，每一次觸碰，都是極致的享受——這是鹹蛋黃帶來的美味。

旁邊的官員自言自語道：「這月餅甜而不膩，當真可口！」

有官員卻小聲說：「是甜的嗎？我這月餅怎麼是鹹的？還有些脆生生的東西在裡面，似乎是核桃？」

方才細品月餅的外地官員道：「我這一塊既甜又鹹，口感豐富至極！」

眾人這才發現，每個人吃到的口味都有些許不同，這是因為蘇心禾在做月餅時放了許多不同的食材進去，切到不同的位置，便能嚐到不一樣的滋味，摸清這一點後，大家紛紛看向剩下的月餅，都想再吃上一塊，品嚐別的味道。

宣明帝見眾人吃得津津有味，不禁撫掌大笑道：「皇后知人善任，不愧是六宮之首、天下之母。」

皇后謙虛地笑了笑，道：「陛下，臣妾沒做什麼，都是世子妃的巧思，陛下可要記她一功。」

宣明帝唇角一勾，道：「皇后說得對，要賞，重重地賞！」

他話音未落，便有一名太監匆匆奔進來，他幾步走上高臺，對著太監總管連公公耳語了幾句。

連公公面色驟變，轉身快步走到宣明帝身旁，壓低聲音道：「啟稟陛下，如意軒出事了！」

當宣明帝沈著臉抵達如意軒時，歐陽旻文的酒已經醒了一半，他跪在殿中瑟瑟發抖，連大氣都不敢出，張婧婷的衣衫被扯破了，此時正裹著披風，在一旁哭泣不止。

宣明帝的臉色黑如鍋底，冷聲問：「到底怎麼回事?!」

這威嚴的語氣讓張婧婷瑟縮了一下身子，抽泣道：「陛下可要為臣女作主啊！臣女不勝酒力，在如意軒小憩，沒想到禹王世子突然闖了進來……」

只見張婧婷哭得泣不成聲，髮髻散開，頭髮蓬亂地批在肩頭，看起來十分狼狽。

張貴妃在一旁坐著，那雙丹鳳眼沒了往日的媚色，彷彿結上一層霜，哪怕只看人一眼，都讓人心生寒意。

禹王歐陽弘淵在得知此事之後，急忙趕了過來，他聽了這話，對著歐陽旻文就是一腳。

歐陽旻文被踹翻在地，哀嚎了一聲，歐陽弘淵這才朝宣明帝跪了下去，道：「陛下，犬子雖然頑劣，但還不至於在皇宮大內胡作非為，此事定是有什麼隱情！」

他又轉頭對歐陽旻文道：「逆子！這到底是怎麼回事？你快說啊！」

歐陽旻文膽子小，見所有人都看著自己，不禁吞了吞口水，囁嚅道：「稟、稟陛下，臣今夜喝得有些多，便想出去透透氣，不知怎的，就轉到如意軒附近……後來、後來的事臣就不記得了，也不知為何會與張小姐在一處……」

此話一出，歐陽弘淵急得乾瞪眼，怒道：「什麼叫不記得了？你自己做了些什麼不知道嗎?!」

眼看禹王又要動手，宣明帝煩躁地開口。「皇叔稍安勿躁。」

歐陽弘淵這才斂了斂神色，道：「這都是臣教子無方，唉……」

皇后之前聽了蘇心禾的稟報，再看眼前的情況，便猜到了幾分，只道：「禹王世子年輕氣盛，若真是一時衝動也就罷了，不過按他的說法，似乎並未認出張小姐來？這是何緣由？」

經皇后這麼一提醒，宣明帝也深思起來。「皇后說得沒錯，若是真的醉得不省人事，應當無法強迫張家女才是；如果人還清醒，那便是刻意為之。」
歐陽旻文一愣，忙道：「陛下，臣當時只覺得頭腦昏沈、血氣上湧，就……就像撞了邪一般，根本沒有意識到身處何地、見到何人……」
他自己也說不清是怎麼回事，頓時急得連連磕頭。「總之，就是給臣一百個膽子，臣也不敢啊！」
蘇心禾立在皇后身側，不冷不熱地開口。「陛下，聽了小王爺這番話，倒是讓臣婦想起了一件事。」
眾人的目光轉向蘇心禾，宣明帝問道：「何事？」
蘇心禾垂眸道：「如意軒原本是空置的地方，內部擺設十分簡陋，按理說，張小姐去那兒休憩不大合適，故而臣婦又去那裡看了看，誰知竟聞到一股奇異的香味。」
皇后秀眉微攏道：「奇異的香味？那裡一直無人居住，怎麼會有人焚香？陛下，是否需要差人仔細查……」
「陛下！」張貴妃忽然出聲打斷了皇后，她步行至宣明帝面前，拎裙跪下，道：「是臣妾管束不周，才讓婧婷無意間闖入後宮，如今木已成舟，繼續查下去，只怕會驚動外面的貴客。」
皇后道：「張貴妃，方才喊冤的是妳，如今說不查的也是妳，這其中到底有什麼隱情，不能說與我們知曉？」
她語氣溫和，卻字字戳中張貴妃的要害。

張貴妃為了助張婧婷成事，不但讓曾樊給歐陽頌臨下藥，還讓人在如意軒中點了催情香，但她萬萬沒想到，這催情香竟然便宜了歐陽旻文那個混球！眼下她若要追究歐陽旻文的過錯，皇后勢必會將此事查個底朝天；若是她不再追究此事，就只能吃啞巴虧，簡直進退兩難。她一張粉面滿是憋屈，滿腔怒氣堵在心口，無處發洩。

宣明帝望向了張貴妃，道：「那按愛妃的意思，該如何處置？」

張貴妃牙一咬，道：「今日是中秋宮宴，本就是一等一的好日子，陛下何不將錯就錯？」

宣明帝與皇后對視一眼，隨即說道：「愛妃的意思是，讓朕給禹王世子與張小姐賜婚？」

張貴妃心頭恨得滴血，但面上依然平靜，沈聲道：「是。」

此話一出，張婧婷瞬間像瘋了一般，她連忙膝行上前，顫聲道：「不！姑母，我不能嫁給歐陽旻文！我不嫁！」

張貴妃心頭窩著的火終於找到宣洩的出口，她反手便甩了張婧婷一個耳光，道：「混帳！禹王世子乃是皇親國戚，妳能嫁過去做正妃，已經是福氣了！若是不懂得見好就收，姑母也幫不了妳！」

這個巴掌讓張婧婷被打懵了，她不敢再反駁張貴妃，只能捂著臉嚶嚶哭了起來。

宣明帝斂了斂神，又看向禹王，道：「皇叔意下如何？」

歐陽弘淵一時之間心情複雜。這個兒子有幾斤幾兩，他心裡明白，眼下若是不接受張家這樁婚事，兒子不但要背負罵名，還會與張家結仇。

他在心中思量了一番，才開口道：「張貴妃娘娘所言不無道理，臣以為此乃天作之合。」

宣明帝的目光掃過禹王與張貴妃，內心洞悉一切，面上卻隱而不發，只道：「既然如此，那朕便成人之美。來人，擬旨——禹王世子與張尚書孫女郎才女貌、佳偶天成，當締結鴛盟，擇日完婚！」

中秋宮宴還在繼續，禹王跟張家聯姻的消息也不脛而走。

張貴妃聲稱自己頭疼，沒再回到宴席上；張婧婷也不願見人，匆匆離宮而去。

眾人相繼向禹王與戶部尚書道賀，這兩人臉上雖然都噙著笑意，但心底的不痛快卻隨著祝福聲越積越多，表情都快繃不住了。

蘇心禾坐在皇后下首，耳中的吐槽聲此起彼伏——

張尚書愁眉不展，心道：沒想到老夫英明一世，孫女卻如此糊塗！如今只能嫁給一個草包，一步走錯，滿盤皆輸！

禹王的臉色也好不到哪裡去，他一面回應眾人的祝賀，一面惡狠狠地瞪著兒子，心想：這個不成器的混帳，真是要氣死我！見張家女有幾分姿色，便昏了頭！這張家整日耀武揚威、不知收斂，娶她還不如娶個鄰國公主，好歹地位穩固，不用擔心被陛下連根拔起！

出人意料的是，歐陽頌臨回來了，他得知賜婚一事，了然於心地笑了笑，大大方方地舉起酒杯，恭賀兩家大喜。

皇后在殿內坐得久了，覺得呼吸有些悶，便對蘇心禾道：「陪本宮出去走走吧？」

蘇心禾沈聲應是。

兩人帶著隨行宮人出了和頌殿，涼爽的夜風襲來，吹散了方才沾染的酒氣，讓人神清氣爽。

皇后在樹下停住步伐，仰頭看向空中明月，月亮皎潔如玉、圓若白盤，十分唯美。

「本該是個團圓夜，沒想到會發生這種事……妳是如何得知的？」皇后側目看向蘇心禾，等待她的回答。

蘇心禾溫聲道：「回皇后娘娘，臣婦無意間發現駙馬爺與張貴妃娘娘接觸，後來又見他避開長公主殿下，獨自去尋啟王爺，便覺有異。想不到，張家當真不懷好意。」

她很自然地隱去駙馬出軌那一段，順便將長公主摘了個乾淨。

皇后沈吟片刻，道：「多虧妳及時發現，若是啟王當真落入他們的陷阱，只怕如今與張家聯姻的就不是禹王府，而是啟王府了。」

禹王跟啟王雖然都帶兵，但禹王帶的兵很多都是混個經歷的世襲子弟，很快就會從軍隊離開，若真上了戰場，也多是吃敗仗的分；然而啟王統領的正統王軍人數雖然不多，卻負責京城周邊的安危，與平南軍裡應外合、共鎮山河，意義不一般。

如今的情形，對張家來說便是偷雞不著蝕把米，浪費了一場聯姻。

「幸虧妳機智，尋到了如意軒的香料，否則張家八成要把今夜的事全栽到禹王世子頭上了。」皇后說道。

不料蘇心禾低聲回道：「其實臣婦並未找到香料。」

「什麼?!」皇后詫異地看著她，道：「妳不是說在如意軒聞到了香氣？」

蘇心禾輕輕點頭，道：「臣婦雖然聞到了香氣，但是味道極淡，並不能證明什麼，且我們在裡面搜尋了一圈，都沒找到東西，顯然張婧婷她們已經將所有證據處理掉了。臣婦那樣說，只是為了詐一詐張家。」

「原來如此！」皇后恍然大悟，掩唇笑了起來，道：「若不是張家心虛，也不會中了妳的計，張貴妃定是怕陛下查到些什麼，這才兩害取其輕，讓親姪女嫁給禹王世子。」

蘇心禾沉默片刻，道：「若非張家歹毒，要拖無辜之人下水，也不會落得這般下場。」

皇后贊同道：「沒錯，張家此番是咎由自取，陛下雖然未下令深查，但必定覺出了些什麼，只是這件事已經超出了後宮的管轄範圍，就到此為止吧。這些日子妳辛苦了，過幾日承允回來，本宮便奏請陛下讓承允休沐一段時間，好好陪陪妳。」

蘇心禾聽了這話，驚喜地說道：「娘娘的意思是，夫君還有幾日便要回來了？」

皇后笑了起來，道：「北疆連告大捷，瓦落已經退兵百里，準備派使臣來大宣議和了，現在承允應該在回程的路上……難道他沒告訴妳嗎？」

蘇心禾內心雀躍不已。近兩日為了籌備宮宴，她都沒回府，很可能因此錯過他的家書了。

她抿唇一笑，道：「多謝皇后娘娘告知。」

皇后將蘇心禾當作妹妹，溫和地開口道：「今夜的宮宴結束後，妳便早些回府休息，過幾日便能見到承允了。」

中秋宮宴結束，貴客們酒足飯飽、拜別宣明帝之後，便三三兩兩地出了宮。

歐陽如月與邑南的綺思公主一見如故，一起飲了不少酒，此刻還捨不得分開。曾菲敏安排人送綺思公主回驛站，又費了不少力氣，才將歐陽如月送上馬車。

曾樊跟在後面，本想上車查看情況，曾菲敏卻道：「父親，母親暈得厲害，恐怕得躺下來，您不如坐後面的馬車吧？」

見歐陽如月果真醉了，曾樊便沒再擺出一副情深義重的樣子，點頭道：「那好，妳照顧好妳母親吧。」

車簾放下之後，車輪緩緩轉動起來，歐陽如月在馬車裡躺了一會兒，便自己坐了起來。

曾菲敏奉上一碗跟御膳房要來的醒酒湯，歐陽如月卻不肯喝，笑著開口道：「那綺思公主人雖有趣，酒量卻太差了，若不是為了配合她，我也不必裝醉。」

聞言，曾菲敏默默收回了醒酒湯，沒吭聲。

歐陽如月見女兒似有心事，便放輕語氣問道：「這是怎麼了？怎麼連妳父親都要支開？」

曾菲敏咬了咬唇，低著頭，目光定在手中的醒酒湯上，湯隨著馬車前行而晃動，彷彿是她內心的寫照，無論如何都無法平靜。

半晌過後，她終於鼓起了勇氣，開口道：「母親，我想告訴您一件事。」

蘇心禾為中秋宮宴忙碌了好一陣子，如今總算能好好睡一覺，隔天醒來時，已是日上三竿。

青梅端著水盆走進來，本來輕手輕腳的，見蘇心禾自己坐起了身，才笑著說道：「小姐醒了？」

蘇心禾輕輕「嗯」了一聲，問：「什麼時辰了？」

青梅一面擰帕子，一面答道：「快到晌午了，夫人方才傳話過來，說要是您醒了，就一起去花廳用飯；若是沒醒，便不要打擾您。」

蘇心禾自行穿起了衣服，道：「收拾妥當後，我就去給母親請安。」

一刻鐘過後，蘇心禾便出了房門，往花廳而去。

天氣轉涼，秋風瑟瑟，吹得人手腳發涼，蘇心禾攏緊衣衫，穿過中庭與長廊，很快就到了花廳。

葉朝雲立在八仙桌之前，正細細端詳著桌上的菜餚，見蘇心禾到了，便朝她招呼道：「心禾，外面冷，快進來。」

蘇心禾微笑頷首，才剛邁入花廳，葉朝雲便拉著她坐下，緊接著，一碗熱騰騰的紅棗烏雞湯就放到她面前。「嚐嚐看。」

這段日子蘇心禾在皇宮跟平南侯府兩頭跑，許久沒好好在府中吃一頓飯了，此刻端著湯碗，只覺得內心暖呼呼的，她笑著說道：「多謝母親。」

在葉朝雲的注視下，蘇心禾用瓷勺舀起雞湯嚐了一口。

這雞湯入口順滑，既醇厚又鮮美，濃郁的葷香中，含著紅棗的甜，既為湯羹提鮮，又不會喧賓奪主。

待湯汁順著舌尖一點點滑入喉嚨中，熱意便從口腔蔓延到胃腹，再傳遞到四肢，瞬間驅散了在路上受的寒，蘇心禾只覺得整個人都熱起來了。

蘇心禾又連續喝了兩勺，蒼白的面頰也紅潤了幾分，她忍不住讚嘆道：「這雞湯的火候掌握得恰當好處，不知是哪位大廚烹的？」

一旁的蔣嬤嬤笑道：「還能有誰？自然是咱們夫人了。」

第七十章 小巷遭綁

蘇心禾相當詫異。「當真？這雞湯要燉得香而不膩，若沒有足夠的經驗，只怕難以做到，母親的廚藝真是一日千里呀！」

葉朝雲臉上笑意更甚，道：「我也是閒來無事，按照妳給的食譜做的，本來還擔心難以入口，沒想到尚可。」

蘇心禾眉眼輕彎。「母親太謙虛了，再這樣下去，只怕父親日後連午飯都要回府用了！」

「妳這孩子！」葉朝雲嗔怪地看了她一眼。

見蘇心禾繼續喝起湯，葉朝雲溫聲道：「昨晚的事我聽說了。張家近兩年一直拖著張婧婷的婚事，便是為了攀上高枝，如今陰差陽錯許給禹王世子，可謂竹籃打水一場空，想必不會善罷甘休。妳幫了啟王爺一事只怕瞞不住，日後入宮時若是見到張貴妃娘娘，千萬要小心。」

蘇心禾放下湯碗，答道：「多謝母親提醒，我會小心的。」

兩人正說著話，就見李惜惜匆匆地走了進來。「母親、嫂嫂！原來妳們兩個人在這裡，教我一陣好找！」

李惜惜額前碎髮凌亂，明顯是走得太急了，待她坐下之後，蘇心禾便伸手為她撥了撥。

葉朝雲問：「發生什麼事了？」

李惜惜端起茶杯喝了一口茶水，道：「我方才從長公主府回來，這才知道，今日一早長公主殿下便入了宮，說是要與駙馬爺和離！」

「和離?!」葉朝雲神情訝異，不自覺地看向了蘇心禾。

不久前她從兒媳與女兒嘴裡得知駙馬幽會情人一事，她為好友感到不值，卻知道自己不宜插手。

蘇心禾道：「妳說清楚些，到底是怎麼回事？」

李惜惜繼續道：「昨晚我將駙馬爺拈花惹草的事告訴菲敏，起初她不信，後來她見駙馬爺突然離席，不久後又傳來了張家與禹王府聯姻一事，她便猜到了幾分，將此事告訴長公主殿下。

「聽聞殿下審了駙馬爺一夜，這才得知，駙馬爺的情人便是張貴妃娘娘身旁的蘿綃！他們見面時不只是廝混在一起而已，還相互傳遞宮內外的消息……」

「豈有此理！」葉朝雲秀眉一擰，怒道：「那曾樊早年是個浪蕩子，做駙馬爺是抬舉他了，他居然還敢生出異心，真是嫌命太長了！」

李惜惜點了點頭。「所以長公主殿下求見陛下陳情，我離開長公主府時，陛下已下旨允許長公主殿下與駙馬爺和離，但因菲敏還未議親，為了她的體面，便未公開此事的隱情，只尋了個理由將駙馬爺送去西域邊陲了。」

蘇心禾說：「也好，透過這件事，陛下定然看懂了張家的用意，想必還有後招。」

「後招？」李惜惜似懂非懂地看著蘇心禾，問：「是什麼？」

蘇心禾笑了笑，沒回答，至於李惜惜的問題，在兩日後得到答案。

早朝時，宣明帝以禹王世子要成婚為由，特地批了禹王父子半年休沐，讓他們共享天倫，同時將西北巡防一事交給啟王歐陽頌臨。

歐陽頌臨平日性子溫和，從不得罪人，這次卻一反常態地接下禹王的兵權，瞬間架空了禹王府。

沒了兵權的禹王府，在張家眼中便一文不值，張婧婷在府中又是鬧絕食，又是尋短見，可張尚書與張貴妃卻沒敢向宣明帝提起退婚一事。

張家在朝中和後宮的氣焰，很快便消了下去。

蘇心禾這兩日都沒收到李承允的家書，便知他應是日夜兼程，恐怕無暇寫信，便安安心心地在家等他。

地窖裡的桂花酒已經釀好了，抱在手中沈甸甸的，湊近封口處，還能聞到冷冽的酒香。

蘇心禾坐在窗前，用布巾細細擦拭著酒罈表面，她既期待喝這酒，又期待那人，思念如秋天的霧氣般深沈，揮之不去，只盼日子能再過得快一些，好用這一罈桂花酒洗去離別的惆悵。

「世子妃。」白梨的聲音自身後響起。

蘇心禾收回了思緒，問：「何事？」

白梨道：「大公子來了。」

自從上次出遊後，李信與李承允的關係就沒之前那麼僵了，但來靜非閣的次數仍然屈指可數。

蘇心禾將酒罈擺好，道：「請他進來。」

李信似乎才剛從外面回來，有些風塵僕僕，他邁入廳中後，理了理衣袍，道：「弟妹，打擾了。」

蘇心禾請他落坐，又命白梨奉茶，問道：「大哥此時過來，可是為了菲敏的事？」

李信微微一愣，隨即笑道：「弟妹果然冰雪聰明。」

蘇心禾低聲說道：「駙馬爺與張貴妃娘娘的宮女暗通款曲一事，對菲敏定然有不小的打擊，此事還牽扯到黨爭，她不得不大義滅親，想必心中很難過。」

李信沈聲道：「我本想去看看她，但她這幾日都將自己關在房間裡，什麼人也不肯見，我擔心再這樣下去，她會熬垮了身子。」

蘇心禾看了他一眼，道：「大哥是希望我去勸勸她？」

李信微微頷首道：「妳跟惜惜都與菲敏交好，若是能與她聊一聊，或許能開導她。」

蘇心禾「嗯」了一聲，說道：「就算大哥不提，我也打算邀惜惜明日一起去看菲敏。」

李信聽了這話，總算放下心來。「那便有勞弟妹了。」

蘇心禾回道：「我與菲敏亦是好友，關心她是應該的，不過大哥能為菲敏過來找我，她在大哥心中也是有一席之地的吧？」

李信怔了一瞬，避開蘇心禾的目光，道：「我與她相識多年，如今她遇到這等變故，幫她一把也是應當。」

蘇心禾笑著擺了擺手，道：「大哥不必向我解釋，你有你的想法，我亦有我的看法，只是……有件事我本不該多嘴，但仍想提醒大哥一句，菲敏可能要開始議親了。」

「議親？」李信訝異地抬起頭，直視蘇心禾。

蘇心禾答道：「不錯，今早聽母親說，長公主殿下毅然決然地與駙馬爺和離，除了要與張貴妃娘娘一黨劃清界線以外，還是為了菲敏的將來著想。

「大哥不妨想想看，若是駙馬爺的所作所為傳了出去，菲敏定然名聲受損。她身為縣主，門當戶對的人家本就不多，若是還受親生父親連累，只怕終身大事會被耽誤，所以要趁早了結此事。」

她一面說，一面打量李信的神情。「大哥若是心中有她，不妨早些表明心跡，以免彼此擦肩而過。」

蘇心禾言盡於此，李信卻陷入沈思，半晌過後，他才低低開口道：「只要她能過得順心，無論跟誰在一起……都好。」

秋天的清晨已經很冷，李惜惜穿了件夾襖，冷得在門口來回踱步，等到蘇心禾過來，才與她一道鑽進馬車。

「嫂嫂，大哥昨日是不是去找妳了？」李惜惜一落坐，便開門見山地問道。

蘇心禾放下手爐，瞧了她一眼。「他也去找妳了？」

李惜惜忙不迭點頭，道：「可不是嘛？聽聞昨日他在長公主府門外等了許久，菲敏都沒見他，只怕是擔心極了，這才找上我們。他對菲敏的心思都寫在臉上了，可嘴偏偏硬得很，就是不肯承認！」

蘇心禾搓了搓微涼的手指，道：「大哥恐怕不是不敢承認，只是不知如何自處吧。」雖然李信是平南侯府的長子，但說到底是個庶子，母親也沒有名分，與嘉宜縣主的身分比起來天差地別。

李惜惜長嘆一聲，道：「菲敏豈會在意門第？我與她相識這麼久，她最討厭的就是那些自詡出身名門，卻不學無術、整日花天酒地的公子哥兒，我倒覺得大哥並非全無希望。」

蘇心禾也贊同這點，可她卻清楚曾菲敏沒辦法太快走出父母和離的陰影，應該暫時沒心思想其他事。

馬車緩緩前行，駛入鬧市。

李惜惜掀起車簾，往外瞧了一眼，道：「前面有家糕點鋪子，裡面有菲敏愛吃的桃花糕，不然我們買一點給她送去吧？她見到好吃的，也許心情會好一些。」

蘇心禾抿了抿唇，笑道：「妳以為每個人都是妳嗎？」

李惜惜嘟囔道：「萬一有用呢？」

「我陪妳去。」蘇心禾說著便要起身。

李惜惜卻說道：「外面太冷了，妳還是在車裡等我吧，我去去就回。」

蘇心禾領了她的情，笑道：「那好，我去前面的路口等妳。」

李惜惜應了一聲，便披上斗篷，下了馬車。

馬車很快就抵達前面的路口，但車夫覺得此處龍蛇混雜，便挽過轡繩，將馬車趕到一旁的小巷子裡。

這巷子雖然離鬧市很近，周圍卻無人經過，安靜至極。

蘇心禾等了一會兒，便聽到馬車外傳來了動靜，她伸手挑起車簾，卻見原本背對自己而坐的車夫，毫無徵兆地栽倒了下去。

她的心一沈，抬眸看去，就見馬車周邊圍了幾個蒙面人，他們腰間佩刀、殺氣騰騰。為首的人上前兩步，冷冷地打量了蘇心禾一眼，說道：「還請世子妃同我們走一趟。」

空氣中瀰漫著濃濃的香燭味，嗆得人難受，蘇心禾咳得胃腹抽搐，終於從昏沈中醒來。馬車在小巷中被劫了，她被那群蒙面人帶到這裡。

蘇心禾緩緩睜眼，映入眼簾的，便是冰冷的地面，以及破舊得不成樣子的蒲團。她試著動了動，卻發現雙手被牢牢捆在身後，半邊身子被壓得發麻，幾乎沒有直覺，她只好暫緩動作，默默打量起周邊的環境來。

這裡似乎是荒廢的道觀，因為年久失修，大殿中的神像掉了不少顏色，看起來有些駭人，四周還堆著零星的草垛，有幾處的地上還鋪了些草，興許有流浪之人來此處借宿。

蘇心禾不知道自己確切的位置，更不清楚自己昏了多久，但她身為活了兩世的人，心中十分明白，對方綁了她，卻還沒要她的命，說明她還有利用價值。

就在她思量時，破敗的殿門發出「吱呀」一聲，被人推開了。

一雙纖塵不染的精緻繡鞋出現在眼前，那繡鞋的主人見蘇心禾醒了，便走了過來，居高臨下地看著她。「蘇心禾，妳也有今日啊？」

蘇心禾抬起眼簾，就見張婧婷目不轉睛地盯著自己，雙眸中是露骨的恨意。

張婧婷見蘇心禾沒答話，面色更加不悅，對一旁的幾個丫鬟道：「把她提起來！」

丫鬟們應聲而上，將歪倒在地的蘇心禾扶起來，強迫她與張婧婷對視。

蘇心禾雖然處於下風，但臉上毫無懼色，這鎮定的模樣讓張婧婷更加惱怒，硬聲道：「說話！」

只見蘇心禾涼涼地開口。「我同妳沒什麼好說的。」

張婧婷冷哼一聲道：「是啊，我出身名門，妳不過一介商賈之女，本是雲泥之別，若不是妳父親挾恩以報，妳如何能嫁入平南侯府？像妳這般下作之人，居然還敢處處與我作對?!」

這話說得既不屑又不甘，言詞之間滿是怨恨。

蘇心禾寒聲道：「我對妳的所思所為毫無興趣，插手妳的事，不過是不希望有無辜之人受害，嘉宜縣主的生辰宴是這樣，中秋宮宴也是這樣。到了這個地步，妳非但不知悔改，還將錯都算在別人頭上，真是可笑至極！」

張婧婷平日在外力求完美，總要博得稱讚才開心，如今她也不藏著本性了，惡狠狠道：

「妳少裝模作樣了，生辰宴上最大的受益者就是妳！妳踩著我張家的肩頭巴結長公主、攀上皇后，還藉著中秋宮宴打壓我們張家！我已經查清楚了，宮宴那夜，便是妳從中作梗帶走了啟王爺，又引來歐陽旻文……是妳毀了我一輩子！」

她是張家嫡女，又自詡貌美，朝堂上有祖父把持國庫，後宮有生下唯一皇子的姑母，試問除了公主跟縣主，還有誰比得上她的體面？

誰知，這份體面，卻在中秋宮宴上被蘇心禾徹底毀掉了！

張婧婷一想起不成材的歐陽旻文，就恨得咬牙切齒，這讓她寢食難安，便僱人劫了蘇心禾的馬車。

蘇心禾道：「不錯，我確實是將啟王爺帶走了，但歐陽旻文的出現，與我無關。」

「死到臨頭了，妳還狡辯？」張婧婷根本不聽蘇心禾解釋，她整張臉都扭曲了。「我看妳是不見棺材不落淚！不過沒關係，如今妳到了我手上，我不會讓妳死得那麼容易，我要一點一點折磨妳，等我成婚那天，便送妳去見閻王！」

蘇心禾內心清楚，張婧婷已經失去理智，不可能放過自己了。

於是她冷靜地再度觀察起四周。城中幾處較大的寺廟，她都陪葉朝雲去過，這道觀破舊，從透風的窗戶中，還能看到外面枯萎的松木，只怕已經到了城郊，離平南侯府很遠了。

此外，她還能瞄見那些蒙面人在外面守著，想安然無恙地想逃出去，只怕比登天還難。

自己唯一能做的，便是拖延時間。

蘇心禾思量了片刻後，說道：「張小姐，妳才貌雙全又出身不凡，那歐陽旻文著實配不上妳，此事雖非我所為，我亦覺得遺憾！若妳願意放了我，我答應妳，回去定會求我公爹與夫君，讓他們奏請陛下解除妳與他的婚約，妳看如何？」

張婧婷聽了這話，竟陰森森地笑了起來，她指著蘇心禾道：「妳當我是三歲孩童嗎？我今日敢綁妳，便沒打算讓妳活著回去！」

蘇心禾平靜道：「張小姐，我乃是平南侯府的世子妃，妳若對我不利，便是與平南侯府為敵，與十幾萬平南軍為敵！此事的後果，張貴妃娘娘與張尚書可願與妳一同承擔？」

此話一出，張婧婷動作微頓。

其中一位丫鬟適時出聲。「小姐，咱們此次出來，老爺並不知情，您就快成婚了，萬一此事被人知道……」

「閉嘴！」張婧婷雙眸一橫，露出狠戾之色。「這裡如此偏僻，他們怎麼找得到?!」

那丫鬟仍有些擔憂。「可是，貴妃娘娘說過不讓您出來拋頭露面……」

「妳再說一句，就與她一起受罰！」張婧婷毫不留情地開口，丫鬟嚇得渾身一震，不敢吭聲了。

「張小姐何必如此動怒。」蘇心禾不慌不忙地開口。「就算我身首異處，妳還是要嫁給歐陽旻文，與其殺了我洩憤，不如留我一命，為妳解決眼前的困局。張小姐是聰明人，應該知道如何選擇對自己最有益，不是嗎？」

蘇心禾語氣平穩，有種安定人心的力量，張婧婷默默盯著她，神色稍稍放鬆了些，半信半疑道：「妳當真有辦法？」

只見蘇心禾微笑頷首，道：「我一介商賈之女，能成為皇后娘娘身邊的紅人，自然不是全憑運氣。」

張婧婷扯了扯嘴角，道：「妳一向詭計多端，待出了這扇門，只怕就會翻臉不認人了！」

蘇心禾從容道：「張小姐此言差矣，我隻身一人來到京城，即便成為世子妃，但依然無依無靠。我之所以投靠皇后娘娘，不過是希望婆家高看我一眼，不要輕易厭棄我罷了。對我來說，廣結善緣總比四處樹敵要好，所以我並非存心與張家為敵。」

張婧婷無聲盯著蘇心禾，彷彿想從她的表情中找到破綻，但蘇心禾依然面不改色。

兩人沈默地對峙了一會兒後，張婧婷才開口。「妳有什麼辦法？」

蘇心禾道：「張小姐眼下的情況，表面上看起來是受制於禹王府，但事實上，因為陛下忌憚張家，所以不可能讓張家透過聯姻取得實際上的兵權。」

張婧婷安靜了片刻，才道：「說下去。」

蘇心禾笑了笑，又道：「我在宮中陪伴皇后娘娘的時間不短了，無意間知曉了一些宮廷秘辛，我相信，若是將這些事告知張貴妃娘娘，以張貴妃娘娘的能力，足以徹底扳倒皇后娘娘。

「待來日張貴妃娘娘登上后位，大皇子被立為太子……到了那時，張小姐何須擔憂自己的婚事？若不喜歡歐陽旻文，尋個由頭請陛下撤了婚約便是！」

張婧婷聽得心頭微蕩，她雖然憎恨蘇心禾，卻也覺得對方說得有幾分道理，但她仍不敢掉以輕心，追問道：「妳說的秘辛到底是什麼？」

蘇心禾抿了抿唇，壓低聲音道：「事關重大，眼下人多口雜，不便多言……張小姐若是想知道，便靠近些，我只說與妳一人聽。」

張婧婷見蘇心禾一臉認真，雙手又被縛在後面，心想她對自己不構成威脅，便移動了腳步。

此時另一位丫鬟拉住她，道：「小姐，她一直倚靠皇后娘娘，當真會這般輕易倒戈？」

第七十一章　徹底垮臺

張婧婷遲疑了片刻，又看向蘇心禾。

蘇心禾淡定開口。「眼下我人就在張小姐手中，妳還怕什麼？」

張婧婷想了想，她確實沒必要怕。

其實，自始至終她都沒相信過蘇心禾，蘇心禾分明是想自救，才跟她說了這麼多，但她之所以願意聽，是因為不確定蘇心禾說的秘辛是否真實存在。

張婧婷心想，若蘇心禾為了自救，當真出賣皇后，那自己便得到皇后的把柄，到時她可以先殺掉蘇心禾，再拿著把柄助姑母扳倒皇后，依然能得償所願。

打定主意後，張婧婷的態度緩和了幾分，對丫鬟道：「聽一聽也無妨。」

於是張婧婷上前兩步，彎下腰湊近蘇心禾，道：「有什麼秘辛，妳說吧。」

蘇心禾輕輕點點頭，抬起下巴，低語了幾句。

張婧婷沒聽清楚，她眉毛微微一蹙，又靠近了些。「妳再說一遍。」

蘇心禾親啟朱唇道：「我方才說的是……」

話音未落，她忽然抬臂扣住張婧婷的脖子，將她按倒在地，另一隻手迅速拔下頭上的簪子，直逼張婧婷的脖頸而去！

周圍一片驚呼，不過眨眼，張婧婷便從主動變為被動，她被蘇心禾死死壓制，有如砧板上的肉，她厲聲道：「妳騙我！」

這個動靜驚動了外面的蒙面人，他們衝了進來，警戒地看著蘇心禾。

蘇心禾毫無懼色，用簪子逼近張婧婷的喉嚨，道：「你們要是再過來，我就殺了她！」

李承允出征前教過蘇心禾逃脫術，沒想到真的派上用場。

那些蒙面人本就是江湖盜匪，收錢辦事，若不是看在張婧婷出手闊綽的分上，自然不願蹚這灘渾水，眼下金主被人脅迫，他們也不敢輕舉妄動，不自覺地後退了幾步，靜觀其變。

蘇心禾寒聲道：「張小姐，我本不欲與妳結仇，但是妳擄人脅迫在先，我出於自保，不得不出此下策，只要妳送我回府，今日之事，我可以不追究。」

張婧婷眼看情勢瞬間急轉直下，自己還反過來被蘇心禾威脅，心頭怒氣驟起，像烈火一般焚燒著她，她看著周圍龜縮不前的同夥，不怒反笑，道：「與其嫁給歐陽旻文那個混球，不如死了乾淨！但是，就算是死……蘇心禾，我也不會放過妳！」

說完，張婧婷猛地抬手，握住蘇心禾拿著簪子的手腕，用力一扯，簪子便擦著她的側頸而過，劃出一道血痕，順著蘇心禾的方向刺去。

蘇心禾沒想到張婧婷存了魚死網破的心思，下意識將她推出去，結果自己不慎跌倒，身子撞在堅硬的石柱上，疼得她渾身一震。

張婧婷摔趴在地，慘叫一聲。

這變故來得實在太過突然，包括蒙面人在內，竟沒人上前去扶張婧婷。

待張婧婷自己爬起來時，左邊臉頰已被地上的碎石劃傷，滲出了血，她伸手一抹，就看見滿手血污。張婧婷最愛惜的便是自己的容貌，見到這個情況，瞬間失去所有理智，瘋狂地朝蘇心禾撲了過去。

張婧婷掐住蘇心禾的脖子，她頭髮蓬亂、半邊臉上全是血，狀似瘋婦，惡狠狠道：「我要親手殺了妳！」

蘇心禾很想掰開張婧婷的手，可她的肩膀在巨大的衝擊下受了傷，整隻右手都抬不起來了，即便奮力反抗，也敵不過張婧婷的力氣，她的呼吸變得急促，臉色脹紅。

她無力地掙扎，意識漸漸變得模糊……活了兩世，她經歷的事情太多，此刻，許多人事物迅速掠過腦海，一幕幕上演，又轉瞬消失，沒留下任何痕跡。

就在蘇心禾快窒息時，一雙深邃的眼睛突然出現在她的腦海中，那眼神裡飽含深情，還有不忍分別的痛楚。

李承允。

蘇心禾無聲默唸著這三個字。她就像一個快溺死的人，而他，便是她最後的浮木。

千鈞一髮之際，一枝箭矢從外面飛了進來，衝破重重包圍，直接刺穿張婧婷的肩頭。

她尖叫一聲，身子一歪倒了下去，霎時血流如注。

箝制著蘇心禾的力量瞬間消失，她劇烈地咳嗽起來，下一刻，她整個人就被一隻溫暖的大手扶起，方才腦海中那雙深情的眼眸，與眼前這雙滿是焦急的眼睛重合。

眼前的李承允眸中帶著血絲、下巴上微微有鬍渣，顯然是披星戴月而歸。

他身上穿著鎧甲，這冰涼的觸感讓蘇心禾清醒了幾分，她熱淚盈眶，輕喚道：「夫君……」

李承允心頭一動，將她抱進懷中。

「放心，我回來了，沒事了……」他努力控制住聲音裡的顫抖，小心翼翼地撫慰她。

縱使李承允殺敵無數，方才那個場面依然讓他心驚肉跳，若是晚來半刻，他就要失去她了。

士兵們包圍了整個道觀，那些蒙面人本就是盜匪，不敢與朝廷為敵，見狀紛紛束手就擒。

李惜惜奔了進來，她一見蘇心禾臉色極差，脖頸上紫紅一片，便緊張地問：「嫂嫂，妳沒事吧？都怪我，我不該離開馬車……幸好二哥日夜兼程，提前回來了，不然……」

說著，豆大的淚珠就從她臉頰上滾落。

蘇心禾虛弱地笑了笑。「傻丫頭，若是妳在，只怕我們倆都要被綁了，誰給妳二哥報信？」

李惜惜心情稍稍平復了些，一轉頭便看見倒地的張婧婷，她擦了把眼淚，問：「二哥，你把她殺了？」

只見李承允面無表情地答道：「她敢害妳嫂嫂，我怎麼可能讓她死得這般容易？」

他打橫抱起了蘇心禾，柔聲對她說道：「先回府看看妳的傷，張家的事情交給我。」

蘇心禾實在太累了，一上馬車便睡了過去，再次醒來時，已是隔日下午。

她悠悠睜開眼，便覺脖頸一片清涼，應該是掐傷處被上了藥。

蘇心禾才試著動了動手指，眼前的幔帳便被人掀了起來，李承允看她的眼神裡滿是放鬆。「醒了？」

她輕輕「嗯」了一聲，正要起身，卻發現渾身痠軟，難受得很。

李承允讓蘇心禾在床上躺好，又在床邊坐下，彎下腰與她額頭相抵。

這猝不及防的親暱舉動讓蘇心禾面頰一熱，不敢看他。

「退燒了。」李承允坐起來，溫聲說道：「昨日帶妳回來時，妳就起了高燒，郭大夫說妳這段日子實在太累，又遭逢驚變受傷，才會燒得厲害，現在應該沒事了。」

蘇心禾凝視著李承允，他身穿常服，鬍渣也剃乾淨了，但眼中依然有血絲，她心疼地抬手撫上李承允的臉龐，低聲問：「多久沒睡了？」

「沒多久。」李承允不假思索地答道，眼神留戀地停在蘇心禾臉上，手包覆住她的柔荑。

蘇心禾道：「上來吧。」

李承允無法拒絕她，和衣在床邊躺下，蘇心禾見他穿戴整齊，便問：「等會兒要出去嗎？」

李承允應了一聲，道：「張家的事，該有定論了。」

蘇心禾這兩日一直在睡，不知道發生了什麼事，聽他這麼說，神情頓時有些茫然。

李承允吻上她的額角，道：「害妳之人已經下獄，獄中刑罰嚴苛，她很快便全招了，不僅如此，還吐出不少張家的秘密。」

他連張婧婷的名字都懶得提，可見厭惡得很。

蘇心禾抬眸看他。「什麼秘密？」

李承允沈聲道：「戶部尚書侵吞國庫銀錢，在軍糧籌備上以次充好。我早已收集了不少證據，可即便陛下相信，查起來也費時費力，況且官場上的利益盤根錯節，很難說張家會找誰來當替死鬼，如今有了她的供詞，倒是省去不少麻煩。」

說到此處，李承允神情冷了幾分，低聲說道：「我將戶部尚書的罪證與張家女的供詞一起呈到御前，昨日陛下已經下令徹查，眼下，張府已經封了。」

「這麼快？」蘇心禾詫異地看著他。

李承允頷首，道：「事情能如此順利，得益於啟王爺的幫助，他近日接管禹王軍中事務，發現禹王與張家私下勾結的蛛絲馬跡，得知我在調查，便將已經掌握的情況一併向陛下稟報。貪贓枉法、結黨營私、意圖殺人，無論哪一條罪名，都不可能讓張家全身而退。」

蘇心禾若有所思地看著他，問：「這兩日你都在忙這件事？」

李承允沈默了片刻，道：「不全是。守著妳，也很重要。」

他撫上她單薄的背脊，輕輕摩挲著，彷彿在對待一件易碎的珍寶，十分小心。

蘇心禾小聲說道：「休息一會兒吧。」

李承允沒說話，看了蘇心禾一下，便低頭吻她。

這一吻既深沈又短促，蘇心禾還沒反應過來，李承允便放開她了。

來。

「睡覺。」李承允乾脆地說。

她的身子還沒好，他只能淺嘗輒止，不然會忍不住的。

蘇心禾被李承允按在懷中，突然明白了什麼似的，她往他懷中鑽了鑽，唇角輕輕揚了起來。

在蘇心禾調養身子這段時間，一直閉門不出。

皇后得知事情的原委以後，不但賜下一大堆補品，還遣太醫院院首親自上門為蘇心禾看診。

蘇心禾平常待人溫和，又因園遊會與中秋宮宴認識了不少官眷，上門探病的人便一波接著一波，葉朝雲怕擾了蘇心禾休息，皆謝絕探視，唯有長公主與嘉宜縣主登門拜訪時，才告知蘇心禾。

曾菲敏身上裹著厚厚的夾襖，領邊一圈白色絨毛，襯得眉眼精緻、臉型小巧，她打量著蘇心禾，溫聲道：「瞧妳的氣色，應當是養得不錯。」

蘇心禾笑了笑，道：「我還好，倒是妳，清減了不少？」

曾菲敏輕嘆一聲，低聲道：「都過去了……」

她得知蘇心禾是為了去長公主府探望自己，才中了張婧婷的算計，愧疚不已，直到親眼見到蘇心禾沒事，一顆懸著的心才放了下來。

蘇心禾問：「可見過惜惜了？」

曾菲敏垂下眸子，理了理袖間的雲紋，點頭道：「見過了，她功課未完，便沒跟來。」

李惜惜哪是會為功課所困之人？怕是見到了曾菲敏，不知該說些什麼，才刻意躲著的。

蘇心禾沈默了片刻，道：「菲敏，其實惜惜得知駙馬爺的事情以後，寢食難安許久，才鼓起勇氣告知妳真相，妳莫要怪她，她也是一片好心，不想讓妳被蒙在鼓裡。」

這些話既溫暖又體貼，曾菲敏的神情放鬆了幾分，道：「這些道理我都明白……只是，如今一見到惜惜，我總會想起父親……不知該如何自處的，不是惜惜，而是我。」

蘇心禾的手輕輕覆上她的手，低聲道：「菲敏，那些事不是妳的錯，妳要放過自己，重新開始。」

「放過自己……」曾菲敏喃喃道：「也許時過境遷，我才能重新面對自己，面對她。」

曾菲敏在靜非閣坐了一會兒便起身告辭。她不肯讓蘇心禾相送，自己快步邁出靜非閣。寒風瑟瑟，吹得她長髮微揚，曾菲敏攏了攏披風，才剛轉彎上了長廊，便見到一道天青色的身影，靜靜立在廊下。

李信不知在這裡站了多久，他目光深深地看著曾菲敏，彷彿有千言萬語，但終究沒開口。

四目相對一瞬，曾菲敏轉身就要離開，李信卻快步走了過去，一把扣住曾菲敏的手腕，問：「妳要去哪？」

曾菲敏冷喝一聲。「放肆！誰讓你碰我的？鬆手！」

李信手上的力道放輕了一些，卻依然沒鬆開她的手腕，只問：「我若鬆手，妳能先不走嗎？」

曾菲敏硬聲道：「我是走或留，難道得先徵求你的同意？你算什麼東西？」說著，她的頭不自覺地偏向了一旁。

李信目不轉睛地盯著她，道：「妳為何不敢看我？」

過去的曾菲敏，彷彿一隻驕傲的孔雀，總是趾高氣揚、不可一世，但自從長公主與駙馬和離後，她便再也驕傲不起來了。

對於父親的所作所為，曾菲敏覺得既憤怒又恥辱，卻無法徹底割捨這份血緣親情，父親出發前往西域前，她甚至悄悄打點了父親的隨從，好讓他離京後能過得好些。

她也想過忘記一切，像從前一般無拘無束、恣意瀟灑，但無論如何，她的人生回不到十六歲之前了。現在不管走到哪裡，都有人指指點點，流言蜚語如芒刺在背，攪得她無一日安寧。

這份狼狽，在面對其他人時，她可以努力隱藏，但不知為何，她格外不想見到李信。誰都能看她的笑話，唯獨李信不行，至於為什麼不行，曾菲敏不敢細想，她只是本能地迴避他，以至於此刻被李信握住手腕，便像刺蝟一般拱起渾身的刺，想讓他知難而退。

「誰說我不敢看你了？」曾菲敏抬起頭，高傲地看著李信說道：「本縣主忙得很，沒空與你周旋，快快讓開，我要去找母親了。」

李信沒答話，反而問道：「我在長公主府外面守了多日，為何一直不肯見我？」

自長公主與駙馬和離的消息一出，李信便天天去長公主府，然而曾菲敏卻一次也沒見他。

曾菲敏冷冷笑道：「我與你很熟嗎？憑什麼你一來，我就要見你？」

李信看著曾菲敏的眼睛道：「若是縣主與我不熟，為何會與我相約用餐、泛舟遊湖？」

從玉龍山返京後，他們的關係莫名地拉近不少，曾菲敏甚至因此意外得知，當年那個在枯井邊陪了她一整夜的人，不是李承允，而是李信。

「我……」曾菲敏一時語塞，只能硬著頭皮回道：「我那是閒來無事，才與你一同出遊的，我現在玩膩了，不想理你了，不行嗎？」

「不行。」李信很乾脆地答道：「妳分明是因為府中變故才刻意疏遠我，為什麼？」

曾菲敏咬唇不語。

李信沈聲道：「妳不說，我替妳說……因為妳害怕我看不起妳，待妳不似從前，是不是？」

曾菲敏聽了這話，彷彿一隻被踩了尾巴的貓，奮力甩開李信的手，怒道：「你胡說什麼？我為何要在意你的看法？我不過是懶得理你！」

「是嗎？」李信目光如炬地看著她道：「妳若是真的不在意我的看法，為何方才要逃？妳大可以對我敷衍了事，就像過去那樣。」

「李信！」曾菲敏的情緒有些失控，她瞪著他，眼眶泛紅。「你何必如此逼我？」

「我不是要逼妳。」李信又握住曾菲敏的手，輕聲道：「我不過想告訴妳，無論發生什麼事，妳仍是那個明媚開朗、嫉惡如仇的縣主，那些晦暗的、骯髒的陰謀都與妳無關，我不允許任何人傷害妳，包括妳自己。」

曾菲敏轉過頭，眼淚簌簌而落，卻執拗地不肯讓李信看到。她的脆弱在李信的寥寥數語中展露無遺，再也沒有偽裝的必要。

起初還是無聲抽泣，到後來便是淚流滿面。眼淚滑過面頰，被寒風一吹，一片冰涼。

「菲敏……」這是李信第一次這樣喚曾菲敏的名。

曾菲敏終於轉過頭來，淚眼婆娑地看著李信，李信眼中滿是心疼，抬手為她拭淚。

這一次，曾菲敏沒有閃躲。

這還是父母和離之後，她第一次在外人面前哭泣，多日以來，壓抑在心中的苦澀與委屈，在這一刻傾瀉而出，有如決堤的洪水，一發不可收拾。

李信攬過曾菲敏顫抖的肩頭，將她帶入懷中，曾菲敏揪著李信的衣襟，有如抓住一根救命稻草，失聲痛哭。

輕輕撫摸著曾菲敏的頭，李信耐心地陪伴著她，語氣既溫柔又輕緩。「哭吧，哭過之後心裡就會好受些……別不理我了，好不好？」

張氏一族的罪行牽連甚廣，宣明帝為此安排三司會審。

三司知道宣明帝此番動了真格，不敢有絲毫耽擱，不出七日，不但將張家在京城的宅子跟莊子翻了個底朝天，就連他們時常來往的官員、商戶也都被查了個遍。

其中牽扯出了不少案中案，換作以往，這些案子可能要查上許久，但此次是平南侯府與啟王一同參了張家，那些與張家沆瀣一氣的官員，自知這樣下去無異於等死，不如將功補過，主動承認罪責，交出涉及張家罪行的證據。

一家這麼做了，其他家便跟上，牆倒眾人推，張家在朝中和後宮構建的勢力頹然轟塌。

蘇心禾的身子徹底好起來之後，便入宮拜見皇后，皇后的肚子日漸顯懷，整個人也豐腴了不少。

「聽太醫說，妳是勞累加上驚嚇，才病了這一場，本宮實在過意不去。瞧妳這小臉，憔悴了不少，只怕世子要心疼死了。」

第七十二章　溫馨家常

蘇心禾低頭淺笑，道：「娘娘就別取笑臣婦了，不過小病而已，不值得娘娘如此掛念。」

皇后含笑道：「見妳大好，本宮就放心了，近日宮裡事情多，本宮又不便走動，妳若得空，就多進宮陪本宮聊聊。」

蘇心禾還未開口詢問皇后有什麼事，便聽到隔壁傳來孩子的哭聲。

皇后神情一頓，道：「雅書，快去看看是不是皇兒醒了。」

雅書應聲而去。

蘇心禾問道：「娘娘，那可是大皇子？」

大皇子是張貴妃的兒子，才滿三歲。

張家垮臺以後，張貴妃過去協理六宮時中飽私囊、私罰宮婢的事就藏不住了，宣明帝一怒之下將她打入冷宮，又將大皇子送到皇后身邊撫養。

皇后道：「雖然張貴妃囂張跋扈，又私下為家族謀利，但陛下念及舊情，本不想做得這麼絕，只是……張貴妃之前為了杜絕身邊的人勾引陛下，將有幾分姿色的宮女都打發去辛者庫，遇上不喜歡的，便讓宮女去為自己採花調汁，好暈染蔻丹，稍有一點沒染好，便會讓人砍了宮女的雙手。」

蘇心禾聽得觸目驚心。她雖然知道張貴妃不是什麼好人，卻沒想到對方如此殘暴。

皇后不禁嘆息。「也是本宮之前身子不好，不然她不至於如此無法無天。那些受害的宮女原本敢怒不敢言，得知張尚書入獄後，便將此事告到御前，陛下擔心張貴妃的言行影響大皇子，這才決心將他們母子隔開。」

蘇心禾點頭說道：「如此一來，皇后娘娘只怕要辛苦些了。」

皇后溫聲道：「稚子無辜，張貴妃的所作所為與他無關，本宮自會好好教導他，讓他明辨是非。」

片刻後，嬤嬤抱著大皇子入殿，行禮道：「娘娘，殿下睡醒了，吵著要找母后呢。」

皇后溫和一笑，張開雙臂道：「皇兒，到母后這裡來。」

大皇子被皇后抱到懷裡，立刻就不哭了，他睡得小臉紅撲撲的，表情還有些迷糊，但小小的身子卻親暱地靠著皇后，好奇地打量著殿裡的一切，包括蘇心禾在內。

蘇心禾任由他看，更朝他彎了彎眼睛，大皇子便格格地笑起來。

嬤嬤道：「殿下喜歡世子妃呢！」

蘇心禾笑了笑，道：「殿下倒是不怕生。」

嬤嬤一聽，回道：「剛從華翠宮出來的時候，殿下也會怕，一開始還吵著要母妃，由皇后娘娘照顧幾日後，便沒再鬧過了。」

張貴妃一心望子成龍，對待孩子時向來頗為嚴厲，因此大皇子對張貴妃又懼又怕。到了坤寧宮之後，皇后並未因為張貴妃的事讓孩子受一點委屈，故而大皇子很快便親近了皇后，連午睡醒來都鬧著要她抱。

蘇心禾頷首，笑著起身道：「時候不早了，臣婦叨擾已久，就先告退了。」

皇后忙道：「妳不如留下來一起用晚膳？念兒也快下課回宮了。」

蘇心禾抿唇一笑，道：「多謝皇后娘娘美意，實不相瞞，外子回京後，一直忙於軍務，還未曾開過家宴，最後定在今晚。」

皇后點點頭，笑道：「那本宮就不耽誤你們團聚了，快回去吧。」

蘇心禾出宮後便逕自上了馬車，一抵達平南侯府門口，管家盧叔便立即迎了上來。

「世子妃，您可回來了！」

盧叔笑容可掬地為蘇心禾搬來馬凳，看著她緩緩步下馬車。

蘇心禾頗感意外，問：「盧叔怎麼在這兒？」

盧叔張了張嘴，有些欲言又止，最終只道：「世子妃一路辛苦了，不如先去花廳坐坐？」

蘇心禾覺得更奇怪了，花廳平常是用飯的地方，現在離用晚飯的時辰還早，按理說，她該回靜非閣休息，或去後廚看看晚上的菜式才對，於是她一面往裡走，一面問：「誰在花廳？」

盧叔沈吟了片刻，答道：「很多人。」

蘇心禾沒多久便到了花廳附近，只見後廚的廚子與廚娘們在花廳門口來來往往，進去的人手中多半拿著食材，出來的人則端著紅木托盤，托盤上擺了不少形狀奇怪的麵團。

見狀，蘇心禾不禁一頭霧水，便加快了步伐，直接邁入花廳。

她才一進門，便愣住了。

李承韜一手抱著瓷碗，一手拿著筷子，顯然是在調餡料；李惜惜正在擀麵皮，可那麵皮中間破了個洞，她便另外揪下一塊麵團，小心翼翼補了上去；李信坐在葉朝雲身旁，面前擺著幾個歪歪扭扭的包子；李承允坐在他對面，面前也有不少奇形怪狀的包子，兩個人動作飛快，你追我趕地包著包子，只可惜一個包得比一個醜。

葉朝雲如今相當沈迷於庖廚之事，每日都要自己做菜。今日的家宴本來由後廚準備，但葉朝雲一時興起，改成了暖鍋，還將全家人都拉了過來，讓他們隨自己一起包包子，連李儼也未能倖免。

這會兒，他被葉朝雲按著，老老實實地坐在桌前，學著其他人的樣子包包子。他的手指不擅長做精細活，每次下手都大刀闊斧，因此包出來的包子比尋常的大了一圈，形狀也有點特殊，讓他原本就嚴肅的神情更緊繃了。

蘇心禾看得目瞪口呆。

葉朝雲第一個發現她站在門邊，立即笑著招手。「心禾，妳回來得正好！快來看看我們做的包子如何？」

蘇心禾笑著應聲，走了過去。

李惜惜指著李承允與李信，道：「母親若是不說，誰認得出這些是包子？嫂嫂快來看，這堆奇怪的東西，若是入鍋去蒸，只怕難以入口了！」

聞言，李信笑著說道：「妳那麵皮擀得比被褥還厚，我們怎麼包得出好包子？」

「大哥此言差矣！」李惜惜理直氣壯道：「我是為了讓你們的包子更結實，不易散開！」

「不散也沒用，沒人愛吃皮厚的包子。」李承允說著，將一個新做的歪包子放在托盤上，又拿起一張李惜惜擀的麵皮，神情頗為嫌棄。

李惜惜見兩位兄長都否定了自己擀的麵皮，便道：「擀麵皮如此辛苦，你們兩人怎麼能一起數落我?!」

「一起」這個詞讓李承允與李信都生出了些許怪異的感覺，兩人對視一眼，各有各的彆扭。

雙方的關係分明沒從前那麼僵了，卻誰都不肯承認，彷彿先示好的人就輸了。

李承允道：「惜惜，換妳來包包子，我來擀麵皮，如何？」

思索了片刻以後，李惜惜道：「好啊，二哥試一試，就知道擀麵皮有多難了！」

聽了這話，李信也放下手中的麵皮，道：「那我也不包了，改為擀麵皮。」

李承允瞧了他一眼，道：「我一人擀麵皮足矣，不勞大哥費心了。」

誰知李信卻伸手抓住盛放麵粉的瓷盆，笑著說道：「承允莫要客氣，還是讓為兄來幫你吧。」

見李信執意如此，李承允便不甘示弱地按住瓷盆另一邊，揚了揚眉，道：「我方才說不用了。」

李信雖沒說話，但手上的力道卻沒放鬆，兩人就這樣一人把持著一邊，無聲較勁。

見狀，李惜惜忙道：「大哥、二哥，你們可別將瓷盆掰壞了！」

蘇心禾也提醒道：「小心些，別將麵粉灑了！」

李信聞聲，驀地鬆了手，那瓷盆失去平衡，霎時倒向李承允，盆中的麵粉如細密的白雪般揚起，將李承允的下巴跟前襟暈出一片雪白，看起來十分滑稽。

李惜惜頓時忍不住哈哈大笑。「二哥變成白鬍子老頭了！」

一旁的李承韜也低低笑了起來，但李承允的目光一瞥向他們，李惜惜便立即捂住嘴，不敢再笑得那麼大聲，李承韜則趕緊扭過頭去，裝作什麼都沒看見。

蘇心禾忍俊不禁，連忙掏出帕子，為李承允擦拭下巴跟衣襟。

始作俑者李信笑著拱手，道：「抱歉，我本想將麵粉讓給你，沒想到反而弄髒了你的衣衫，實在不是故意的！」

李承允無語地看了他一眼——鬼才信不是故意的。

葉朝雲見李承允弄得有些狼狽，便道：「罷了罷了，回去換一身吧，這裡不用你幫忙了。」

一直沒開口的李儼，忽然冷不防出聲。「我是不是也可以不包了？」

葉朝雲默默看了他一眼，沒說話。

李儼臉色明顯僵了僵，自言自語道：「還是多包幾個……省得晚上不夠吃。」

蘇心禾拉著李承允出了花廳，兩人走到月洞門前時，李承允忽然回過頭，朝花廳的方向看去。

夕陽西下，紅霞漫天，眼前的一切都被染上金黃色。

花廳的窗戶開著，站在這裡，恰好能看見李儼與葉朝雲相對而坐，她手中拿著食譜，正在細細研讀；李儼動作笨拙地包著包子，向來冷峻的臉上難得露出了無奈的神態；李信用擀麵棍滾著麵皮，李惜惜則笑嘻嘻地為他添了些麵粉；李承韜將裝著肉餡的瓷碗擺上桌，神情自豪無比。

李承允就這般站在夕陽餘暉中靜靜看著自己的家人，喃喃道：「我從來沒想過家中會變成這樣。」

他從前很少提起「家」這個字，若要回來，都稱「回府」，自娶了蘇心禾以後，便不知不覺隨她改了口。

蘇心禾笑著牽住他的手，俏皮地眨了眨眼，笑著說道：「變成這般溫馨的模樣，不好嗎？」

「好。」李承允與蘇心禾十指緊扣，溫聲道：「太好了。」

回到靜非閣，蘇心禾便讓白梨送來熱水與布巾。

白梨一見到李承允的模樣，不敢多問，也不敢多看，識趣地出去了。

蘇心禾用布巾沾了熱水，為李承允細細擦拭起了下巴、脖頸，這溫溫熱熱的感覺，讓李承允覺得有些癢，忍不住抬眸看她。

她的眉眼精緻、睫毛纖長，小巧的瓊鼻下，唇瓣紅得誘人。

蘇心禾並未注意到李承允的目光，將布巾放回盆裡，又伸手去理他的前襟，道：「脫下來換了吧。」

李承允頷首，依言站起了身。他脫掉外衫，寬下中衣，露出結實的肌肉。

眼前的景象看得蘇心禾有些臉紅，她連忙轉過身，為他取來乾淨的衣衫，低著頭打算親手幫他換。

李承允沈聲道：「妳的身子才剛好一些，還是坐下休息，我自己來吧。」

蘇心禾眉眼輕彎道：「我已經沒什麼大礙了。」

休養了這麼多日，她的氣色終於好轉，但身子還是單薄得很。

「當真好了？」李承允握住蘇心禾的手，定定地看著她，目光裡有些意味不明的期盼。

蘇心禾緩緩抬頭對上李承允的視線，忽然讀懂了他的眼神，一張臉頓時紅透。

屋外寒風瑟瑟，房中溫暖如春，炭火燒得劈啪作響，曖昧隨之升級。

李承允出征之前，兩人曾淺嘗輒止，待他終於回京之後，蘇心禾卻不巧病了一場。

這些日子來，李承允一直守在蘇心禾身旁仔細照顧她，晚上同床共枕時雖然偶爾情動，但他都抑制住了，打算等她養好身子再說。

此時此刻，嬌俏的美人就在眼前，烏髮如雲、香腮似雪，一雙烏靈的杏眼正直勾勾地看著他，羞怯中含著幾分嬌嗔。

李承允只覺得渾身發熱、血脈賁張，他二話不說便將蘇心禾抱了起來，大步走向床榻。

蘇心禾的面頰貼著李承允的胸膛，忍不住伸出手指，輕輕按了按他的胸膛，暗嘆一聲：手感真好啊！

這個動作對李承允來說是明目張膽的勾引，他長眉一揚，將蘇心禾放到床榻上，身子順勢壓了下去。

李承允吻住蘇心禾，一時索取，一時給予，親得她小臉緋紅、無所適從，只能牢牢扣住他的肩。

隨著彼此的體溫逐漸升高，李承允在吻蘇心禾的間隙當中，伸手放下幔帳。

眼下，蘇心禾渾身發燙、呼吸困難，可接下來，身上忽然傳來一陣涼意，低頭一看，才發現李承允已經剝開她的衣裳，那遮掩不住的美景，讓李承允看得愣神。

蘇心禾嬌羞地抬起手摀住自己的臉，李承允笑了一聲，彎腰吻她的手背，拉住她的手環繞著自己的脖頸。

距離這般近，她的一切，被他盡收眼底。

蘇心禾的面頰紅得像在滴血，整個人宛如一朵含苞的嬌花，即將綻放。

李承允抱緊她，嗓音既沙啞又溫柔。「妳是我的。」

蘇心禾環住他的背，小聲道：「你也是我的。」

在極致的歡愉過後，他依舊抱著她，輕輕吻著她的鬢角、她的眼。

回想起新婚之夜，第一次見蘇心禾時，她清靈如鹿的眼睛，就讓他留下極其深刻的印象。

此刻，蘇心禾軟軟地倚在他懷中，周身被他的氣息環繞，這溫暖堅實的懷抱，是她這一生的依靠。

天色徹底暗了下來，平南侯府張燈結綵，家宴如約開席。

暖鍋燒得沸騰，香氣充斥整個花廳，李惜惜忍不住深吸一口氣，肚子隨即「咕嚕」響了兩聲。

聞聲，李承韜笑道：「妳怎麼又餓了？」

李惜惜瞪了他一眼道：「你不餓啊？這都什麼時辰了！菜全上桌了，他們怎麼還不來?!」

一旁的李信不慌不忙地飲了口茶，道：「妳當真想吃那些包子？」

李惜惜聽了這話，無語地望向桌上的水煎包。這些包子都是他們辛辛苦苦包的，雖然算不上好看，但至少對得起「包子」這個名字，可如今被母親用熱油一煎，就變得黑黑的，如同鐵球一般，反倒教人不敢品嚐了。

她小聲嘟囔。「就算不吃包子，也可以吃暖鍋呀……這麼多菜，再等下去就成精了！」

話音落下，李儼跟葉朝雲的身影便出現在門口。

剛剛葉朝雲在後廚煎包子，李儼則陪在一旁，時不時開口「指點江山」，桌上這些包子，與其說是葉朝雲煎的，不如說是他們兩人的傑作。

葉朝雲見兒女們都盯著桌上的包子瞧，便和顏悅色道：「你們嚐過水煎包了嗎？味道如何？」

李惜惜忙道：「父親與母親都沒來，我們若是偷吃，就太失禮了！」一旁的李承韜跟著點頭。「惜惜說得沒錯！還是等二哥跟嫂嫂都來了，我們再開席吧！」

這對龍鳳胎雖然平時鬧得不可開交，但到了這種時候，卻格外有默契——嫂嫂若是來了，必定不會眼睜睜地看他們吃如此恐怖的食物！

李儼轉頭對盧叔道：「去看看世子跟世子妃怎麼還沒過來。」

盧叔沈聲應是，不過他才走到門口，便見李承允攜著蘇心禾信步而來，他連忙退到一旁，笑道：「侯爺方才還在念叨世子爺與世子妃呢，兩位來得正好。」

蘇心禾聽罷，嗔怪地看了李承允一眼，李承允唇角微揚，不以為意地拉著蘇心禾走入花廳。

「剛才處理一些事情，故而來得遲了些，請父親與母親見諒。」李承允拱手一揖，將遲到的責任攬在自己身上。

李儼正要開口，葉朝雲便輕咳了一聲，他的神情便沒那麼嚴肅，只淡淡道：「快坐下吧，就等你們了。」

應過聲後，李承允帶著蘇心禾落坐。

李惜惜眼尖，她盯著蘇心禾瞧，疑惑道：「剛剛弄髒衣服的不是二哥嗎？怎麼二嫂也換了一身？」

話音落下，蘇心禾面頰一熱，忙道：「今日入宮的衣服太繁瑣了，既是家宴，換成常服更自在。」

這理由看起來很正常，蘇心禾卻有些心虛，李承允立即接過話頭，道：「這暖鍋已經燒開了，不如放些菜下去吧。」

眾人便將注意力都集中到暖鍋上。這鍋與尋常的鐵鍋不同，中間有一個橫欄，隔開兩旁的湯底，一半湯底為乳白色，大骨熬得發酥，湯頭既香又濃，令人垂涎不已；另一半則是鮮豔的紅湯，小米椒漂浮在湯面上，被熱氣一拱，辣意湧了出來。

第一樣放下去的食材，是毛肚。

蘇心禾深諳美食，一見到這滿盤的黑色毛肚，便感嘆道：「今日的食材看起來很新鮮！」

葉朝雲笑道：「這些食材都是我親自挑的。」

如今她越發喜歡鑽研烹飪之道，用心挑選的食材被蘇心禾瞧出來了，自然心情大好。

蘇心禾讚嘆道：「再這樣下去，母親的手藝只怕要超過御廚了！」

葉朝雲唇角勾了勾，道：「平常閒得很，找些事情做，也能添些樂趣。」

「若是能添樂趣，那便繼續做。」李儼隨口接了葉朝雲的話，又從鍋中撈出一片煮熟的毛肚，放到她的碗中。

葉朝雲詫異地看了他一眼。他們冷戰了很長一段時間，甚少在兒女面前如此親密，令她一時之間有些羞窘。

然而抬眸一看，兒女們似乎都沒瞧見，葉朝雲才暗暗鬆了口氣，無聲地領了李儼的好意。

第七十三章　陳年往事

蘇心禾的碗裡也有毛肚——是李承允從李惜惜手下搶來的。

她挾起毛肚，在挑好的醬料裡滾了個圈，徐徐送入口中。

毛肚鮮滑爽嫩，嚼起來「嘎吱」作響，香辣的醬汁與毛肚融為一體，瞬間襲捲整個口腔。

果然，毛肚還是大片的過癮！

蘇心禾給了李承允一個讚美的眼神，李承允立刻湊過去，在她耳邊低聲道：「多吃點，晚上還有得忙呢。」

這句話恍若春雨驚雷，一下子就讓蘇心禾愣住了，她想起方才的疼痛，頭搖得像撥浪鼓一般。

李承允不禁無聲地笑了起來。

葉朝雲見兩人低聲耳語，問道：「你們在聊什麼？聊得這般高興？」

蘇心禾的臉紅得發燙，連忙擺手道：「沒什麼，夫君說，母親準備的暖鍋實在太美味了。」

聽了這話，葉朝雲心花怒放，道：「別顧著吃暖鍋，還有水煎包呢，這便是今晚的主食了。」

說著，她將烏漆嘛黑的水煎包往桌子中間推了推，大夥兒連忙低頭吃菜，只當什麼都沒看見。

包心肉丸才從鍋裡浮起來，李惜惜就眼明手快地將它攏到面前，撥進自己碗中。這丸子是後廚用木槌打出來的，彈性極好，丸子吸收了紅湯的精華，不但嚼勁十足，還鮮辣香麻滋、味濃厚。咬下一口，包心肉丸中的汁水便隨著肉餡一起溢出來，葷香無比，好吃得令人咂舌。

李承韜則是專心撈腐竹。腐竹被油炸過，即便不進暖鍋煮也香得很，下了鍋後，原本酥脆的腐竹便綿軟無骨地漂在湯鍋裡，看起來十分誘人。他挾起其中一片，也不蘸料，直接入口。

腐竹帶著天然的豆香，口感細膩柔滑，既吸收了湯鍋裡的鮮，又保留著原汁原味，讓人欲罷不能。

李信最喜歡的是羊肉捲，在鍋裡燙個兩下便能直接撈起來，再往濃郁的芝麻醬裡滾上一遭——羊肉軟而不爛、芝麻醬香而不膩，兩者結合下，生出極其美妙的滋味。

這一頓家宴，眾人吃得相當盡興，就連克制慣了的李儼跟葉朝雲，也用了不少菜。

此時蘇心禾忽然想起了一事，對白梨道：「快，去取我的桂花酒來！」

這桂花酒她釀了好些時候，本來是想在中秋喝的，但被各種事情耽誤，便延遲到了現在。

片刻之後，白梨取來了桂花酒，蘇心禾靈活地撬開酒罈的封口，一股凜冽的酒香瞬間湧出，令人陶醉。

蘇心禾為每個人都斟了酒，李承允主動端起酒杯，道：「願山河永安、人月團圓。」

眾人紛紛舉杯相碰，酒香蕩漾，笑聲不斷。

蘇心禾歪著頭靠近了李承允，用只有他能聽到的聲音說：「有你在，便是團圓。」

平南侯府的家宴在歡聲笑語中走向尾聲，今日葉朝雲難得沒拘著李惜惜，李惜惜就大著膽子喝了不少酒，她挽著蘇心禾的手，又笑又鬧道：「嫂嫂別走啊，去我房裡聊天吧！我有很多二哥的秘密，都可以告訴妳！」

蘇心禾哭笑不得，李承允則雙手抱臂，涼涼道：「妳嫂嫂累了。」

「累？」李惜惜將蘇心禾的手拉得更緊了。「她明明很有精神啊！你瞧，眼睛瞪得比葡萄還大呢！」

說著，她的腦袋蹭上蘇心禾的肩頭。「妳陪我去嘛！去嘛！」

蘇心禾別無他法，只得對李承允道：「惜惜喝多了，我先送她回房，晚些再回靜非閣。」

李承允忍不住皺眉。他們兩人才剛有了親密接觸，眼下他一刻都不想與她分開，但見李惜惜耍賴的樣子，也有些無奈，只能點頭道：「那好，妳早些回來。」

此時，李儼站起身來，對李承允與李信道：「若你們兩人無事，便來書房一趟吧，兵部送來了最新的兵器圖，你們也一道看看。」

李儼行軍在外時，為保持清醒與警覺，極少使用炭火，如今在自己府中，葉朝雲怕秋夜寒冷，特地囑咐盧叔送上炭盆與熱茶。

父子三人一面飲茶，一面端詳兵部送來的圖紙。

「父親，這次兵部改造的弓弩，看起來很適合抵禦北邊的瓦落。」李信放下圖紙，沈聲說道。

李儼點了點頭，看向李承允，問：「你覺得如何？」

沈吟片刻後，李承允道：「瓦落擅騎射，士兵若是不全副武裝，根本近不了他們的身，但若全身鐵甲，行動又會受限，近身戰時處於劣勢。這弓弩小巧玲瓏，若真能按照圖紙製出來，倒是能大大增強士兵們的戰力。只是這弓弩的造價應該不菲，不知兵部可有準備？」

李儼的唇角露出一絲笑意，道：「這個你大可放心，中秋宮宴過後，邑南的輔政公主有意與我大宣重修舊好，邑南盛產鐵礦，若是兩國真的能和解，想必鍛造弓弩的問題便可迎刃而解。」

聽到這話，李承允與李信放下心來。

李信正欲開口說些什麼，卻忽然聽見窗外發出「咚」的一聲異響，李信與李承允對視一眼，兩人都面色一凜。

他們的父親不喜太多人伺候，議事時更會屏退左右，此時書房外應該空無一人才對。

李承允壓低聲音道：「你保護父親，我去看看。」

聞言，李信頷首，掏出隨身的匕首，擋在李儼面前。

李承允謹慎地推開房門，只聽見鳥兒撲騰翅膀的聲音，並未發現可疑之人，他目光梭巡一圈，忽然發現長廊上多了一根竹筒。

他小心地檢查竹筒，確認沒問題後，才將竹筒細細擰開。筒中滑出了一封信，當他看清封口處的圖騰後，頓時面色微變，隨即轉身回了書房。

「父親，有人用信鴿投了一封信過來。」李承允說著，雙手將信呈上。「看火漆的式樣，應該是邑南的做法。」

李儼疑惑地接過信封，取出裡面的信紙，上面不過寥寥數語，可他卻來來回回看了好幾遍，神色越發凝重。

見狀，李信不禁問道：「父親，這信到底是誰送來的？」

李儼收好信紙，表情複雜地看向李信，李信被他看得有些不安，追問道：「可是出了什麼事？」

然而李儼並未回答這個問題，只道：「沒什麼……今日天色已晚，兵器圖也已經看完了，你們早些回去休息吧。」

李信見李儼似乎不想多說，不好再問下去，李承允思索著父親說的話，也未反駁，與李信一同安靜地退下了。

待兩人離開後，李儼獨自坐在書房中，他微微側目，凝視著桌上的兩個茶盞，一個是李承允用過的，另一個則是李信用過的。

這兩個兒子早早隨他上了戰場，不但是平南軍將士們的楷模，亦是他的驕傲。

李儼目不轉睛地看著眼前的茶盞，忽然想起第一次見到李信的場景……

北風肆虐，木門被風吹得「嘎吱」作響，李儼身披戰甲，在親兵的引路下，來到江南鄉下的一處木屋前。這木屋雖然簡陋，門前卻有個花圃，花圃的柵欄修得整齊，只可惜裡面的花兒早已枯萎。

李儼讓親兵們留在原地，獨自一人走上前推開了木門。

七歲的李信一個人待在木屋中，手中是發霉的饅頭，他頭髮蓬亂，衣衫也髒得不成樣子，唯有那雙眼睛，看向李儼時亮得灼人。

李儼身材偉岸，在李信面前彷彿一座巍峨的高山，他沈默地看了李信一會兒，才問道：「你叫什麼名字？」

只見李信捏緊手中的饅頭，怯怯道：「平安。」

李儼心頭微動，眸中露出一絲不易察覺的痛楚，他定了定神，又問：「你母親呢？」

這個問題讓李信眼眶微濕，低聲道：「死了。」

李儼神情一頓。「什麼時候的事？」

他的神色本就冷肅，又身著凜凜鐵甲，略一皺眉，便讓李信忍不住往後縮。

他輕輕啜泣著，小聲答道：「母親出門治病後，許久沒回來……隔壁的王嬸說，她死在外面了。」

說著，李信的眼淚便如斷了線的珠子般掉了下來。

李儼扔給李信一方手帕跟一袋乾糧，只道：「男兒有淚不輕彈……你跟我走，以後莫再哭了。」

年幼的李信眼角還有淚光，他仰著頭看向李儼，喃喃問道：「您是誰？」

李儼沈默須臾後，道：「從今往後，我就是你的父親。」

書房中，在燭火的照耀下，李儼原本偉岸的身影消瘦了幾分，待燭火熄滅，他才站起身來出了門。

深秋之夜，寒風瑟瑟，李儼跨上馬背，抽鞭狂奔。

待他出發以後，一個矯健的身影翻牆而出，立在牆角的黑暗中，臉上滿是憂慮。

看著父親的身影消失在蒼茫的夜色裡，李信的心頭有種莫名的不安，他不敢多想，打算施展輕功，可一轉身，一捲馬鞭便落到他手上。李信下意識接住了，抬眸看去——

李承允騎在馬上，長眉一挑，笑道：「父親騎術一流，兄長就算輕功再好，只怕追不了多遠。」

兩人都覺得那封信中定有古怪，他們雖然擔心父親的安危，心裡卻再清楚不過，以父親的性子，若是不想說，無論如何都不會開口。

然而，李承允與李信都放心不下，全追了出來。

李承允話音落下，另一匹毛髮黑亮的駿馬便直奔李信而去，李信見這馬兒正好是自己的坐騎，頓時心頭一喜，對李承允露出笑臉道：「謝了！」

聽到他這麼說，李承允扯了扯嘴角，道：「再不快些，就追不上父親了。」

說罷，他一抽馬鞭，揚長而去，李信也翻身上馬，緊隨其後。

半個時辰後，李儼在一處不起眼的民居前勒緊了韁繩，馬兒前蹄離地，原地踱了幾步，才堪堪站穩。

李儼跳下馬背，那民居的大門便「吱呀」一聲開了，可見裡面的人是一直等在此處的。魁梧的異族男子拾階而下，他走到李儼面前，恭敬地伸出手，想牽過李儼手中的韁繩，李儼卻沒交給他，只是面無表情地道了句。「閣下是？」

男子抬手按肩，對李儼行了邑南之禮，道：「小人穆雷，乃是邑南王庭的護衛軍首領。」

說罷，他掏出了自己隨身的令牌，供李儼查驗。

李儼與邑南打過的交道不算少，一眼便看出那令牌是真的，他這才把韁繩交給對方，問道：「你家主人何在？」

穆雷接過韁繩，一面牽著馬兒往裡走，一面沈聲答道：「我家主人恭候侯爺多時了，小人這就引您進去。」

李儼隨穆雷進入民居。

這民居不過是個兩進兩出的小院子，院子裡只有四個守衛，若按照男子主人的身分而論，實在太過低調。

李儼沒說什麼，與穆雷一起穿過庭院。

正廳中燈火通明，兩排太師椅擺得整整齊齊，一名女子靜立堂中，她衣裙華麗、棕髮如瀑，髮上繫著細小的寶石，在光線照耀下顯得貴氣逼人，單看背影，便知身分不凡。

穆雷將李儼送入正廳，對那女子行了個禮，便識趣地離開了。

那女子緩緩轉身，她已年近四十，但看起來依然很年輕，五官精緻且立體，這份獨特的美麗，屬於邑南的輔政公主——綺思。

綺思公主見到李儼，神色微動，唇瓣張了張，卻不知如何開口。

李儼一向不是拖泥帶水的人，道：「綺思公主在信中說知道吾兒李信的身世？若真是如此，不妨直言相告。」

綺思公主略微平復心情，才緩步上前對李儼俯身一拜。

李儼一頓，沈聲說道：「公主這是做什麼？您是邑南公主，何故如此拜我這一介軍侯？」

綺思公主行完大禮後站起身來，她眼中滿含熱淚，緩緩說道：「侯爺不但救了我兒，多年來還將他視如己出、悉心教導，讓他成為少年將軍……如此大恩大德，綺思何以為報？這區區一拜，算得了什麼？」

李儼怔住了，他不敢置信地看向綺思公主，道：「此話怎講？」

燭火搖曳，照亮整個正廳。

綺思公主坐在椅子上，拿出帕子拭去淚水，接著從袖袋中掏出一物遞給李儼，問：「侯爺可識得此物？」

李儼垂眸看去——綺思公主手中拿的，是一枚圓形玉珮。

這玉珮表面溫潤，一看便是被人摩挲了無數次，就連上面刻著的「韓」字，都要仔細辨認才看得清楚。

李儼接過玉珮細細端詳了一會兒，詫異地看向綺思公主，道：「若本侯沒記錯，這是韓忠的傳家之寶，他的玉珮怎麼會在公主手中?!」

綺思公主苦笑一聲，從李儼手中取回玉珮，愛若珍寶般地用絲帕仔細包好，低聲道：「因為，我是韓忠的妻子。」

「什麼?!」李儼猛地站起了身來，擰眉道：「韓忠的妻子不是早就病故了嗎?!」

綺思公主悵然一笑，道：「若我真能放下一切隨他而去，倒也不是一件壞事……」

李儼沈默片刻後，問：「這到底是怎麼回事？」

綺思公主輕嘆一聲，她請李儼再次落坐，低聲道：「若侯爺有興趣，我便講個故事給侯爺聽。」

邑南與大宣西南接壤，很久以前便分裂為十幾個不同的部落，直到數十年前，才被當時的邑南王桑河統一。桑河雄才偉略、野心勃勃，他統一各部後，第一件事便是進攻大宣，搶占江南腹地。

彼時，宣朝正值朝堂更迭，新君繼位，兵力也青黃不接，唯有平南軍出了李儼、韓忠等青年將領，有能力與邑南王軍抗衡。

桑河精明強悍，用情卻很專一，他的王后早亡，留下的一雙兒女，便是他最珍視的親人，其中長女綺思公主，自幼便聰明伶俐、美貌出眾。

就在桑河與大宣對戰時，原本被他收復的輕木部突然造反，桑河一時腹背受敵，在鎮壓內亂後，王軍與叛軍兩敗俱傷。為了穩定局面，桑河無法對輕木部趕盡殺絕，只得與他們談判，誰知輕木部首領早就垂涎綺思公主，提出娶她為妻的要求。

桑河得知此事後勃然大怒，欲再次起兵討伐輕木部，但輔政大臣們卻紛紛要他接受輕木部的提議，以綺思公主的婚約為代價，換取邑南的團結與穩定。

可是桑河清楚得很，輕木部對自己恨之入骨，若是把女兒嫁過去，不但會飽受欺凌，更會成為人質，可他若一意孤行，拒絕輕木部的求親，又會傷了一眾老臣的心。

思前想後，桑河先假意答應輕木部的提親，後又偷偷將綺思公主送出邑南，對外聲稱綺思公主病重，需要延遲婚期。

綺思公主雖然萬般不捨父王與弟弟，也知道此事是不得已而為之，於是她便在王庭護衛隊的保護下逃出國都，一路躲避輕木部的耳目。

後來，綺思公主被一群邊境匪徒所劫，匪徒見她貌美，想將她送上雲山寨，獻給匪首當壓寨夫人。

就在雲山寨裡，綺思公主遇見那個讓她掛念了半輩子的男人。

正廳中，茶水新添了一盞，燈檯上的燈油也添過了。

綺思公主淡淡道：「我自幼錦衣玉食，從不知人間疾苦，逃出都城之後，才明白什麼叫天災人禍、餓殍遍野。被抓到雲山寨後，我打算在新婚之夜殺了那匪首，可就在成婚前夕，韓忠率軍隊攻上雲山寨，救了我與一眾姑娘。」

李儼沈思了片刻，道：「當年江南一帶匪徒猖獗，那幾年間，韓忠確實經常去剿匪。」

綺思公主沈浸在自己的回憶中，唇角不自覺地帶上一絲笑意。「他這個人少言寡語，無趣得很，可是心腸卻很好。明知我是邑南人，卻沒為難我，不但放了我，還給我一袋銀子。不過我當時已經與護衛隊失散了，又回不了王庭，只得賴上他。

「韓忠上了戰場所向披靡，但在姑娘家面前，卻連說句話都會臉紅。」想起韓忠，綺思公主一臉幸福。「我是邑南人，兩國交戰期間，這身分實在敏感，況且男女有別，他將我帶在身邊並不方便，但我哭了兩回鼻子，他就心軟了。最終，在臨州邊的小鎮上，他為我尋了個住處，我才得以安定下來。

「侯爺也知道，那兩年戰事頻發，他時常要出征，所以我們見面的時間並不多。」綺思公主說著，輕輕抿了口茶。「但是他每次凱旋歸來，都會來探望我，慢慢的，我們便在一起了。」

第七十四章 真相大白

「他是孤兒，我們就自己在木屋中拜過天地，沒多久，我便懷有身孕。」綺思公主神情懷念地說：「我們給孩子起了個乳名，叫『平安』，便是希望韓忠每次披甲上陣，都能平安歸來。」

綺思公主說著，眼眶又熱了起來。「那幾年戰事焦灼，為了不暴露我與韓忠的關係，我也不敢對平安言明，韓忠就是他的父親。」

藏身在房頂上的李信，聽到這些話時如遭電擊，渾身僵住了。

李承允下意識地托住他的臂膀，用眼神示意他冷靜，李信這才穩住心緒，繼續側耳傾聽房中的對話。

至於李儼，他一直默默聽著，甚少打斷綺思公主的話，此刻他才道：「十四年前，臨州被困，前面十幾日，糧食還能由州府與軍師共同安排分配，後來糧食缺得越來越嚴重，城中也發生暴亂，更有甚者，易子而食。」

回想起當年的事，李儼心頭依然沈重。「就在此時，蘇老爺挺身而出，說是有辦法解決糧食的事，前提是得護送他出城。邑南兵臨城下，誰都知道此時出城九死一生，可韓忠卻第一個站出來，扛起這份重任。在出城的前一夜，他才告訴我，自己娶了一位邑南女子，還有了一個兒子……他說，若自己回不來，請我代為照顧他的妻兒。」

他的聲音很沈，每句話都重擊綺思公主的心，令她心痛不已。

李儼又道：「當時我大為震驚，但我們共事多年，深知他的品性，他瞞著我這麼久，必然有難言之隱，思量過後，我便答應了他。後來，他護送蘇老爺出城，如約取得糧食，誰知在回程途中，遇上邑南的埋伏，最終身中數刀，死在臨州城外。」

不知不覺間，綺思公主已淚流滿面，她哽咽道：「數日後我才收到消息，那些日子，我簡直生不如死……就在此時，失散多年的王庭護衛隊終於找到我，他們帶來消息，說平南軍解了臨州之困，我父王兵敗歸朝，一病不起……

「那些年來，我躲在鄉野間過自己的日子，一直對戰事充耳不聞，對邑南王軍與平南軍之間的矛盾視而不見，但當我失去了韓忠，又很可能要失去父王的時候，我才意識到自己逃避太久了。

「身為女兒，沒能為父王盡孝；身為妻子，卻連真實身分也不敢告訴韓忠，直到他死，都以為我是個邑南富商的女兒。」說到這裡，綺思公主泣不成聲。「父王過世後傳位給弟弟，我不能眼睜睜地看朝政被叔叔把持，所以我要返回王庭，助弟弟奪回一切。只是回王庭的路上充滿險阻，我不能帶平安一起上路，打算等安頓好了再去接他。

「因為邑南人的外貌特徵太過明顯，我不敢留下護衛，免得為平安招來殺身之禍，所以臨走前我給了隔壁的夫妻一筆銀子，稱自己要外出治病，託他們照顧好平安，可萬萬沒想到，兩個月後，待我回到村子，那戶人家已經搬走了，平安也不見了蹤影。」

想起當年之事，綺思公主聲音微微顫抖，只道：「那時，我只覺得定然是我太過自私，上天才如此報復我，不但要奪走我的丈夫，還要奪走我的孩子……這些年來，我一面應對王庭的政務，一面派人暗訪平安的下落，直到幾年前，他們才找到當年那對夫妻，他們告訴我，平安被平南軍帶走了。

「他們不知侯爺的身分，所以只能說個大概，雖然是大海撈針，但好歹有了方向，我便尋著僅有的線索往下查。不怕告訴侯爺，我派了不少人手，沿著平南軍的行軍軌跡打聽消息，但我並無惡意，這一切都是為了找回我的兒子，他是韓忠留在這世上唯一的血脈。」

綺思公主眼眶紅得厲害，光是敘述這段尋子的歷程，就耗盡了大半心力。

房頂上的李信與李承允都無聲聽著。

李承允想起了自己在城外碰到的那些邑南人，想必也是綺思公主派來尋找李信的。

他看了李信一眼，只見李信面色慘白，薄唇沒了一絲血色。

房中茶香裊裊，到了此刻，氣氛終於舒緩幾分，李儼開口道：「當年，我受韓忠之託尋你們母子，可找到木屋時，信兒已經瘦得不成樣子，顯然是沒被好生看顧。後來，我尋了隔壁的人家問妳的情況，他們恐怕是擔心被追究責任，便謊稱妳已經病逝了。

「那時，大宣與邑南的戰火已歇，但無論是民間還是朝堂，都對邑南避如蛇蠍。韓忠死後，被追封為虎嘯將軍，若是讓人知道他與邑南有瓜葛，只怕會毀了身後清名，於是我便將孩子帶回去，宣稱是外室所生。我為他改名為『信』，也是為了提醒自己，要信守對韓忠的承諾。」

綺思公主既難過又欣慰。難過的是，自己錯過兒子的成長那麼多年；欣慰的是，他已經平安長大，還獲得極好的教導，成為與親生父親一樣優秀的將領。

李儼問道：「公主怎麼知道信兒就是平安？這麼多年過去了，他的樣貌變化很大，要準確認出，應該很難。」

綺思公主道：「半年前，所有線索都指向平南侯府，但十幾年前，侯爺在戰亂中收養了不少孤兒，有的培養成軍中英才，有的培養成侯府近衛，要認出他著實不易。

「直到我的人無意間得知侯府長子不能吃蟹，這才將注意力放到他身上。」綺思公主眸中閃動著細碎的光，有些激動地說：「沒想到侯爺不但收養了我的孩子，還給了他這樣好的身分。」

說著，綺思公主又想起身跪拜，李儼趕忙攔住她，道：「不敢受公主大禮，韓忠與我一同出生入死，他為了黎民百姓英勇就義，我所做的一切，不足他所付出之萬一。」

綺思公主擦了擦再次溢出的淚水，終於在李儼安撫下坐了回去，她低聲道：「侯爺，不瞞您說，得知信兒就是平安的那一刻，我便想立即來大宣京城與他相認。這次與大宣議和，於公，邑南是真心實意想與大宣修好，我痛恨戰爭，戰爭害死了我最愛的人，我不願讓邑南子民活在戰爭的陰影中；於私，只有邑南與大宣和解，我才有機會與侯爺心平氣和地商量日後對信兒的安排。」

李儼看了綺思公主一眼，問：「公主有何打算？」

綺思公主有一絲猶豫，但她思量片刻後，還是開了口。「若侯爺問我的意思，我自然是想將信兒帶回邑南。我們母子已經錯過太多年，如今邑南王庭穩定，我的弟弟登基後已能獨當一面，我如今是輔政公主，有能力補償他，並給他最好的一切。」

說著，綺思公主看向李儼，溫聲問：「但信兒畢竟大了，定然有自己的想法，這些年來，侯爺對信兒來說有如親生父親，此事要看你們兩人的意思。只是，此事相當複雜，我並不了解如今的他，如果他得知真相，不知會作何感想？」

李儼放下手中的茶盞，沈聲道：「這個問題，綺思公主與其問我，不如問信兒本人。」

綺思公主一愣。「侯爺的意思是？」

李儼坐直了身子，音調略微提高兩度，對房頂上的兩人道：「你們要偷聽到什麼時候？還不快下來！」

廳中安靜了一會兒，隨後，有兩道身影一前一後落到廳前。

護衛事先被綺思公主支開了，無人發現李承允與李信，但李儼卻早已察覺，只是沒點破。

綺思公主驚詫地站起身來，李承允向她抱拳施禮後，便很自覺地讓到一旁，李信則站在門外遲遲沒進去，他的輪廓大半陷在黑夜中，令人看不清。

此時綺思公主忍不住上前幾步，口中喃喃道：「你……就是平安？」

「平安」這個名字彷彿一道利刃，劃開了時光的卷軸，霎時將李信拖入回憶中——

小時候，母親經常帶他坐在院子裡乘涼，一面用芭蕉紮成的扇子給他搧風，一面給他講民間的奇聞異事，母親講到一半，總愛嚇唬他，他便跑到韓叔身後尋求庇護。

村裡的孩子們不少，隨便拾起一根樹枝便扮成一軍統帥，他也想跟他們一起玩，卻有調皮的孩子笑他沒父親。母親知道後，親自上門與對方理論，將那孩子的父母說得啞口無言，只得賠禮道歉。之後，韓叔得知此事，便親手為他做了一柄小小的木劍。他得了木劍，愛不釋手，整日都帶在身邊，就連睡覺也捨不得放下。

韓叔在家中的日子總是短暫的，每當他不在，李信也會想念他。那時的他不過六歲，比大木桶高不了多少，可就算再吃力，他也會幫母親提水，即便水灑了一大半，母親也會高興地拍著他的肩膀，笑道：「我家平安可真能幹啊！」

那些塵封的回憶一點一點地甦醒，那些溫馨而美好的畫面，無一不跟母親有關。

李信站著沒動，也沒說話，只是目不轉睛地看著眼前的女人。

她衣著華麗、風姿不凡，氣質高貴得讓人不敢直視，卻難以與他記憶中的母親重疊。

李信一時之間不知如何自處，千言萬語堵在胸口，壓得他喘不過氣來，最終化為無言的痛，從指尖沒入手心。

綺思公主緊盯著他，同樣不敢上前一步，無語凝噎。

見狀，李儼輕咳了一聲，道：「承允，陪我去外面走走。」

李承允沈聲應是，隨李儼出去了。

正廳中，只剩下綺思公主跟李信兩人，他們相對而立，中間隔著的，是難以跨越的、生離死別的十四年。

最終，還是綺思公主打破了這漫長的寂靜，她看著李信的眼睛，低聲問：「方才我與侯爺的話，你全都聽見了？」

李信唇角微抿，頷首道：「是。」

綺思公主眉間微動，深吸一口氣，道：「我本來還在想，應該如何告訴你這一切，沒想到上天已經做了安排。」

她淚眼婆娑地看著李信，道：「這些年來，是母親對不起你，我不該把你一個人留在家中，更不該將你託付給旁人！都是我的錯，有負你父親的囑託……你恨母親嗎？」

最後這幾個字，撞得李信胸口起伏。

恨?!不錯，他恨過。

不過他恨的是這個世道，恨的是波譎雲詭的爭權奪利、是生靈塗炭的殘酷戰爭，韓叔也好、母親也罷，哪怕是他自己，也不過是這世道之中，努力求生存的渺小人物罷了。

李信淡淡勾了一下唇，笑容苦澀道：「我從來沒恨過您……我只是沒想到您還活著。」

綺思公主聽了這話，心頭的重擔放下幾分，她擦了擦眼淚，道：「這些年來，我一直都在找你，你父親在天有靈，這才指引我找到了你。」

李信不禁問道：「韓叔……當真是我的父親？」

綺思公主忙不迭點頭，道：「原本我們打算等你大一些之後再告訴你真相，只可惜，你父親還沒等到你長大，就……」

想起亡夫，綺思公主便心如刀割，一張臉白得嚇人。

李信沈默了片刻，道：「他是我一生的榜樣。」

「好孩子……」綺思公主上前兩步，手指顫抖地撫上李信的臉龐，眼中滿是熱淚。「你與你父親的性子實在太像了。」

說到這裡，綺思公主忍不住失聲痛哭。

這脆弱無助的模樣，忽然讓李信想起多年前，母親在得知韓叔的死訊之後，也是這樣肝腸寸斷，他彷彿直到此時才認出她，情不自禁地喚道：「母親……」

綺思公主沒想到有生之年還能聽見兒子喚自己母親，頓時百感交集。「平安，母親總算是找到你了……」

母子倆抱頭痛哭。

這一處民居，庭院並不大，李儼與李承允也不知道往哪邊躲，只能在涼亭中坐下。

李儼落坐之後，背部便靠在石柱上，這與他平常挺拔如松的坐姿可說是截然不同。

見父親面有倦色，李承允心知他定是累得狠了，才會在自己面前失了儀態。他默默打量著自己的父親，在濃濃的月色下，父親的神情看起來有幾分落寞，原本偉岸的身影也不如從前那般高大了。

李承允一時有些難受，暗自偏過頭。

然而李儼似是有所察覺，他的目光落到李承允身上，道：「想問什麼便問吧。」

李承允沈吟片刻，道：「既然大哥是韓叔的兒子，父親為何要騙我們？」

搖了搖頭，李儼道：「你母親那個人最心善，若知道信兒是韓忠的兒子，又年幼喪母，自然會對他百般照顧，但這樣反而容易暴露他的身分，所以我再三思量過後，才打定主意，告訴她信兒是外室所生。」

李承允薄唇微抿，道：「父親，您義薄雲天，堅守託孤之諾，兒子佩服。可是，您這樣做未免對母親太不公平了！您可知道，每當您率兵出征，母親都在家中翹首盼望，她好不容易等到您從臨州凱旋，卻萬萬沒想到您帶回了所謂的『私生子』。這些年來，這一直是母親心中的痛，您難道沒想過要早些將真相告知母親，好打開她的心結?!」

長嘆一聲後，李儼忽然道：「此事何止對你母親不公平，對你……也是不公平的。」

此話一出，李承允神情微怔。

父親向來剛毅不屈，說出口的話、做的事從來容不得質疑，而今他卻一反常態，承認多年以來對家人的虧欠。

李儼目光深沈地看著李承允，說道：「你母親年少時便美名遠播，多少高門大戶想與葉家結親，你外祖父都沒放在眼裡，後來，先帝將她許給了我……」

回憶起初見葉朝雲的美好，李儼的神情不自覺地放鬆了幾分，繼續道：「她乃是名門閨秀，我不過一介武夫，剛剛成婚時，我不懂迂迴，常常惹她生氣，之後我們的感情才漸入佳境，沒過多久便有了你。」

李承允一言不發地聽著。父親甚少與他說起這些事，或者說，父親很少與他談論公務以外的事，兩人平時的關係更像上級與下級，這還是李承允第一次這樣與父親促膝長談。

「你的性子像極了我，從小就凡事要強，我雖常常批評你，但心裡也清楚你是個好孩子。若是沒有你韓叔的事，也許你的少年時期，父親能有更多時間陪著你……」

說著，李儼的語氣中傳達出了深深的內疚，道：「可我也是凡人，同樣會力不從心。你與信兒之間的較勁，我不是不知道，但他是故人之子，境遇又曲折，所以我總是對他多幾分憐憫，忽略了你的感受。我從前覺得這沒什麼，就當是培養你的容人雅量，直到商議你的婚事時，我才發現，我竟然將自己的親生兒子推得那麼遠了……」

背對著月光，李儼寬闊的肩膀像一座小山，雖然看不清表情，但影子裡卻透出了悵然。

李承允低聲道：「說實話，不知道真相的時候，我也怨過父親。我不明白，為何我無論做什麼，都得不到您的稱讚，只要李信一來，我便成了無關緊要的人，永遠都比不上李信在您心中的位置。」

聞言，李儼說道：「是父親沒做好，讓你跟你母親失望了。」

李承允卻道：「這一切事出有因，不能全怪父親，若易地而處，我也不見得能比父親做得更好。」

聽了這話，李儼面色稍霽，李承允又道：「只是，是時候告訴母親了，解鈴還需繫鈴人，別讓她被蒙在鼓裡一輩子。」

李儼沈思片刻以後，道：「好。」

他凝視著自己的兒子，又道：「最近這段日子，你變了不少，比我更有人情味了。」

李承允笑了笑，道：「也許是因為我身邊多了心禾。」

一提起她，李承允就覺得整顆心暖洋洋的，他沈聲道：「她其實是個努力的人，認真過好每一天，好好珍惜每一個來到身邊的人……與她在一起，每一日都是溫暖的。」

李儼臉上終於露出了笑意，伸手拍了拍李承允的肩。「好好對待人家，切莫像你父親一樣，一把年紀了，還要回去負荊請罪。」

這話讓李承允忍俊不禁，道：「父親放心，母親得知此事後，定然大喜過望，不會斥責父親的。」

月光下，父子倆的影子靠得很近，讓這深秋寒夜，有了一絲暖意。

第七十五章　互許真心

歐陽如月才從皇宮裡回來，馬車還沒在長公主府門前停穩，便見到管家匆匆忙忙奔了過來。「長公主殿下，您總算回來了！」

她詫異地看向管家，問：「什麼事如此大驚小怪？」

管家嘆了口氣，答道：「您若是再不回來，只怕半個長公主府都要讓縣主給燒了！」

歐陽如月的眼皮狠狠跳了跳，立即讓人攙扶著下了馬車。

她一面往府中走，一面道：「那個小祖宗又怎麼了？這段日子，她不是挺安分的嗎？」

管家低聲道：「今日早上，不知縣主從哪裡得了消息，說是平南侯府的大公子要離開大宣，遠赴邑南……縣主一氣之下，便將人家送的東西通通找了出來，什麼古玩字畫、金銀首飾跟數不清的小玩意兒，全部扔進火盆裡，火盆都差點炸了！」

歐陽如月長嘆一聲，道：「本宮可真是給自己生了個祖宗！」

說著，她邁入曾菲敏的院子，才一進門，便聽見「砰」的一聲，也不知什麼東西遭了殃。

管家連忙攔在歐陽如月身前，歐陽如月不禁皺了皺眉，讓管家退開，自己走了進去。

院子裡滿地狼藉，中間有一口黑黑的大火盆，盆裡的火已經滅了，只是焦味熏人。

曾菲敏拿著李信送的話本，正要開撕，見到歐陽如月沈著臉過來，才斂了斂神，道了聲。「母親。」

歐陽如月瞧了她一眼，道：「妳眼裡還有我這個母親嗎？看看妳自己，將府中糟蹋成什麼樣子了！」

曾菲敏正在氣頭上，小嘴一嘛，回道：「這裡是我的院子，我想怎麼樣就怎麼樣。」

歐陽如月見曾菲敏的臉色實在不好，便問：「好了，同母親說說，為何發這麼大的脾氣？」

曾菲敏不語，手指卻越發用力，彷彿手中的話本就是那「十惡不赦」的李信。

歐陽如月說道：「母親來猜一猜……妳是為了李信的身世？」

曾菲敏咬了一下唇，反駁道：「他的身世與我何干！他母親是王母娘娘都跟我沒關係！」

歐陽如月淡淡笑了一聲，涼涼道：「既然與妳無關，妳在這裡生什麼氣？」

「我……」曾菲敏一時語塞，她頓了頓，才道：「我氣的是，他真正的身世，我居然是最後一個知道的？況且，他要去邑南，也不同我說一聲！」

一日前，綺思公主便上奏宣明帝，稱李信是她失散多年的兒子，之前流落在江南一帶，恰好被李儼收養，李信也承認此事。兩人在御前閉口不談韓忠，既保全了韓忠的身後名，又讓李信有與母親相認的理由。

如今傳聞李信要隨綺思公主回邑南，消息鬧得沸沸揚揚。曾菲敏得知以後，一大早便去了平南侯府，誰知李信竟然出城去了。

曾菲敏覺得自己被李信騙了，一氣之下，回府後就燒起了他送的東西，揚言要與他恩斷義絕。

歐陽如月看著女兒氣鼓鼓的樣子，垂眸笑了笑，道：「菲敏，綺思公主尋親多年，如今找到了自己的兒子，自然要帶在身邊，李信在母親膝下盡孝，也沒什麼錯處。」

曾菲敏一聽，語氣軟了幾分，道：「我知道啊，可我並不是在氣這個，我只是氣他不當面與我說，根本就沒把我放在……眼裡。」

她原本想說「放在心上」，但她正生著氣呢，才不願意承認自己對李信的在意。

歐陽如月靜靜地望著曾菲敏，彷彿看到了當初的自己，於是溫聲道：「妳若真的在意他，便應該等他回來當面問個清楚。人這一輩子，要遇到一個對的人，十分不易，莫被怒氣沖昏了頭。母親此生是錯付了，可妳，還有機會。」

這番語重心長的勸說，終於讓曾菲敏冷靜下來。

她不由自主地放下話本，靜靜看著自己的母親。

從她記事起，母親便是這京城中，「天之驕女」的代名詞。

歐陽如月是太后唯一的女兒，自幼便受到萬千寵愛，從沒吃過苦。成婚之前，她就是一個錦繡堆裡長大的白玉娃娃，人見人愛，還未及笄時，便有鄰國王子提出求娶，但歐陽如月搖頭拒絕。

皇室的女子，命運基本上都由不得自己，這一點，太后比任何人都清楚。她一輩子都被綁在皇后、太后的位置上，享盡榮華，卻也受夠了約束，興許是自己得不到的，總想補償給兒女，於是她便將擇婿的權利交給自己的女兒。
傾慕歐陽如月的人不少，但無論是皇親國戚還是世家公子，都入不了她的眼，唯一讓她有些興趣的，便是曾家的小公子曾樊。
曾家在朝中是數一數二的世家，但到了上一代時，子嗣凋零，逐漸沒落，窮得要靠賣田地跟外宅，才能維持基本的體面。
歐陽如月之所以對他有興趣，是因為旁人送她的東西，不是價值連城的寶貝，便是稀世難尋的奇物，唯有這曾樊，送的是一幅畫。
多年之後，歐陽如月還記得，那幅畫的內容是長公主出遊、萬人空巷的場景。
歐陽如月及笄之日，按照國例乘車出遊，但按照規制，她只能坐在花車之中，隔著數層紗簾，聽著外面如海嘯般傳來的請安聲，卻不得一窺。
曾樊這幅畫，恰好送到她心坎上，她從畫上看到百姓們對於皇權的臣服，了解到百姓對於長公主宛如神女般的敬畏。歐陽如月第一次覺得，她不僅是皇宮中的公主，還是天下人的公主。
於是，歐陽如月記住了曾樊。
起初兩人算是琴瑟和鳴，雖然歐陽如月脾氣高傲，卻也好哄，兩人便很快有了孩子。
歐陽如月生曾菲敏的時候，難產了三天三夜，待孩子落地，曾樊一見是個女兒，原本的期待頓時消散大半。待歐陽如月身子好起來之後，他便提出自己想要個兒子，可歐陽如月哪裡肯再忍受生產之苦，想也不想便拒了他。

曾樊待歐陽如月逐漸沒了耐心，但礙於歐陽如月的權勢，他沒敢與她撕破臉皮，便開始陽奉陰違、外牆偷腥。

這麼多年來，他們彼此都相安無事，直到這一次東窗事發，長公主府的榮華與聲名，在一夕之間從雲端跌落地面，與之一起碎裂的，還有歐陽如月的驕傲。

歐陽如月對太后的殺伐果斷耳濡目染，並未傷心太久，便很快做出對自己、對女兒最好的選擇，一日之內，便與曾樊一刀兩斷，將人遣送出京。

若不是今日這番話，曾菲敏幾乎要懷疑和離一事對母親沒什麼影響，然而到了此刻，她才明白，母親也是個普通的女人，即便身分再高貴，她仍會老、會累、會傷心，同樣也會求而不得。

曾菲敏沈默了好一會兒，才低聲開口。「母親放心，我不會做讓自己後悔的事。」

深秋傍晚，夕陽餘暉照得街道上一片金黃，馬蹄踏過時，落葉隨之飛旋，在「噠噠」聲過後，才重新落回地面。

李信策馬而歸，直到臨近平南侯府，他才一勒韁繩，放慢了速度。

馬兒悠閒地踱著步子，李信的目光也凝聚在平南侯府的大門上。

此刻，他騎著馬，所處的位置比平日更高，即便靠近門口那兩尊石獅，也不覺得有什麼，然而他第一次來到平南侯府時，卻被此處的氣派驚得不敢呼吸。

直到李儼拉著他的手，聲音沈穩地說「這裡，便是你日後的家」，李信才放鬆了些許。

曾菲敏的態度和緩了幾分，問：「什麼事？」

李信沈默了片刻，道：「我確實會離開京城，但要去的地方不是邑南，而是南疆。」

過了江南繼續南下，便會抵達南疆，南疆與邑南接壤，距離京城千里之遙。

曾菲敏原本以為李信是為了陪母親回邑南一趟，才會暫時離開京城，沒想到他竟要去南疆，她不解地問：「為何？」

李信淡淡一笑，道：「如果大宣與邑南締結合約，那麼未來將開放互市、互通有無，我雖流著邑南的血，卻也是大宣的兒郎，由我去守著兩國邊境，促使盟約落實，再恰當不過。」

曾菲敏明白李信的意思。他是邑南輔政公主的兒子，只要有他在，邑南自然不會與大宣為敵，而李信又是平南侯府的兒子，戍守南疆多年，有豐富的帶兵經驗。於公於私，李信都是最適合守著南疆的人。

明白歸明白，曾菲敏內心的苦澀卻溢了出來，她眼眶驟然紅了，道：「你去守南疆，那我怎麼辦?!你有沒有想過我的感受……」

曾菲敏才失去自己的父親，好不容易敞開心扉，漸漸與李信走到一起，如今又要眼睜睜看他離開，她越想越難過，眼淚像斷了線的珍珠似的，一顆接一顆地往下掉。

這副模樣嚇得李信手足無措，忙道：「菲敏，妳別哭！我知道我這樣做很自私，也很對不起妳……是我不好，菲敏，對不起。」

「誰要你的對不起！」曾菲敏氣得一把推開他。「放開我！」

李信被推得踉蹌一步，只見曾菲敏轉過身，眼淚落在塵土裡，頭也不回地大步離開。

見狀，李信提高了聲音道：「妳生氣是應該的，要怎麼發洩都行，但我仍然有一句話想問妳……妳願不願意同我一起離開？」

曾菲敏步伐一頓，不敢置信地回過頭。

李信的聲音有些不穩。「妳身分高貴，我不過是侯門庶子，如今還多了半個外族的身分……但我對妳的心意千真萬確，我想一輩子陪著妳，對妳好。」

曾菲敏不說話，只緊咬唇邊，淚眼迷濛地看著他。

李信又道：「京城繁華，南疆貧瘠，與我同去實在委屈了妳，但我一定盡最大的努力，好好照顧妳，不讓妳受一點委屈……妳能給我這個機會嗎？」

曾菲敏看了他半晌，踩著地上的碎石，氣急敗壞地回到他面前，道：「南疆美食可不少，你若是敢拋下我一個人去，我就追殺你到天涯海角！」

半個月之後，兩道聖旨於同一日頒下。

一道封李信為南疆都護，另一道為南疆都護與嘉宜縣主賜婚。

平南侯府喜氣洋洋，長公主府也一掃之前的陰霾，重振旗鼓。

幾日之後，平南侯李儼上奏，稱自己應將重心放在培養年輕人上，決定將平南軍主帥的重任交給世子李承允。

宣明帝雖然愛才，卻也知道平南侯這些年來為戍守邊疆落下不少傷病，感念之餘，欣然接受此事，重重賞賜了平南侯府，而後，又命禮部安排平南軍新任主帥與南疆都護的授命之禮。

平南侯府一門雙星，一時風光無二，人人讚頌。

初冬的午後，下了第一場雪，垂岸的柳條雖然褪去了青葉，但隨風擺盪時，卻更加唯美悠然，彷彿也在安享這盛世太平。

李承允牽著蘇心禾在岸邊散步。雪地濕滑，蘇心禾走得較慢，李承允便放緩腳步，與她並肩而行。

「父親卸任得突然，是不是與母親有關？」瞧著眼前如畫卷般的景色，蘇心禾輕聲問道。

李承允握緊她微涼的手，沈聲答道：「他自覺虧欠母親許多，便想多留在京城，補償一二。況且我們已經與邑南結盟，相當於孤立了北疆的瓦落，只要戰事不起，國內局勢便能安穩。」

蘇心禾點了點頭，道：「他們的誤會終於解開了，我見母親最近歡喜得很，每日都要做好些菜呢！」

一提起此事，李承允就有些頭疼。母親雖然在做菜上有天賦，但也不是每道菜都能成功，父親為了哄母親開心，哪怕是糊了也會照單全收……還好心禾廚藝了得，自己不必受父親那種罪。

蘇心禾見李承允不說話，便輕輕捏了捏他的手，問：「想什麼呢？」

「沒什麼。」李承允收起內心的腹誹，朝她微微一笑。

蘇心禾眉眼輕彎，道：「若是天下太平了，我們是不是可以去北疆走走？你從前說過要帶我去的，可不能食言。」

她的臉蛋被凍得紅撲撲的，看起來玉雪可愛，李承允忍不住摸了摸她的臉蛋，道：「我既答應了妳，自然要帶妳去。只不過，去北疆之前，我們應當先下一趟江南。」

「江南？」蘇心禾乍一聽到自己的家鄉，不由得愣了神。

李承允唇角微揚道：「下個月是岳父生辰，妳不想回去看看嗎？」

蘇心禾頓時又驚又喜。「你願意陪我回去省親？」

她這兩日便在盤算給父親準備壽禮，沒想到李承允也將此事放在心上。

李承允笑道：「等天氣好一些我們便啟程，在江南待上一段時日，再回來過年。」

蘇心禾內心雀躍，情不自禁地摟上他的脖子，撒起嬌來。「夫君，你真好！」

李承允連忙抱住蘇心禾的腰，又拉起披風遮住她大半個身子——這般俏麗的模樣，怎能讓旁人看去？

他將蘇心禾圈在懷中，頭低下去貼近她的耳朵，道：「外面天冷，我們還是早些回去吧，畢竟還有要事得辦。」

蘇心禾眨了眨眼，問道：「什麼事？」

李承允壓低聲音道：「若是回到江南，岳父問我為何還沒有外孫，該如何交代？眼下還有半個月，我得加把勁才是……」

蘇心禾聽了這話，既羞澀又好笑，抬手捶起他來，李承允笑得爽朗，握住她的粉拳，踏上回家的路。

馬車徐徐離開河岸，雪下得更大了。

蘇心禾輕挑車簾，伸出掌心，接住一片雪花，她眉眼燦若星辰，對李承允道：「夫君，瑞雪兆豐年，明年定然比今年更好！」

李承允神情寵溺道：「嗯，會更好的。」

有妻如此，何其有幸！

——全書完

2024年7月出版

小公爺別慌張

文創風 1271～1273

明知是性命攸關之事，可自己卻漠然置之，
她一心只求安穩平靜的日子，不料卻釀成大禍，
不僅自己幾次三番陷入險境，
從小伴著自己長大的丫鬟也為了救她而死，
既如此，她決定不再逃避，要一一揪出幕後黑手！

我本無意入江南，奈何江南入我心／寄蠶月

穿成古代孤兒，竟連姓氏都無，只知名字叫允棠，母親留下不少遺產給她，
自己承了人家的身，卻沒有原身的記憶，哪還有心思去管什麼身世來歷？
本打算這輩子過好自個兒的小日子便好，偏偏有人不讓她順心如意，
隔壁開錢莊的勢利眼婦人帶著媒婆上門替家中兒子求娶她，
但這人根本侵門踏戶，說出來的話句句貶抑，她一時氣憤就懟了回去，
甚至，她還掰出亡母生前就幫她與魏國公的兒子訂了親的謊話威嚇對方！
小公爺這號人物她也是聽別家小娘子說的，據說家世驚人、相貌俊朗，
反正，天高皇帝遠的，那不認識的小公爺可不會跳出來自清，不怕不怕！
萬萬沒想到，剛上汴京要祭拜亡母的她就撞上一名男子，一碗湯水灑了對方一身，
由路人的驚呼中，她得知這位好看的受害者是個小公爺……不會這麼巧吧？
喔喔，原來這位是蕭小公爺啊，那沒事了，這「蕭」可是國姓呢，
先前她在揚州時，曾聽說書人提起過魏國公三次勤王救駕的故事，
所以說，她很確定魏國公家的小公爺是姓「沈」才對，
還好還好，有驚無險，只要不是她編排的那個未婚夫就行……
咦？不料這個蕭卿塵竟然就是魏國公的兒子，人稱小公爺是也?!

花開兩朵，仍屬一枝／小粽

2024年7月出版

攀龍不如當高枝

再次見到前世夫君，她並非平心靜氣，
可他對往事一無所知，那現在的他又有何錯呢？
如今她已不拘泥兒女情長，只在意同為女子的未來，
而她，將會成為這世上第一株專給女子棲息的良木。

文創風 1276 1

曲清懿前世母妹早亡，父親任由繼母侵吞應屬於她的財產。
本想還能與愛人小侯爺——袁兆偕老一生，卻因身分之差遭構陷，
最終只能委屈為妾，見袁兆再娶正妻，而後孤守空閨而亡。
這世母亡後，她不與父親回京，而是留在外祖家守著妹妹清殊，
妹妹平安長大，性子外放歪纏，卻時時顧念她，最見不得她受委屈，
因此這輩子她的願望，便是保護妹妹周全，使她一世喜樂。
但她得先回到京中奪回屬於自己的權利，才能擁有力量守護，
並在這性別歧視的世道中，逐步為女子鋪路，方能真正完成願望！

文創風 1277 2

穿越後孤兒清殊成了個幸福姊寶，雖說生活中沒有冷氣、冰箱，
又有封建制度的威權，但獲得的親情填滿了她的生活。
在她看來，人無論在哪裡都相同，總是好人占多數，
連傳言不好惹的淮安王世子——晏徽雲，也不過是面冷心熱，
見她們姊妹在雅集宴上受欺侮，嘴上嫌煩，卻願意當靠山幫忙。
小事有姊姊幫，真有人刻意找碴也有世子靠，她日子過得安逸，
整日只顧著吃喝玩樂，在學堂與看得順眼的貴女來往，
直到姊姊遭逢意外、生死不明的消息傳來，她才從安樂中驚醒……

文創風 1278 3

清懿沒想過，這輩子在生死關頭救她的人會是袁兆，
但她清楚，能這樣不知不覺害她的就是前世那位正妻——丞相嫡長女，
她察覺對方身上有些玄妙，袁兆亦想藉此打探丞相一派隱私，
於是雅集宴上她展露潑墨畫梅絕技，並與袁兆配合意圖激怒對方，
可這回「正妻」遲遲未出手，顯然那古怪力量不能隨意使用，
於是她加緊商道的擴展以及設立學堂的事，等再收到袁兆的消息，
卻是他上元節狀告丞相黨羽勾連外敵，反遭貶為庶人一事。
對此事她並不擔憂，她知道他會歸來，而這輩子她也有自己的理想！

文創風 1279 4 完

清殊被選中擔任小郡主的伴讀，在宮中感受到階級的壓抑，
也因禍得福，與晏徽雲互通了心意，為此她深感自己的幸運。
儘管晏徽雲得前往關外駐紮，但權威的庇護使她在宮中如魚得水。
無奈她泡在蜜罐子中長大，忽略了腐朽貴胄的底線，因而被騙遭綁，
所幸對方一時不敢來強，她便迂迴應對，冷靜等到姊姊出手相救。
可她脫逃後不願息事寧人，因為有其他受害者早已慘遭玷污，
這時，她已不在意世俗的眼光，也不在乎是否影響她與晏徽雲的親事，
因為她明白，當隻不咬人的兔子得到的不會是尊重，只會是壓迫！

娘子安寧，閨房太平／途圖

2024年1月出版

小虎妻智求多福

她的婚事是不能輸的賭注，押錯寶都得贏，
且夫妻同船而渡，她絕不允許這條船翻了！
既嫁之則安之，以後請夫君多多指教嘍～～

文創風 1220 1

為讓東宮成為家人的靠山，寧晚晴決定嫁給草包太子趙霄恒，
孰料備嫁時又起風波，前世身為律師的她連上山燒香都能遇到案件，
她當場戳穿神棍騙局，再搬出太子的名號，將犯人送官嚴辦！
這些大快人心的事全傳到趙霄恒耳裡，他挑著眉問她一句──
「還沒入東宮就學會拉孤墊背，以後豈不是要日日為妳善後？」
趙霄恒不呆耶！她幫百姓主持公道，他替她撐腰豈不是剛剛好～～

文創風 1221 2

嫁進東宮後，寧晚晴迎來春日祭典最重要的親蠶節，
她奉命依古禮採桑餵蠶，代表吉兆的蠶王卻被毒死在祭臺上。
幸好趙霄恒及時請來長公主鎮場，助她揪出幕後黑手，才還她清白。
他分明是稀世之才，又穩坐太子之位，為何要偽裝成草包度日？
接下來，因趙霄恒改革會試的提議擋人財路，禮部尚書率眾鬧上東宮，
不過身為賢內助的她沒在怕的，當然要陪著夫君好好收拾這些貪官啦！

文創風 1222 3

「別的人，孤都可以不管。但妳，不一樣。」
趙霄恒的偽裝和隱忍，是想暗暗查清當年毀掉外祖宋家的冤案，
她豈能任他獨自涉險？兩人抽絲剝繭下，真相即將水落石出，
但一道難題又從天而降──皇帝公爹要太子削去當朝太尉的兵權！
寧晚晴滿頭黑線，太尉跟此案亦有牽連，這差事可是燙手山芋，
而且皇帝公公只傳口諭，連聖旨都不肯頒，如何讓太尉乖乖就範呢？

文創風 1223 4 完

朝堂之事塵埃落定，可寧晚晴和趙霄恒的閨房不太平了──
「妳不能一生氣就離宮！妳走了，孤怎麼辦？」
她只是要回娘家探親，忙於政務的他居然以為她是負氣出走，
這誤會大了，可他的在意讓她心中泛甜，他在的地方才是她的家。
但北僚來使又讓大靖陷入不安，還要求長公主和親換取休戰，
北僚狼子野心，這婚約分明是個坑，他倆要怎麼替長公主解圍啊……

風 文創

1285

禾處覓飯香 3 完

國家圖書館出版品預行編目資料

禾處覓飯香 / 途圖著. --
初版. -- 臺北市 : 狗屋出版社有限公司, 2024.08
冊 ; 公分. --（文創風 ; 1283-1285）
ISBN 978-986-509-548-2（第3冊 : 平裝）. --

857.7 113009728

著作者	途圖
編輯	連宓均
校對	陳依伶
發行所	狗屋出版社有限公司
地址	台北市104中山區龍江路71巷15號1樓
電話	02-2776-5889～0
發行字號	局版台業字845號
法律顧問	蕭雄淋律師
總經銷	知遠文化事業有限公司
電話	02-2664-8800
初版	2024年8月
國際書碼	ISBN-13　978-986-509-548-2

本著作物由北京晉江原創網絡科技有限公司授權出版

定價290元

狗屋劃撥帳號：19001626

網址：love.doghouse.com.tw　E-mail：love@doghouse.com.tw